记忆迷宫

DER TRAKT

[德] 阿尔诺·施特罗贝尔（Arno Strobel） 著

王恺 ———— 译

献给我的妻子海可

第一章

　　当儿子被迫坐在一辆陌生汽车的副驾驶位子上时，希波乐只能眼睁睁地看着他被劫持走，自己却无能为力。有那么一刹那，她甚至以为自己的心脏停止了跳动。耳边萦绕不去的是卢卡斯被那条突然从车里伸出来、布满刺青图案的胳膊拖走时的惊叫声。直到今天希波乐依然清晰地记得，图案繁复交错的蓝色刺青爬满那个人的整条小臂，甚至蔓延到了手背上。在车门被飞快地关上之后，这辆汽车便风驰电掣般地呼啸而去。希波乐甚至需要好几秒钟才终于从石化的状态中回过神来，随后她立即尖叫着沿汽车行驶的方向狂奔而去。

　　汽车的背影在希波乐的视线中很快越变越小。她的胸口火烧火燎地疼起来，即使大口大口地呼吸，希波乐还是感觉肺部的氧气好像都要被抽空了。她眼前的街道变成了模糊的条纹，而后这些条纹像画家用画笔调色一样旋转着混杂在一起。希波乐抬起手臂飞快地抹了一下眼睛，并努力保持自己奔跑的速度。即便如此,短短几秒钟之后,那辆载有她儿子的陌生汽车还是在街角转了个弯就消失不见了。

"卢卡斯……"希波乐在汽车消失的地方停了下来。她感觉身体的所有部分都正被一股巨大的力量向四面八方拉扯。胸口和肺部的那种强烈灼烧感已经消失,就连双腿因奔跑而产生的疼痛也已感觉不到。

这瞬间发生的一切都显得那么不真实。难以置信的感觉将她的理智像一根橡皮筋一样缓缓拉长,一直拉,一直拉……直到啪的一声断成两截。希波乐觉得整个世界在她的面前被硬生生地砍成两半,一半是梦境,一半是现实。

希波乐一边勉强睁开沉重的双眼,一边用力摇晃着自己的头,试图将漂浮在外太空的思绪拉回。与此同时,她发现自己正躺在一个十分昏暗的房间里,只有一盏小灯在头顶上散发出幽幽绿光。

这是一场梦,希波乐安慰自己,她只是在做梦。然而现实与记忆都是如此的清晰,以至于希波乐的自我安慰根本起不到任何作用。更可怕的是,随着意识的逐渐清醒,那种无边无际的巨大恐惧又一点一点地从她的心底升起,缓缓将她包围,直到完全占据她的全部感觉与思绪。希波乐甚至不知道自己现在到底身在何处。

她将头侧向一边,视线所及之处是两台那种在医院里常见的监视器。而希波乐也是躺在那种医院才有的病床上,两台监视器就并排放在固定于床头的铁架子上。墨绿色的显示屏上,一个荧光绿色的小圆点正拖着一条长长的彗星一般的长尾巴从最左边"滴滴，滴滴"地移动到最右边，而后消失不见；然后再从最左边冒出来，重复刚才的动作。每台监视器的侧面都有一条长长的电线伸出，它们在离机器几厘米的地方又各自分成数不清的长长的小细电线，经过她的身侧，最终消失在被子的下面。希波乐试着抬起自己的头，但是马上她就感觉到那种拉扯的疼痛，刚刚也正是这种疼痛将她从昏迷中唤醒。她小心翼翼地摸了摸自己的头，然后发现从监视器里伸出的无数小细电线，有那么几根被固定在她的头部。她还感到喉咙处好像在被一只无形的手不停地按压，导致呼吸特别不顺畅。希波乐渐渐觉得仿佛有一团火在下方灼烧着她的意识，于是她又闭上眼睛，尝试将精神全部集中到调整呼吸频率这件事情上来：空气从口腔沿着气管进入到肺中，氧气以肺部为起点，安静且准确无误地再分散到全身的各个部位。

这时希波乐感到喉咙上的压力不像刚才那么强烈了。为什么我在医院里？监视器……怎么会是这个样子？……我是怎么到这里来的？……我是怎么了？还有……卢卡斯，卢卡斯怎么样了？他现在好吗？她真切地希望她的儿子——卢卡斯——正在家中跟他的父亲在一起，就像往常希波乐不在家的时候那样。

一场事故。一定发生了一场事故，这是唯一能解释得通的理由。

希波乐小心翼翼地坐直身子，与此同时，她感觉那无数电线中的一根就像一条纤细冰冷的蛇，令人不适地趴在她病号服后背上的开口处，让她不由得打了一个冷战。滑到一旁的被子让她赤裸的双腿暴露在空气中，腿上的皮肤依旧光滑平整，没有任何可见的伤痕。希波乐先是动了动她的脚趾，接着动了动两只脚，继而又弯起双腿再把它们伸直。在掀起身上的病号服后，希波乐盯着自己同样赤裸着的娇小乳房，以及乳房旁边四个带有与监视器相连电线的小吸盘。这里——也没有伤痕。再往下看，除了病号服，她身上仅有的衣物是一条乳白色内裤。希波乐用双手摸了摸自己的脸，又轻轻地拍了拍，在确定没有任何不适感后，她又慢慢地躺回到床上。

好的，希波乐，千万不要慌张。不论发生了什么事情，很显然，你至少没有受到什么大的外伤。

但是，怎么会这样？那个可怕的梦境重新出现在她的脑海里，一切都感觉那么真实，以致它们瞬间就汇聚在一起，滚烫地在她的体内穿行灼烧。难道这根本不是在做梦？难道她在那个手臂上有文身的男人掳走她的儿子之后就昏迷过去了？

希波乐睁开眼睛，短短几秒钟的时间里，她的额头上就细细密密地覆盖了一层汗珠。刚才被她生生逼走的那种心慌感又像潮水一样凶猛地席卷而来。

好好想想，希波乐，你必须仔细回忆每一个细节。你脑海里的这一切真的发生过吗？

希波乐强迫自己冷静下来，竭尽全力回忆所有的细节。但是不论她怎样努力，整个记忆就像无数模糊不清的碎片，拼凑不出一个完整的画面。而且她潜意识里还隐隐地知道，整个事件的开端并不在这些模糊的碎片之中。

房间的天花板上,有一大片由监视器屏幕反射出来的荧光绿色的斑。希波乐眼睛一眨不眨地盯着那个光斑,拼命集中所有注意力,尝试回忆起她在这个房间中苏醒前所做的最后一件事情。我当时正在……她隐隐能感觉到这段记忆就在不远处,触手可及,而且在这段记忆中应该没有卢卡斯。

希波乐再次合上双眼。终于,她的大脑里闪现出所经历事件中的某些片段。然而这些片段只是像幽灵一般忽悠出现,在希波乐就要抓住它们的时候便消失不见。不过,还是有零零星星的记忆碎片从大脑深处浮现出来,并且被希波乐按照发生的先后顺序串联起来。

那是一个晚上。我和艾柯在普鲁芬宁的一家希腊餐厅吃完饭后步行回家。虽然时间已近午夜,但是天气还是非常暖和,差不多有二十摄氏度。艾柯提出开车送我回家,不过我更愿意散散步。她对我的决定调皮地眨了眨眼睛。回家的时候我抄了近路……那条穿过公园的小路……路还颇为陡峭。当时月淡星稀,夜空中的半个月亮在周围包裹它的重重云彩中透出乳白色的微光。在我身后,响起了鞋跟敲击石子路面的声音……我转过身去……

随着不断强迫自己回忆往事,希波乐的呼吸变得越来越快。她听到自己发出的呻吟,不得不再一次睁开眼睛。

在公园里到底发生了什么事情?她有没有遭到人身袭击?也许甚至是……想到这里,希波乐的手不受控制似的急急忙忙伸到被子下面,并沿着自己平滑的小腹一路向下摸索而去,在那里,她应该有疼痛的感觉,如果……

事实上,那里没有任何异常的感觉。

希波乐把手收了回来。这个动作却令她接触到被子的手背感到一阵尖锐的刺痛。她举起这只手,放在眼前仔细观察手背上充血的肿块。深紫色的血瘀正中有一个小小的针眼,显然这个肿块是未经消毒就进行注射而引起的后果。

希波乐躺在医院的病床上,身上吊着点滴瓶,却不知道自己伤在何处。周围也没有一个人来回答她满腹的疑问,连她最亲爱的约翰内斯也不在身边。如果她遭受到了人身袭击或发生了什么意外,为什么汉内斯[1]不在病床前等待她苏醒呢?——因为他还要照顾卢卡斯。啊,卢卡斯。

但奇怪的是,怎么在这医院里也看不到其他的医生和护士来照顾她呢?还有,现在到底几点了?

呼叫铃。每个医院的病床边都会有一个紧急呼叫铃。希波乐环顾病床四周:前边、后边、左边、右边,希望找到一个按钮或看起来具有这种功能的物件。结果令她十分失望,那里根本没有呼叫铃一类的东西。希波乐只能再一次将自己重重地摔回枕头上。

她这是躺在一间多么怪异的医院病房里啊!为什么高高的四面墙上连一扇窗子都没有?为什么没有任何让病人呼叫求助的设施?

简直像在一座坟墓里,希波乐心想。一念至此,她便禁不住

---

[1] 汉内斯为约翰内斯的昵称。

大声呻吟出来。刚才想象中的那只手又压在了她的脖子上，只不过这一次她感觉从那只不存在的手上传来的力道更真实强大。这种压力迫使希波乐每次挣扎着的呼吸短促又频繁，尽管如此，她的肺部仍因得不到足够的空气而刺痛。突然，希波乐产生了一个强烈的念头。她想不顾一切地从床上跳起来，扯掉身上那些乱七八糟的电线与管子，希望在这样做后能痛痛快快地大吸几口空气。我必须……就在这时传来门被推开的声音，希波乐吓得惊跳起来。射进房间的光亮将右边墙上的黑暗撕开了一道口子。挤进屋内的光将一个人形剪影般地投射在墙上，光影斑驳的墙壁显得非常诡异。希波乐心里唯一的安慰是，幸好她现在不是一个人了。咽喉处的压力似乎有所减轻，快要窒息的感觉也渐渐退去。

"啊，真好！您醒过来了。"一个低沉悦耳的男声传了过来，同时那个人形也在朝希波乐的位置继续移动。大概过了两秒钟，心脏依旧怦怦直跳的希波乐终于看清了来人的模样。这是一个五十岁左右的男人，宛如刀背般狭长的面孔嵌在浓密的黑发中间。他正微笑地看着她。

这般低沉洪亮的声音竟来自如此纤细瘦小的身躯，而它正被罩在一件至少大两号的医生白大褂里。白大褂的肩部松松垮垮地吊在他的上臂处，这使他不得不把过长的袖子从袖口处向上卷好几层。听诊器的胶管从其中一个口袋里探了出来。他的胸牌上写着：E. 穆尔豪斯医生。

这个男人站住后，眼睛便一眨不眨地盯着希波乐，仿佛在饶有兴趣地等待着希波乐接下来的反应。

"我……我这是在哪里？发生了什么事？"希波乐听到自己用一种又轻又细的声音发问。

床前的这个男人大声笑了起来。"在医院里。您刚从深度昏迷中苏醒过来。我这就告诉您都发生了什么事。不过，在这之前您还得回答我几个问题。"

在不扯断全身密密匝匝电线的情况下，希波乐尽可能大幅度地摇头。"不不不，求求您还是马上告诉我发生了什么事吧！我这到底是怎么了？"

一只手指纤纤的手小心翼翼地放在希波乐正在输血的手背上。"马上我就会告诉您。首先请您回答我的问题。"

希波乐再次将头沉回枕头上，无奈地盯着天花板的一角。

"好吧，您先问吧。"

"您能告诉我，您叫什么名字吗？"

"希波乐·奥利赫。"

"您住在哪里？"

"普鲁芬宁。"

穆尔豪斯医生一边不断地点头，一边保持着他的微笑。"现在请您再仔细看看我。您认得我吗？"

希波乐再一次将穆尔豪斯医生上上下下打量了一遍。"不，我不认为我认识您。您这么问是什么意思？难道我应该认识您？"

穆尔豪斯医生摇了摇头。"不，奥利赫女士。您认识我的可能性微乎其微。我是这家医院的主治医生。我只是想通过问您问题，来确定您的精神是否一切正常。从您的回答来看，这是完全有必要的。"

"什么都不正常。"希波乐暴怒起来,连她自己都听到她的声音变得尖锐刺耳,"我莫名其妙地在这个没有一扇窗户又伸手不见五指的漆黑房间里醒过来,浑身像个测量仪器一样被插满电线,直到现在我都不知道这是为什么。要说这是一家医院,为什么我的床边连一个呼叫铃都没有?耶稣基督啊,您就赶快告诉我,我到底出了什么事吧!"希波乐抑制不住地任泪水肆意流淌。

穆尔豪斯医生充满理解地点了点头,轻轻地把他的手从希波乐的手背上拿了起来。"奥利赫女士,您能想起自己昏迷前最后发生了什么事吗?"

希波乐一边抽泣着,一边向医生讲述那天晚上在希腊餐厅的晚餐,以及回家时穿过的公园中的小路。她全部讲完后,穆尔豪斯医生似乎对她的回答非常满意。他拿过床头的椅子,放到希波乐的面前,坐了下来。

"有人在公园的小路上用钝器打伤您后,又抢劫了您的财物。"医生说道。他看到希波乐因惊吓而将身子迅速缩成一团,便立即补充道:"不不不,您没有受到嫌疑犯的侮辱。只是您头上受到的那一击太过严重,以至于您在很长一段时间里都处于昏迷状态。您……"

"我昏迷了多久?"希波乐打断穆尔豪斯医生的话。

再次抬头正视希波乐之前,穆尔豪斯医生一直盯着自己打磨得圆润光滑的手指甲默不作声。终于他说:"您昏迷了很长时间,奥利赫女士。几乎两个月之久。"

在穆尔豪斯医生回答问题的时候,他看向希波乐的眼神也发生了变化,从刚才的友善和蔼变得探究甚至戒备,就像一个研究员在实验室中观察他做实验用的动物用完药之后的反应。

希波乐虽然人在床上,却仍旧感到一阵天旋地转。她不敢置信地用手捂住嘴巴,嗓子深处的声音却依然不听指挥地从手指缝中流泻出来。"两个月?我的天啊!"

希波乐尝试努力消化这一切。穆尔豪斯医生一动不动、沉默不语地坐在她的身边。她居然八个星期的时间人事不省?在这八个星期里都发生了什么事?卢卡斯怎么样了……"我的儿子在哪里?他是不是和我的丈夫在一起?他过得好不好?约翰内斯怎么样?"

穆尔豪斯医生脸上的表情一瞬间变得非常古怪,希波乐不得不用一只拳头抵住自己的胃,以缓和紧绷的神经。

"您这是怎么了?为什么脸色突然变得这么难看?难道卢卡斯出事了?"

穆尔豪斯医生歪着头,双手插进由于没系扣而从椅子两边散开,且边缘垂落在地的白大褂兜里。"不如您给我讲讲您的儿子吧。"医生用一种令希波乐难以接受的语气说。

这种语气只有父亲在安慰他幼小的孩子时才会用。或者——心理治疗师也会用同样的语气对他的精神病患者说话。

希波乐猛地坐起身来,完全不顾在这过程中被她过激的动作所扯掉的那些原本固定在头部的电线。她无视这些散落的电线,无视扯掉头发的疼痛，也无视穆尔豪斯医生惊异的目光。

"为什么您不回答我的问题？我的儿子到底出了什么事？"

穆尔豪斯医生似乎在斟酌字句，考虑自己到底应该告诉这位激动得快失去理智的病人多少真相。终于，他依旧用那种心理治疗师的口吻开口说道："奥利赫女士，请您千万不要着急。您头部所遭受的重击，还有如此长时间的昏迷……都会给您的记忆带来负面影响，也就是说，您可能会在短时间内失去记忆。但是，随着时间……"

"您究竟在说什么？为什么一个问题都不回答？"希波乐终于忍无可忍，粗鲁地打断了医生的话。不过医生也不打算再多说什么了，因为这样下去只会使希波乐更加激动、气愤。她闭上双眼，深深地吸了一口气，然后将双手像祈祷那样合上。这一次希波乐对穆尔豪斯医生轻声说："求求您，求求您赶快告诉我，我的儿子到底怎么样了？"

穆尔豪斯医生弯下身子，将上身探向希波乐，并把他的手轻轻地抚到希波乐的手上。"奥利赫女士，我不知道，为什么……我的意思是，我不知道您的这些想法到底都是从哪里来的。也许是您的头部受到击打后身体的一种自发反应，但是……奥利赫女士，您忘记了，事实上，您根本没有儿子。"

希波乐的双眼死死地盯着穆尔豪斯医生，同时强迫自己消化和接受刚刚被告知的一切，并努力抑制身体不要做出过激的举动。一段时间之后，她简直不能分辨自己到底是谁。她也不知道自己沉默地保持了这个坐姿有多久，直到终于能理智地想清楚，医生为她提供的只是真相的一种版本。

"医生先生,我不清楚您从哪里得到了这些关于我的信息,不过,显然它们并不全面。我的儿子叫卢卡斯,今年六岁。如果我真的像您所说的那样昏迷了这么长时间的话,那么卢卡斯已经过完他的七岁生日了。他是2001年8月19日……"希波乐在讲述中突然停顿了一下,不知为什么,这种陈述事实的方式令她觉得这些事都不再真实。虽然如此,希波乐还是继续了下去。"在慕尼黑伊萨尔河右岸医院出生的。给我接生的妇产科医生姓布莱希尤斯。当时我们一家住在伯根豪森区一间租来的公寓里。"就在希波乐讲出他们当年所居住的地方时,她的心底冒出一丝奇怪的感觉,仿佛她说了一些根本不该说的话。她使劲摇了摇头,试图摆脱这些奇怪的想法。希波乐抬起头来,看了看始终坐在床边不发一言的穆尔豪斯医生。我都做了什么?我们曾经住在哪里?希波乐什么也想不起来了。打在我头上的那一下……好吧,无所谓了。

"穆尔豪斯医生,我说得够多了吧?还是您想听到更多跟我有关的信息?您是不是认为我记忆混乱,并且捏造了真相?"

穆尔豪斯医生前后摇晃着脑袋,脸上皮笑肉不笑地咧嘴露出一排显然勤于护理的牙齿。"不,不,奥利赫女士,我当然相信,您刚才对我讲的一切都是事实真相。但是这些都不能改变的是,您的大脑在遭到强烈击打后受到了严重的损害。您知道吗,"他清了清嗓子继续说道,"人类的大脑是一部结构极其精密的仪器。正是由于大脑精密的特性,当它受到损伤的时候,我们才会被它的失误所欺骗。就您的情况来说,如果您能尽快接受事情的真相,那么您快速康复的机会也就越大。无论如何,您都不应该……"

希波乐无语地把滑到下面的被单拉回来,重新系好那件薄薄的病号服,这时她终于注意到因为刚才情绪激动而裸露在衣服外面的胸部。希波乐猛的一下扯掉身上所有的电线。用来固定电线与身体的吸盘在她的身上留下了一个个明显的红印。面对希波乐突如其来的举动,穆尔豪斯医生只是平静地坐着观看,毫无其他的反应,倒是那台监视器不断地发出刺耳的哔哔声,屏幕上的绿色曲线也剧烈地上下波动起来。希波乐的腿一从床上垂下来,穆尔豪斯医生就以娴熟的动作不急不慌地关掉整个监视器的开关。屋子里一下子安静下来,监视器屏幕上的荧光绿色小圆点也瞬间消失了。整个房间仅剩下从走廊上透进来的光亮,以及床头后面的墙上一盏小夜灯发出来的微光。

"我现在就要求换回我自己的衣服,离开这家奇怪的医院。"希波乐强装镇定地对穆尔豪斯医生说。为了达到她想要的效果,希波乐不得不一边极力掩饰内心的恐惧,一边努力让自己的声调保持平稳。"您有没有通知我先生,告诉他我已经苏醒了?还是您又想说服我,让我相信事实上我根本就没有结婚?噢,您通知警察了吗?您不认为警察们也应该到这里来询问我一些问题吗?"

"我们……呃,我们当然会通知您先生,告诉他您已经脱离了昏迷状态,奥利赫女士。警方我们也会通知,一旦我认为您的健康状况良好，能够接受他们的询问，我们就会请警方过来。"

"我现在感觉就很好，我要见我的儿子。"

紧接着两人之间出现了突如其来的僵持。穆尔豪斯医生终于失去耐心，他不再试图避免与希波乐交谈中时时刻刻可能出现的冷场。

"您现在最需要做的就是保持绝对的安静。"医生再一次用清晰的吐字与强硬的口气对希波乐命令道。这回在希波乐尚未做出任何反应之前，他就已经转过身，头也不回地离开了房间。

希波乐花了一些时间才终于使自己的眼睛适应了这个房间极其昏暗的光线。她看不清墙上是否有什么东西，但是她知道，在门附近的墙上应该有灯的开关。希波乐坚决要将自己的想法付诸行动，可就在向前迈了两步之后，她突然停了下来。昏迷了八个星期……这怎么可能？她怎么能毫不费力地下床？她怎么还能向前大跨两步？这一切发生得竟如此自然，就像希波乐只不过是在床上躺了一会儿。我一定要从这里出去。约翰内斯可能根本就没有接到医院方面关于她已经苏醒的通知，他当然也不知道，她感觉自己的身体状况非常好。他很可能都不知道我现在人在哪里。

只迈了两大步，希波乐就来到了房间的门前。她用双手在门左右两边的墙上摸了又摸，却根本没有找到预想之中的电灯开关。于是希波乐又开始试着寻找门的把手。结果她只摸到了一个长长的圆柱形的巨大门锁。希波乐感到无比失望，双肩像失去力气一样塌了下去。她用前额抵住冰凉光滑的铁门，将全身的力量压了上去。

门被锁上了。自从在这个房间里醒来，希波乐的生活就变得都是由匪夷所思的事情组成。刚才那位医生说她持续昏迷了好几周，还有这个被人为搞得如此昏暗的房间，她居然是被锁在这个房间里的……

难道是有人绑架了她，再用药物使她昏迷，把她弄到这个房间里？如果是这样的话，那么她手背上的瘀青也可以解释得通了。不过，这台连在她身上的监视器到底是做什么用的？为什么她一想起卢卡斯，那个据说根本不存在的儿子，心里就会产生异样的疼痛？希波乐站直身体，不再用头顶着那扇没有把手的门，双眼却视若无物地盯着它。

卢卡斯！她必须立即找到她的儿子。突然间希波乐决定要与命运决一死战。她双手攥成拳头，拼命地捶打那扇门，但是门过于厚重，质量上乘的木头几乎吞噬了所有希波乐制造出来的声音。除了沉闷的砰砰声，什么都听不到。希波乐一边继续不顾一切地狂敲这扇门，一边使出吃奶的力气大声叫喊。时间一分一秒地过去了，根本没有任何人出现，她累得再也没有一丝力气，双手不甘地垂了下来。希波乐调转身子，背靠着门，整个人滑向地面。

"卢卡斯，"她颓然无助地坐在地上，眼泪止不住地顺着双颊流下来，"卢卡斯。"

第二章

　　希波乐不知道她在地上靠着门坐了多久，直到她感觉到背上那沉闷的一击。

　　猛的一下子，希波乐站了起来，她从门边快速退后几小步，再转过身。穆尔豪斯医生通过细窄的门缝向里面窥探了很久，然后走进房间并把门反锁上。

　　钥匙，希波乐脑中闪过一个念头，他一定随身带着房间钥匙。

　　穆尔豪斯医生能从希波乐脸上的细微表情察觉到她受到了刺激，所以他把希波乐的一只手握在自己的手里，希望她能平静下来。同时，他温柔地说："奥利赫女士，请您保持冷静。我是来帮助您的。请您一定要相信我。"

　　"帮助？您把我锁在这里，还对我撒谎，难道这就是您所谓的帮助？您还是把我的东西都还给我，放我出去吧。这是您唯一能为我做的事情，这才是对我真正的帮助。"

穆尔豪斯医生面无表情地摇了摇头。"您目前的身体状况不允许您离开这里。"看到希波乐的身体开始紧绷,医生马上补充说:"如果您能保持理智,配合我的治疗,那么我向您保证,很快您就能离开了。"

"我的儿子在哪里?我的丈夫在哪里?"希波乐急切又固执地再次重申她的问题。然而谈话进行到这一步时,穆尔豪斯医生一边摇头,一边保持着一种夸张而戏剧化的姿势,哼哧哼哧地喘气。

"您没有儿子,奥利赫女士。您要是不能接受这一事实,我就不会允许您从这里出去。否则您将会使自己以及周围的人陷入危险。所以,您还是好好休息吧。"说完这句话,医生就转过身,慢慢地向门口踱去。

如果现在让他就这么走了,那就什么都完了。想想你的孩子吧!

再走三步,穆尔豪斯医生就从这个房间出去了。希波乐深感焦虑,她无奈地四下张望,并不知道自己到底想找什么。

再走两步。

卢卡斯……

只剩最后一步了。带着要破解这个谜题的决心,希波乐鼓起所有勇气,纵身向前扑去。她使出全部力气,让自己整个人一下子砸在医生的后背上。消瘦的身体摇晃着被推倒在门上,继而倒向地面。希波乐准备在穆尔豪斯医生缓过神之前,再在他的背上使劲跳几下,不过他却躺在地上一动也不动。这个男人看来已经昏过去了。

希波乐岔开两条腿,从穆尔豪斯医生的身上站起来,呼哧呼哧地大口喘气。他不动弹了,我把他——她哆哆嗦嗦地伸出手来,将并拢的食指与中指放在医生脖子上的动脉处。他的脉搏跳动得依旧强劲有力。希波乐长舒一口气,站到了医生身体的一侧。她一边抑制不住地流眼泪,一边仔细打量这具一动不动的躯体。钥匙!她必须尽快动手,这样的机会很难再有第二次。

希波乐轻易地就找到了她要找的钥匙。四把被串在一起的钥匙就装在穆尔豪斯医生的白大褂里,跟他的听诊器放在同一个口袋。找到钥匙后,希波乐把那件职业医生才穿的白大褂厌恶地扔到一旁的地上。她把那些钥匙紧紧地攥在手中,一种胜利的感觉流遍她的全身。

希波乐绕过穆尔豪斯医生躺在地上的身体。他几乎是贴着门板倒下的,因此希波乐到时只能将门打开一个小缝,不过,这条小缝也足够她侧身挤出去了。希波乐无论如何也不想再碰那个男人一下。

她火急火燎地在门锁上尝试着那些钥匙,幸运的是,只试到第二把,门就打开了。这让她激动得几乎大叫出声。她小心翼翼地把门打开一点,先探出头去左右看看。走廊低矮的房顶上悬挂着一排冷冷地发出刺眼白光的氖气灯。强光之下,希波乐使劲闭了闭眼睛。她把门又开大了一点,不论她怎么看,走廊里都是空空荡荡的。关希波乐的这个房间在走廊的一头,而另一个房间则在走廊的另外一头与它遥遥相对,除此以外,整条走廊只有被刷成灰不溜丢的难看的墙，再没有任何一扇门或窗。

这可不像是典型的医院走廊，希波乐心想。虽说如此，她还是没有停下继续向前的脚步。

希波乐冻得瑟瑟发抖。她身上只穿了一件薄薄的病号服。有那么一瞬间，希波乐甚至想返回关她的房间，看看有没有可能在那里找到她自己的衣物。但是，她立即抛弃了这个念头。因为如果她找东西的时候，那个医生清醒过来了，那么之前她所做的努力就都白费了。那个精明的男人绝对不会把同样的错误再犯第二次。她必须以最快的速度离开这里，其他都不重要。希波乐尽可能轻地将身后的门带上，这样穆尔豪斯医生就不能在醒来后去追她了。

希波乐赤脚在水泥地上跑动，在空空荡荡的走廊里发出噼里啪啦的巨大声响。这样的声音让希波乐十分不自在，以至于她不得不在最后几步时踮起脚尖，尽量不发出任何声音地小步快走。

走廊另一头的那扇门也没有把手。这一次，她将四把钥匙都试过了才找到那把正确的。

希波乐在心里拜了四方神灵，祈祷这扇门后没有穆尔豪斯医生的同事。她慢慢地打开门。

她眼前的这个房间大概有十米长，十米宽，整个陈设就像是一个大地下室。一根裸露的日光灯管，刺眼的白光，没有窗子。地上零零散散地放着一些巨大的箱子。除此以外，房间里面再无他物。

希波乐深吸了一口气，快步走过这个房间。就在她到达这条走廊的另一端时,她发现自己置身于一个逼仄昏暗的楼梯间。这里到处都是灰尘,裸露的水泥墙上没刷任何涂料。

虽然希波乐心如擂鼓,但她还是毫不犹豫地光脚踏在了第一级台阶上。

在走了四段,每段大约十级台阶的楼梯之后,前方一扇灰色的铁门挡住了希波乐的去路。在用了大约二十秒钟,试了两把钥匙之后,她打开了这扇铁门。一下子,从门外涌进楼梯间的阳光照得希波乐睁不开眼睛。

同时,阳光带来的温暖轻轻抚过希波乐的全身,在她的皮肤上唤起一种久违的舒适感。她知道自己必须赶快离开这里,不能让大好机会轻易溜走。

在她面前是一个被树木和篱笆包围着的已经荒芜的花园。一条由一块块水泥板铺成的小路已经风化,路上长满了茂盛的野草。这条路终止在花园另外一边的篱笆前一米左右的地方。希波乐转过身,她身后这幢三层建筑物的表面被许许多多的窗子所覆盖,看起来确实像一家医院。而她曾被反锁在这家医院的地下室里。

希波乐在这条坑坑洼洼的路上跑了起来。她一边跑,一边由于踩到了小石子而跳两下脚。

希波乐并不熟悉自己沿着跑的那条路,但让她大大地松了一口气的事情是,她发现停在马路边的汽车全都挂着雷根斯堡市的车牌。

一对年迈的夫妇慢慢地走上了这条小路。希波乐赶快退后两步，把自己隐藏在花园篱笆的后面。她一边等着这对老人走过去，一边思考自己下一步该做些什么。卢卡斯……约翰内斯……无论如何，我现在必须回家。一旦确定她的儿子没有出事，她就会跟丈夫一起去报警。

然而，希波乐没有继续想下去。每当她想到卢卡斯和约翰内斯时，心里就会出现一种十分奇怪的感觉。眼下这感觉就特别强烈，像一只怪兽在她的身体内撕扯。到底是怎么回事——至少在这件事情上，穆尔豪斯医生说得不错：您有些不对劲。我的头……但为什么那个医生要说服她相信，她其实是没有儿子的呢？难道她给别人带来了危险，法律将她关押起来了吗？

胡思乱想。这根本不可能。

那对老夫妇已经慢慢地走到了篱笆的另一边，一阵男人模糊不清的自言自语把希波乐从她的胡思乱想中拉了出来。她又等了大约一分钟，然后才从藏身之处悄悄地踱了出来。希波乐再一次站在马路上。她飞快地往左右两边看了看，街上看不到什么人，是时候走过去了。

尽管希波乐不知道自己身在何处，但她必须找到回家的路，而且不能让路人对身上仅着医院病号服的她心生疑虑。也许她能找个好心人帮忙？哪怕就借用一下手机，好让她往家里打个电话。她一边注意着脚下，避免踩到石子或者玻璃，一边观察路边上的房子和房前的花园。这里大多数的房子都用小石子来装饰窗子和门的四周，以及屋檐下方。

两分钟以后，希波乐来到了一个十字路口前，让她大松一口气的是，那条车来车往，比较宽阔的横街是她认识的。那是阿道夫·施迈茨大街。沿着这条街一直往右走就是东大门。

现在希波乐能十分有把握地确定，先前她确实是被锁在一家医院的地下室里。以前她曾经开车路过那里两三次，只是从来没有进去过。那栋建筑物的确是一家医院，而且据她所知，那是一家私人医院。

从这里到她家，大概有四公里的路程。

对面有三个年轻人注意到衣着怪异的希波乐，停下了他们的脚步。他们不但对希波乐指指点点，还对着她大喊一些淫秽的话。他们的这一行径引起了更多路人的注意，一时间大家全都盯着这个几乎全裸的女人。一些人只是奇怪地看上她一眼，然后继续走自己的路；另一些人则干脆停下脚步，肆无忌惮地对她评头论足。希波乐还从来没有被这么大的不安全感包围过。她不由自主地向后倒退了几步，直到脊背抵到一面墙上。她使劲并拢自己的双腿，尽量把那件病号服往下拉，希望能至少盖住她的内裤。刚才那些年轻人看到这一幕后，又开始更猖狂地向希波乐大喊淫荡的话语。

希波乐越来越慌张。这样下去的话，她永远也走不到家。她一共还没走五百米，就招致了这样一场人群大围观。

当一辆红色的小轿车停在希波乐面前，并猛按喇叭的时候，她已经全身颤抖着缩成一团了。她的第一个念头是拔腿逃离，但是那又能怎样呢？当副驾驶一边的窗子被摇下去的时候，希波乐只犹豫了一下，便小步快速走向那辆汽车，弯下腰，向里面看去。

一位大约六十岁、体态丰满的女士坐在车里面。她那满头火红的头发简直太少有了，希波乐还从来没见过呢。让人印象更为深刻的是，她居然还戴着一副六十年代风格的绿色眼镜。这位女士坐在方向盘后面，一脸忧心忡忡地看着希波乐。

"我的上帝啊，我亲爱的孩子，你这么能穿成这样在街上乱跑呢？你会给自己招来麻烦的。"

不必多想，希波乐也能明白，这是她不引人注意还能快速顺利回家的唯一机会。她终于冷静了下来。

"是的，我知道，"她回答道，"我……我跟我丈夫吵架了。我们吵得非常激烈。我，我一气之下就这个样子跑了出来。我就一直跑啊，一直跑啊，就跑到这里来了。现在——"

"现在你显然成为街上的关注焦点了。"那位女士一边接着希波乐的话说，一边不满地白了那些粗鲁的青年们一眼，"快上车！"她的身子越过副驾驶的位子，从里面为希波乐打开了车门。希波乐看到她硕大的乳房拼命地挤过换挡器的手拉杆。

希波乐在那位女士关上车门前跳上了汽车。眨眼间，汽车就向前方开去了。这位女士显然是个马路杀手，她横着把车开出去的时候，后面的那辆车不得不紧急刹车。之后希波乐听到一阵长长的尖利刺耳的喇叭声从那辆极度不满的车里传来。

希波乐抹了一下前额上的汗水，闭上了眼睛。一个男孩的身影马上在她的脑海中浮现。他有着金黄色的头发，还对着她笑，并指给她看他嘴里因为换牙而出现的那个可爱的小洞洞。

第三章

他眼看着她坐上一辆小轿车风驰电掣地离去了。那辆车离开得如此之快，几乎酿成严重的交通事故。一眨眼的工夫，那辆车就淹没在了长长的车流之中，他再也辨不清她的去向，于是他从衣服口袋里掏出一部手提电话，按下了重拨键。

对方应该一直在等这个电话，因为铃声只响了一下，就接通了。

"是我。"他简短地通报之后，便开始叙述整个事件的经过。

等他全部讲完之后，电话里面传来："好的，汉斯。那你现在就出发去那座房子。"就这样，这通电话便结束了。

汉斯合上电话，将其放进了裤子口袋里，转身走了。

他的汽车停在医院门前的停车场。在回去的路上，他差点踩到别人随手扔在人行道上的香蕉皮。就在眼看要踩上的那一刻，他急急地收住了脚步，稳稳将步子落在了香蕉皮旁边。接下来的路上，他无法抑制地想，万一刚才自己没有收住脚步，踩到香蕉皮滑倒了，也许会摔得什么地方骨折。一个事件的发生便会将后续的许多事情改变。对医生来说是如此。对希波乐来说，同样也是如此……

汉斯常常思考这样的事情。每个人的一生都是由一个个事件组成的。人类、动物以及各种物件，它们每秒钟都在向外发射千百万条射线，并且互相吸引。每一次的相遇都是一个事件，每一个事件都有它出现的意义。一连串的事件中只要有一个改变了的话，那么这个世界也就不再是我们现在看到的这个样子。

一条狗本该在人行道上散步，这时它会遇到揉皱的纸团、干枯的枫叶、大量的尘土，也许还有什么乱七八糟的脏东西；然而，若是它突然一步踏到马路上，那么它遇到的便是各种各样的车辆以及其他事物。就在这条狗遇到的一辆车上，在副驾驶的位子上坐着一个小男孩，而这个小男孩也许会在四十年后成为国家的总理。不过这一切都不再可能了。因为这辆汽车的司机为了躲避这条突然出现在马路上的狗而把他的车打了个急转弯，与对面开来的另一辆汽车狠狠地撞在了一起。

四十年后也许会有另外一个什么人被选为新的国家总理。而他癫狂的思想就在任职之后爆发出来，这个世界也许会因此变得满目疮痍，人们受伤的身体与心灵再不能得到治愈。然而这所有的一切，仅仅是因为四十年前的那条狗一步踏在了车水马龙的马路上。

汉斯常常思索这些事情，因为他总是充当改变一连串事件中某一件的角色，以达到更改整个事件最终结局的目的。当那条狗一步踏到马路上的时候，它改变的事情并不仅仅是一点点。这样的想法也许并不会在汉斯的脑中出现，因为他是一个非常热爱动物的人。他思考的更多的是通过人力所改变的某些事情，进而使整个事件的结局发生天翻地覆的变化。

他终于走到了自己汽车的旁边。坐到方向盘前面之后，他并没有马上发动车子，而是又回想了一遍，并且反问自己，什么时候他才可以从她身上取得那些可以改变事件结果的要素呢？她本身就是那个要素，医生把这个要素称作"亚娜·多伊"。

"亚娜。"汉斯轻声念出这个名字，并想着那块碎片。

第四章

"孩子,告诉我,你住在哪里。我送你过去。你马上就又能跟你的王子在一起了。"

希波乐睁开眼睛,看向那位老妇人的方向。

尽管她头发的颜色如此怪异,尽管她戴的眼镜如此少见,但是这位老妇人对于希波乐来说还是那么和蔼可亲。

希波乐报上自家的地址后,老妇人点了点头,说道:"我知道那个地方。另外,我的名字是罗斯玛丽·温格勒。"之后,她微笑着转过头来,长时间地看着希波乐,要是希波乐没有用眼睛余光扫到前面那辆行驶缓慢的汽车,并大叫"小心"的话,她们就直直地撞上去了。

随着一个一脚踩到底的急刹车,她们停在了距离前面那辆蓝色高尔夫几厘米的地方。离奇的是,罗斯玛丽居然还能若无其事地与希波乐继续聊天。

"我的好朋友都叫我罗丝。"她再次看向希波乐,"而你,亲爱的,你也可以这样叫我。"

虽然希波乐被吓得够呛,而且全部心思还都被她的儿子所占据,但这个时候,她还是知道应该微笑。

"我叫希波乐,"她回答道,"衷心地感谢您对我的搭救之恩。"

罗丝急忙摆手阻止。"哎呀,你这是在说什么呢!我们'年轻姑娘'就应该团结在一起,互相帮助,对不对?"她眨了一下眼睛,大笑着说道,"我说笑话呢!"

在剩下的路途中,罗丝一直一刻不停地说话,即便希波乐只是有一搭没一搭地听着,但还是了解到了罗丝的情史、在更年期期间困扰她的潮热现象,以及她在雷根斯堡老城区经营着一家时装店,店里的高级时装只为那些有钱买它们的年轻姑娘们所准备。在整个过程中,这位老妇人完全没有问过希波乐任何一个私人问题,而在这种情况下,这确实也是正常的。

最后她们把车停在了一幢装饰得十分温馨漂亮的白色房子前。这是约翰内斯和希波乐前几年从一对由于丈夫失业而不能继续偿还贷款的夫妇手里买下来的。

房子前面用石子铺成的小路牵引着希波乐的目光,它们一直穿过车窗向着房子里面延伸而去,她甚至能听到自己的心脏在胸膛里怦怦乱跳的声音。约翰内斯,卢卡斯。她多希望他们俩正在家里翘首期盼她的归来啊。突然一阵撕纸的声音引得希波乐又转过头去。

"这儿!"罗丝的手里举着一张纸,显然是刚从她放在腿上的笔记本里撕下的,她把纸递给希波乐,"这是我的电话号码。如果他们两个惹你生气,或是你觉得你需要脱光衣服到大街上裸奔发泄的话,可以给我打电话。我肯定也会脱光衣服,陪着你一起当众发疯的。"

希波乐接过这张写有电话号码的纸条。"您为什么……"

"你。"罗丝纠正她道。

"真的非常感谢你,罗丝。"

希波乐已经从车里踏出半只脚了,突然听到罗丝在她身后喊道:"等一下!"原来罗丝的一只手正费力地穿过车里面横七竖八的障碍,使劲向后掏过去。不一会儿,她就从汽车的后座上拉出一件鱼骨头图案的深色大衣,并把它送到希波乐的眼前。"这件大衣我一直放在车里以防万一。虽然它不太适合这个季节,但是怎么也比你身上穿的这件强。"罗丝一边说一边指了指希波乐身上的住院服。就在希波乐接过大衣的同时,罗丝又问:"你穿多大号的鞋?"

"38号,怎么了?"

罗丝并没有直接回答她的问题,反而弯下身子,开始在汽车脚踏板附近摸来摸去。没过一会儿,她就把一双鞋举到希波乐的面前,而这正是她刚才脚上穿的。这是一双有着无数土耳其蓝小方格图案的平底鞋,看起来很舒服的样子。"这个你也拿上。虽然是40号的,不过你也能穿。大一点总比小一点强。"希波乐犹豫了一下。可罗丝干脆直接把鞋放在她手里的大衣上。"赶快穿上吧。我光着脚也可以开车的。赶快穿上鞋去找你的丈夫吧。"

29

希波乐将罗丝的手紧紧地握了一小会儿，然后才依依不舍地放开。她下了车，然后慢慢地弯下腰，把那双鞋套在自己赤裸的脚上。

接下来，希波乐穿上了大衣，虽说现在是夏天，但她还是将全部扣子都仔细地扣好。不过这件大衣比希波乐的身材至少大了三个码，只能松松垮垮地挂在她的肩上。

希波乐没注意到罗丝是什么时候离开的，因为眼下那种奇怪的感觉又有如利爪般紧紧地抓住了她。她心里隐隐觉得有什么地方不太对劲。即使这是她自己家的房子，却也让她感到有些陌生。在自己家里，她曾与约翰内斯和卢卡斯度过了那么多欢乐的时光，而这栋房子却怎么看都像是她家的一个仿制品，虽然仿制得与原件非常相像，但就是有些地方让她觉得不对劲。

你到底是怎么回事，希波乐·奥利赫？她已经失去理解这一切的能力，或者正在失去理解这一切的能力，这种感觉让她害怕得简直要大叫出声。

有那么一瞬间，她甚至觉得自己连站都站不住了。于是她用手使劲搓了搓自己的脸，然后迈开大步向着房门走去。

穿过一条窄窄的小路，就可以到达房子右边的花园。在那里，一个花盆下面藏着他们家大门的备用钥匙。但是，希波乐觉得还是按门铃比较好。如果她真的确定自己并没有昏迷两个月那么久的话，为什么现在会有一种好像已经离家很长时间的感觉？她并不希望由于自己突然在家里的客厅中出现而吓坏卢卡斯与约翰内斯。

希波乐犹犹豫豫地将手轻轻放在大门边的门铃上。就在手指压下去的一刹那，她听到了熟悉的叮咚声，同时感觉身体里的所有血液都呼啸着朝两只耳朵奔涌而去。

求求你，上帝，求求你让他们两个在家吧。

就在希波乐听到从屋内由远而近传来的脚步声时，她的双眼不由自主地湿润了。房门打开后，约翰内斯出现在希波乐的面前。他刚刚站定，希波乐就一边大叫着"汉内斯"，一边把自己挂在了他的脖子上。她想拥抱他，亲吻他，与他融为一体……但是，约翰内斯既没有预料中的快乐，也没有张开他的双臂迎接希波乐，更没有将希波乐同样紧紧拥在怀里。他反而向后退了一大步，不但让希波乐所有的希望都落了空，还差点让她一下子摔在地上。

"您这是疯了吗？"他冲她大声说道，"您到底是谁？您到底想从我这里得到什么？"

希波乐好像被闪电击中一样定定地站在原地。她一动也不能动，想叫也叫不出来。她的大脑就像被突然抽空了一样，胸中好似堵着千言万语却不知如何开口。头晕目眩的感觉让约翰内斯的影像在她的眼前左右摇晃，他正无措地拉扯着身上的套头毛衣。而这件酒红色的毛衣正是去年希波乐为了庆祝约翰内斯三十八岁生日送给他的礼物。

他毫不掩饰地打量着她，那眼神就像是在观察一个外星生物——从那件过于宽大的外衣，到土耳其蓝的平底鞋，再回到她脸上。

"您是住在这条街或者这附近的吗？"他问。希波乐直愣愣地盯着他，身体依旧一动也不能动。"对不起，但是刚才——"

"汉内斯！"希波乐用尽全身的力气向前迈了一步。她的声音听起来是那么尖锐，连她自己都不认识了。"但是汉内斯，这……是我啊，是希波乐。"

听到这里，约翰内斯高高地扬起两条好看的眉毛，以至于前额堆满了深深浅浅的皱纹。"希波乐？哪个希波乐？您为什么叫我汉内斯？"

突然间希波乐所有的知觉都恢复了，心里所有的恐惧也都消失了。她现在唯一能感觉到的，是突然爆发的愤怒犹如在火山口汩汩欲出的岩浆，随时都会吞没一切。

"天哪，汉内斯！你够了吧，不要再跟我装神弄鬼了！"她冲着面前的这个男人大吼道。他们已经结婚那么多年了，而他现在的表现却像从来没见过她一样。"难道你突然失忆了吗？你好好看着我，约翰内斯·奥利赫。在你面前站着的是你的结发妻子，希波乐·奥利赫。我婚前的姓氏是菲利斯。我跟你是在1999年6月25号那天结的婚。我刚刚在一间地下室苏醒过来，有人想把我关在那里。现在赶快告诉我你知道我是谁，而你刚刚只是想跟我开一个一点都不好玩的玩笑。然后我们立即一起回到屋子里去，因为我的感觉一点也不好，我还有一大堆的问题要问你。除此以外，我还要立即见到卢卡斯。他在哪里？他到底好不好？"

约翰内斯直愣愣地看着大喊大叫的希波乐，嘴大大地张着。

"您……您说您是谁？"他把一只手覆在前额上，并且不停地摇着头。

希波乐开始哭了起来。就在断线珠子般的眼泪快速打湿她整张脸的时候,希波乐慢慢地朝着约翰内斯又走近了一步。

"汉内斯,我不知道是怎么回事,你……你让我感到很害怕。特别害怕。你现在能不能不要再这样了?求求你了。我不知道到底发生了什么事。我只记得那天晚上,在与艾柯吃完晚饭之后,我独自穿过了公园。就是在那里,我被袭击了。而那之后的事情,我就只记得大约两个小时之前,我在一家医院的地下室里醒来。求求你,汉内斯,我坚持不了多长时间了。请你让我至少看看卢卡斯。"

然而约翰内斯的反应却大大出乎希波乐的意料。他向后大大地退了一步,然后垂下头,向前弯下身子,并将两只手分别撑在两条大腿上。这个姿势就像是他刚刚跑完很远的路,正在大口大口地喘息。终于,他重新缓慢地抬起头来,轻声地对希波乐说:"您到底是谁?您为什么要这么耍我?我的妻子……希波乐……已经确认被人袭击了。没有人知道……她自从被袭击以后就失踪了。"他的声音越来越弱,"到现在已经差不多过去两个月了。"

第五章

希波乐感觉她的双腿就像是一对悬在烈火上方的蜡烛一样在慢慢熔化。像电影中的慢镜头，希波乐难以抑制地缓缓蹲下身子，直到整个人滑坐在屋子前沙褐色的石子路上。

两个月。穆尔豪斯医生说的果然是实话。至少在关于这一点上。但是，这怎么可能呢？还有，汉内斯为什么一直说他根本不认识她呢？

"汉内斯，我不知道你到底是怎么了，但是……也许是因为我出了事故的原因，所以一切都看起来不一样了。不论是由于什么原因你认不出我了——我只求求你让我向你证明，我就是我。你难道就不能问我一些问题吗，求求你了？汉内斯？你倒是问我点什么，问我那些……只有你的妻子希波乐才知道的事情。好不好？"

他只是站在那里一动不动，于是她又说了一遍："求求你。"

他还是眼睛一眨不眨地盯着她。这短暂的一刻对希波乐来说简直有如永恒,直到他终于低下头,脸上扯出一个勉强的笑容,说:"这恐怕真是一个糟糕透了的笑话。"

当他再次看向她的时候,脸上所有的表情都消失了。他声音平平地说:"那么请您说说看,希波乐把她的硬币收集册放在哪里了?"

希波乐如释重负地笑了。"硬币收集册?我根本就没有。咱们家唯一的一本是你的,放在我们卧室五斗柜最下面那层抽屉里。"

"我的哪只脚上有一颗痣?"

"左脚,在接近脚后跟的位置。它比以前大了一些,所以你从去年就开始想什么时候去医院把它点掉。不过你每一次都能找到新的不去看医生的理由。"

他的脸上开始显现出难以置信的神情。

"继续啊,汉内斯。"她一边要求他继续问下去,一边无法遏制地想念着卢卡斯。她必须进那幢房子里。

"那天,就在希波乐失踪的那天早上,我给她念了报纸上的一篇报道。呃,你知道那篇报道写的是什么吗?"

"事实上,那根本不是一篇报道。你给我念的是星座预言。你觉得那个预言特别有趣,因为它说我在那一天会与我伟大的真爱相遇。"

希波乐看着约翰内斯越来越惊讶的脸,满心期待着一个适当时刻的到来,好让她问出心里已经快憋不住的话。"现在你相信我了吧?汉内斯?"

他看起来正在经历十分激烈的内心挣扎。他又探究似的看了她好半天,终于用一种干巴巴的声音说道:"您请进来吧。"

"谢谢。"哦,卢卡斯。她终于能见到卢卡斯了!

进门后,希波乐禁不住上上下下打量房子的内部。她脱下了罗丝的大衣,将它挂在门口的衣帽间。脱衣服时,她发现原来她一直将写有罗丝电话号码的纸条紧紧攥在手里。她不知道她到底应该将这张纸条放在哪里。想了一下之后,她将其固定在自己内裤松紧带的地方。

她转过身时,约翰内斯正睁大眼睛盯着她身上那件薄薄的医院病号服。

"这个我回头再跟你解释。"她一边说,一边走进他们的卧室,"汉内斯——卢卡斯在哪里?"

他看起来犹犹豫豫的。"卢卡斯?"

我的天哪,汉内斯,你到底是怎么了?

"对,卢卡斯,我们的儿子。"

"啊,对了,呃……卢卡斯,他现在不在这儿。"约翰内斯突然变得吞吞吐吐起来,"他在他的朋友家呢。"

"他好不好?他在谁家呢?你能不能往他的朋友家打个电话?我想跟他说说话。"

"他在……他在约根家,他们俩前几天才认识。约根是个很可爱的小男孩。他家的房子非常漂亮,非常漂亮。"

希波乐情不自禁地叹了一口气。汉内斯这种奇怪的说话方式让她完全迷惑不解。这一切都让她觉得自己是从一个陌生的世界突然闯进来的。她努力用不发颤的声音说道:"不如我提个建议。我现在就上楼去,换一身像样的衣服再下来。你可以在我换衣服的时候往约根家打电话,告诉卢卡斯他的妈妈回家了。然后我想跟卢卡斯说说话。"

约翰内斯点了点头,然后希波乐就离开了客厅。她走上从门口通到楼上的楼梯,走到一半的时候不得不停下来,背靠着墙,因为一阵晕眩感突然袭来。我的头……这是多么恐怖的一个噩梦啊。她看着距离二楼仅剩的几级楼梯,内心有一股强烈的渴望,就是立即冲到卢卡斯的房间里去。她需要将某件属于他的东西抓在手里,闻那股属于他的味道。

希波乐终于来到了二楼,不过当她真正站在那条窄窄的过道上时,她还是犹豫了。我到底要干什么来着——哪里……忽然之间,她觉得自己就像喝了太多的酒一样,思绪时而清晰时而混乱。那么多的事情,在前一秒钟还显得重要得不得了,在下一秒钟却又像根本无关紧要的芝麻绿豆一样,被她忘得干干净净。

希波乐忘记了要到她儿子的房间去看看。她转过身,径直来到了自己的卧室。

从宽大衣柜嵌有镜子的门上,希波乐看到了自己的样子。这是她在医院的地下室里苏醒过来后,第一次看到自己的样子。镜子中的这个女人看上去是如此陌生。不,她简直认不出她自己来了。她当然认识自己的脸,然而现在呈现在她面前的这张脸却好像是她的一个好朋友的,抑或是她的某个姐妹的。及肩的金黄色大波浪长发当然是她的专属,就跟鼻子周围散落的那些小雀斑一样。镜子中的她看起来比一米七还要高上一些，不过这有可能是因为衣柜的门有点往前倾斜。对于一个三十四岁的女人来说，希波乐看起来还是保养得不错的，但还是有什么地方不对劲。是那么不对劲，就像现在发生的所有事情都显得么不对劲一样。

她打开衣柜的门，找出一条牛仔裤和一件白色的T恤。穿上这些衣服后，她发现她瘦了不少。那条裤子现在看起来至少大了一个号，松松垮垮地挂在胯骨上。而且，裤腿也变得不合适了，它们才刚刚盖过她的脚踝。这段时间约翰内斯肯定没有用正确的洗涤方法清洗这条牛仔裤，以至于都缩水了。但无所谓了，她终于不用再像从精神病院跑出来的患者一样半裸着身体到处乱跑了。接下来她又套上了一件薄薄的棉布夹克，最后还是穿上了那双土耳其蓝的马赛克软鞋，因为它们实在是太舒服了。

快要出门的时候，希波乐看了一眼摆在床头柜上的照片，然后她停下了脚步。她还清楚地记得当年拍这张照片时的情形。那是他们的蜜月旅行，在希腊的克里特岛。汉内斯把照相机交给一位年轻英俊的希腊小伙子，请他帮他们照了这张合影。

一丝幸福的微笑慢慢在希波乐的脸上浮现出来。她走向那个床头柜，将木质相框拿在手里，一边看，一边轻轻摩挲着照片的表面。几乎就在同时，她的手指突然失去了抓握的力气，她只能眼睁睁地看着相框就那么正面朝上地向着地面坠落下去，直到最终孤零零地躺在地毯上。

希波乐愣愣地站在原地盯着地上的照片，试图倾听来自自己内心的声音。她尝试寻找自己身体发出的信号，想辨明这到底是心理出现问题，还是精神崩溃的前兆。

她慢慢地蹲下身去，仔细观察着这张照片。上面的景色是她所熟悉的，汉内斯也是现在的样子，只是看起来更年轻一些。但是那个女人，他搂着的女人并不是希波乐本人。虽然那个女人也是满头金发，但她显然是另外一个人。希波乐觉得她见过那个女人，只是想不起她的名字了，也想不起在哪里见过她。那个女人是怎么跑到我们的蜜月照片上去的？跟约翰内斯，跟我的丈夫在一起。

希波乐站起身来，然后坐在了床边上。

好吧，我们来总结一下：我的大脑中缺少前两个月的记忆。我被锁在一家医院的地下室里，并且在那里打昏了一名医生。我还半裸着跑过雷根斯堡的好几条街道，后来又被一位看上去十分友善但总显得神经兮兮的老妇人用她的车送回家。到头来只是从我丈夫的口中听到，其实他不是我的丈夫，而我也不是我。我费力地说服他，表示可以证明我就是我。结果我却在我们的卧室看到一张摄于我们蜜月旅行时的照片，照片上我的丈夫搂着一个陌生的女人，她正好站在我原来站的位置上。

希波乐视线所及之处——卧室里的墙——在慢慢涨高的眼泪中渐渐变得模糊不清。她强撑着站起身来，飘飘忽忽地走出卧室，就像个梦游者一样。而她也完全没有听到自己踩上那个木质相框所发出的咔吧咔吧的刺耳断裂声。

当希波乐再次走进客厅时，约翰内斯正坐在电视机前那个专属于她的单人沙发椅中。她还发现，她一走进来，约翰内斯就全身抽搐了一下。她想，这大概是由于她身上那条又肥又短的裤子看起来十分滑稽可笑。

"你已经打过电话了吗?"她实在是想知道。我不问他关于照片的事情。最好是不要问。

"打了。"他回答得那么快,"约根的父母马上就会把他送回来。几分钟以后,他就会在这里出现了。"说完他在脸上扯出一个完全不符合当时情境的笑容。

希波乐在旁边的长沙发上坐下来,对他说道:"好的。好的,这样很好。"但其实,她心里明白,什么都不好。

那张照片,他怪异的行为方式……约翰内斯是在她面前演戏,这种感觉变得越来越强烈。希波乐觉得她到时最好抓住第一个可以利用的机会,带儿子逃离这里,至于其他事情,则可以等到她和卢卡斯安全之后再做考虑。但是,我应该去哪里呢?我又应该怎么去呢?我简直完全没有……那个老旧的糖罐就在厨房柜子的最上面!大概从两年前开始,她每个月都会从家用中省下一些钱来,然后将钱放到糖罐里。她这么做是因为约翰内斯明年就四十岁了,她想在他生日的时候满足他长久以来的愿望,让他去考取超轻型飞机的驾驶执照。而他则为了家庭早已放弃了这个愿望。

为了掩饰自己的目的,希波乐说:"我去拿一点喝的东西。你想喝点什么吗?"

"不……呃,不,谢谢。"

来到厨房以后,希波乐先看了一眼墙上的表,时间是十二点四十分。直到刚才,她都不知道现在究竟是上午还是下午。她打开水槽边的柜子，一边努力忽略胸膛里怦怦乱跳的心脏，一边飞快地将前面的几个瓶瓶罐罐都推到两边。她当初把那个糖罐藏在了其他东西后面，免得被约翰内斯发现。那个印满彩色花朵的锡皮罐果然还在原处。她把罐子抓在手里，用颤抖不停的手指打开盖子。在摸到罐子中一卷一卷的钱后，她长长地松了一口气。她立即把这些钱都掏了出来，全部塞到自己的裤袋中，接着又把罐子盖好，放回柜子里。她并不清楚自己到底攒了多少钱，不过她猜这些怎么也得有一千欧元了。不管怎样，这些钱对于她计划的第一步来说足够了。

就在打开冰箱的时候，她听到了门口走廊里传来的脚步声，以及隐隐约约的轻声低语。

她的心停跳了一拍。卢卡斯！她终于要见到卢卡斯了！她脸上不由自主地露出一个轻松的笑容。然后她想不顾一切地冲出厨房，不过，她不得不在门口收住了自己的脚步。在进门处的走廊里站着两个陌生的男人，他们一脸严肃地凝视着希波乐。她正对面的那一位留着金色的短发，高高耸起的颧骨让那张黝黑的窄脸充满了阳刚之气。他也许才刚刚三十岁。而另一位，希波乐觉得他至少在四十五岁左右。在他发迹线已经退得很高的头发中夹杂着丝丝缕缕的白发。

"就是她，就是这个女人。"约翰内斯指着她说道。他的声音听起来神经兮兮的。

"汉内斯！"她从厨房迈了出来，"卢卡斯到底在哪里？这两个人是——"

"您好。"那位年轻一些的男士打断了希波乐的话,"刑侦组,马丁·威特硕雷克。这位是我的搭档,刑侦组组长奥利弗·格鲁尔。您能告诉我您的名字吗?"

"我叫希波乐·奥利赫。我住在这里。"希波乐努力使自己的声音听起来平静如常,"但是你们为什么会在这里?是我的儿子出了什么事吗?"

"我们不知道您的儿子出了什么事。"格鲁尔警官解释道,"我们来这里是因为奥利赫先生报了警。"

约翰内斯?为什么?哦,当然了!我失踪了两个月,他肯定想通知警察,让他们知道在我身上都发生了什么事。

"我会告诉你们我知道的所有事情。但是,请您理解,我的儿子马上就要回家了。我想先看到他,知道他怎么样了。"

格鲁尔警官扬起眉毛,层层的皱纹立即堆满他的前额。"您知道的所有事情?"

"对呀,就是关于我被袭击的事情啊。"

这两名警察先生先是互相对望了一眼,然后又同时用一种复杂难解的目光看向约翰内斯。

"我早就说过了,这个女人是疯子。"约翰内斯急急地说道,"她知道我们之间的所有秘密。她肯定跟我们的生活有关。她几乎成功地让我相信,我的……我的妻子终于回来了,只不过不再是以前的容貌。她说话时的神态和希波乐一模一样。她肯定花了好多时间来背诵这些有关我们的事情,练习模仿我妻子的所有行为举止。但是,"他脸上的表情变了变,"我妻子还是故意给她留了一个破绽。"

不只是那两位警官,这回就连希波乐也满脸疑惑地看向他。时间一秒一秒地流逝,当他再一次正视她眼睛的时候,他的神情就好像他在这段时间里承受着别人所不能理解的煎熬。

"显然希波乐告诉这位女士,我们有一个名叫卢卡斯的儿子。这恰好就是她设下的陷阱。"

就在这一刻,对于希波乐来说,她与她的整个世界陷入了黑暗。

在希波乐睁开眼睛之前,她听到一个声音说:"她是自己来的。"

这个声音听起来就像有人被棉花堵住了嘴,却仍努力说话。

她正躺在客厅的长沙发上。那位年轻的警察,她已经不记得他叫什么了,正蹲在沙发旁边看着她。她把头稍微往边上转了一下,然后看到约翰内斯正与那位年长的警察并排站在壁炉前小声地交谈着什么。

"您感觉怎么样?"蹲在她身旁的那位男士问道。

"不怎么样。"希波乐一边回答他,一边小心翼翼地坐起身来。随后年轻的警察坐到了她的身边。

她用正在颤抖的冰凉的手指拢了拢乱糟糟的头发,然后转过头看向那个男人。不可思议的是,他对她竟如此亲切和蔼。

"不好意思,能麻烦您告诉我,到底发生了什么事情吗?我的先生为什么……您知道我的孩子在哪里吗?"

"其实，我们是期望您能够向我们解释，为什么您会出现在这里。这也就是说，您必须得先回答我们提出的几个问题。关于您儿子的问题——为了告诉您一些有价值的信息，我们必须首先知道，您到底是谁。"

希波乐把一只手放在脸上来回摩挲了几下，就好像要把脸上的什么脏东西擦掉一样。然后她重重地叹了一口气，说道："现在又得从头来一遍了。我不是已经告诉过您吗？我叫希波乐·奥利赫，就住在这里，尽管我的先生并不愿意承认这一点。但是我现在真的想知道，卢卡斯到底在哪里。您听见我说的话了吗？我要去找我的孩子，立即，马上。"她的声音一下子提高了许多。

这位警官先生飞快地瞥了一眼他的搭档。在对方点过头之后，他用平静的声音告诉希波乐："您并不是希波乐·奥利赫。早在两个月前，奥利赫女士失踪之后，我们就一直在跟踪这个案子。她的照片我们也在这段时间看过很多了。我们不只在这里调查，我们也拜访过她的亲朋好友。所有的照片上都是同一位女士，而那位女士肯定不是您。而且还有一点我们也相当清楚，那就是，希波乐·奥利赫并没有孩子。"

"我们必须将您从这里带走。"威特硕雷克警官补充道，她突然想起他的名字来了。

带走。希波乐完全没有任何反应。她正急切地寻找着一个可以逃离现在这个局面的出口。希波乐·奥利赫没有孩子，她急需一个其他的解释，一个除了她是精神病以外的解释，但是她却什么也想不起来。

第六章

汉斯清清楚楚地记得当初他将亚娜带到医生那里时的情形。

汉斯根本不知道她的真实姓名是什么。就这一点来说还是挺遗憾的。医生管她叫亚娜·多伊,在美国,人们通常这样叫某个身份不明的女性,或者是某具不能确定身份的女尸。汉斯从未质疑过医生的任何一个决定,但他实在是不喜欢这个名字,不过对此他又不能改变什么。

他已经在自己的车里坐了半个小时了。车早已被他开离路边,停在一个比较隐蔽的地方,便于他从里面观察外面的情况。虽然他还是晚到了一步,没有看到亚娜走进那幢房子,但是他很清楚,她就在那幢房子里。而现在,又来了两个警察。

医生的预言分毫不差地应验了。不过,汉斯倒也没期待发生什么特殊情况;所有事情都像医生预期的那样有条不紊地进行着。

估计还要等上一段时间,对面的房子里才会出现新的情况。

汉斯将身体渐渐陷进椅背中，但即便如此，对面房子中的任何一个小状况也仍旧逃不过他的眼睛。

汉斯第一次遇到医生是在2002年，在他自愿从军团退役几星期之后。而在那个军团，他已经服役超过二十年了。

他曾在1991年的海湾战争中围剿过胡赛因，去过索马里，后来又去过科索沃，波斯尼亚，马其顿海峡。不过突然之间，他怀疑起了战争的意义。

在萨拉热窝一个叫作格巴维察的地区，他参加过一次战役。那场战役打得非常艰难，他被埋在一栋房子的地下室里。整整三天三夜的时间，他躺在由砖块瓦砾组成的废墟中，周围伸手不见五指。右小臂以及盆骨发生多处骨折，一段裹在水泥里的沉重木桩还压在了他受伤的髋骨上。一开始的时候，他大声呼救过。但他呼救并不是因为身体上的疼痛，那些疼痛早已随着时间的推移变成了他生命中的一部分。他呼喊是想引起队友们的注意，以便能将他尽快从这个鬼地方挖出去，这样他就可以继续参加战斗了。

终于他疲倦得再也发不出任何声音，只能听天由命。他不知道自己在那个狭小逼仄的瓦砾洞里又待了多长时间，空气忽然变得黏稠起来，在呼吸的时候总有一股浓烈的汽油味道顺着气管辣辣地冲进肺里，然后又将肺叶黏着在一起。而这就是他在比黑暗还要浓黑的、什么都看不到的那段时间里感觉到的。也许正是这样的经历，使他身上的感受能力变得异常敏锐，毕竟这样的绝境不是大多数人能够遇到并度过的。而这个遭遇也让他对自己身处的环境，以及自己生命所存在的方式有了一个全新的认识：它们都是由许许多多不同的元素所组成的，是一系列结果的集合，在每一秒钟内都有上千种可能性发生，使现状不再成为现状。所有被其称为现状的结果都是那么动人心魄。想到这里，他在漆黑的瓦砾洞里都禁不住笑出声来。

就是这样，他开始思考那些严肃重要的事情。

不知又过去了多久，一道闪电一样的亮光从外面照射进来。他的队友们终于发现他了。

获救之后的很长一段时间他都是在医院里度过的。即使在他身上所有的骨折伤势都愈合之后，他还是待在医院不肯走。那个时候他简直迷恋与所有的大夫聊天，反复问他们一些事实上根本没有答案的问题。

但是，他出院归队的日子还是到了。

在经历过这一切之后，他仿佛换了一个人。长官告诉他，对于他来说，战争已经过去。等待着他的新任务是在后方的一些文员工作。但是那些曾经在战场上一同出生入死的队友们呢？他们突然变得不愿再听他讲话了。每当他尝试与他们分享自己的生命新感悟时，他们就会面无表情地从他身边径直走过，好像他不是他们的同类似的。对于身上的伤疤，即使是小臂上最长的那一条，他也知道该如何医治；但是对于内心的伤疤，他却一筹莫展，无计可施。

在被这样羞辱了几年之后，他离开了尼姆以及他在第二外籍步兵团的队友们，但是对于生活应该如何继续下去这个问题，他却毫无想法。

外籍军团的法典上规定,在服役期间他是这个大家庭中的一员,而且他服役的时间已经超过十八年,所以在退役后他还可以收到军队付给他的一小笔退休金,但是现在这些对他来说有什么意义呢?回到德国,这个决定对于他来说已经是板上钉钉。因为一个人如果谁也不认识,孤身一人在国外的话,生活将是十分艰难的。他既没有亲人,也没有结婚,像他这样的人很难获得别人的尊重。

因为跟三个怂包在一家酒吧打架斗殴,被德国警察拘留,他跟医生结识了。在就身体伤害赔偿进行的一番讨价还价之后,这个男人站在了他位于慕尼黑郊区窄小空荡但却一尘不染的房间门前:他可以给他一份工作,希望他能有兴趣。医生是一个有威仪的人。汉斯第一次见到他时就有这种感觉。而能为一个像医生这样的人效力,让汉斯心里感觉非常舒服。在回答医生问话的时候,他几乎反射性地弹跳起来,并将双脚并拢,大声喊道:"是,将军!"

医生在保释他出狱的时候,替他说了不少好话,并且还亲口向法官保证他将提供给他一个类似保安的职位。而这个职位所包含的任务内容就是要对医生的命令无条件地服从,满足医生所提出的所有要求,以及完成其所安排的所有事宜。

汉斯一下子从汽车座椅中坐直。他斜对面房子的门突然打开了。那两名警察与亚娜一起从那里走了出来。

其中一名警察挽着她的手臂，牵着她走向他们开来的那辆警车。亚娜看起来既疑惑又愤怒。汉斯用双手在脸上来回搓了好几下，又使劲将自己金色的头发向后拢了几拢，跟他每次摘下白色棒球帽后总要做的动作一样。

在警车开走片刻之后，汉斯发动了马达，尾随他们的方向而去。

第七章

希波乐坐在那辆警车副驾驶的位置上,威特硕雷克警官一边开车一边望向窗外。最后当这两名警察要求将她带走的时候,她还是放弃反抗了。也许这也不失为一个不坏的结局呢,也许她终于能看到曙光了。约翰内斯留在了家里。他最后看她的那一眼简直可以说满含恨意,不过在眼下这个时刻,她一点也不在乎他的感受。

在警车外面盯着希波乐看的,是坐在水泥小屋中的门卫。从车前部的喇叭中,除了接收时产生的刺啦刺啦声以及其他乱七八糟的噪声以外,希波乐还能依稀听到时间间隔不等的断断续续的对话。那声音就像远处有人在对着一只铁皮桶说话,声音沉闷而模糊,至少她听不清。房子的前院渐渐在她的视线中消失。她努力不去想那个再也不属于她的世界。现在她满脑子只想着卢卡斯。

卢卡斯就躺在客厅地板那张柔软的地毯上。那个时候,他们还住在一间租来的单元房里。

她能听到他不耐烦的呼喊声。每次如果不能在第一次呼喊时就看到妈妈，他就会开始耍起孩子的小性子，而且还会使劲地向后踢腿。对于他来说，妈妈赶来得永远都不够快。对于他来说，什么都没有够快过。以前，在她喂还是婴儿的他吃饭时，若是没有用手中的勺子及时将碗中的糊糊放进他嘴里，他便会用他那可爱的小手拍她，并且还会用只有他们两个人能听懂的婴儿语言严厉地批评她。即便是很久以后，在他学习骑自行车的时候，对于他来说，一切发生得还是太慢了。只要一有什么事情不能一下子就成功，他就会伤心地大哭。所以她必须在他骑起来的时候，一边弯着腰，双手扶着自行车的后座，一边跟着他奔跑。一次又一次。当他终于能平稳地驾驭这个交通工具的时候，天已经黑了。

眼前的所有景象都变模糊了——卢卡斯。我的卢卡斯——而新的景象却取而代之，在希波乐眼前浮现出来：那一年我们一起坐船出海旅行，卢卡斯刚刚过完他的三岁生日。他坐在爸爸的肩膀上，在船舷上张大嘴巴，吃惊地四下张望。船舱顶的正中间从一头到另一头拉着一条长长的绳子，绳子上面挂着随风飘舞的五颜六色的小旗子。我的儿子……

显然她看到的是她儿子脸上初识这个精彩世界时惊叹无比的表情，当然这种表情只有孩子才会如此简单直接地表现出来。此时她回忆的焦点不由自主地从卢卡斯转移到那个男人身上，那个用肩膀驮着卢卡斯，那个让她受到惊吓的男人。但是那个男人的脸——本应由汉内斯的眼睛、鼻子和嘴组成，然而现在希波乐看到的只是一个面目不清的椭圆形。她努力从记忆深处挖掘出更多关于那张脸的信息,但她越是集中注意力想看清那张脸,那张脸就越是模糊不清。甚至有一次,整幅画面都消失了。所余下的就如同电视收不到图像时的雪花画面。

雪花画面。

"您怎么了?您的身体不舒服吗?"

希波乐睁开眼睛。格鲁尔警官转过身来面向她,威特硕雷克警官则正在专心地透过后视镜观察路况,准备等待时机将车拐到另一条路上。

她刚才一定是叹了好几口气。"不,我没有什么……"

格鲁尔警官面无表情地看着希波乐。他的目光太过严肃,这让希波乐感觉十分不舒服。

"请问,"她小心翼翼地开口,"您能把车开到东城门附近的一家医院去吗?我指给您看那间囚禁我的地下室,还有那个穆尔豪斯医生……我的上帝啊!如果一个人疯了的话,或是企图装扮成别人的话,是很难将那些过往中的点点滴滴都在短时期内背下来的。我的儿子……卢卡斯……他出生的那天,他的洗礼,他的——您明白我的意思吗,我能回忆起他生命中的每一天。我怎么会给自己凭空捏造出一个儿子来呢?!真是见鬼!我不知道在我的身上发生了什么事,但我的儿子是无辜的。请您无论如何都要帮我找到他。"

"我们怀疑您与失踪的奥利赫女士有重要的关联,"格鲁尔警官用平静无波的声音对希波乐说道,"我们现在必须先回警局,我们需要将您所说的每一句话都记录在案。然后我们再考虑下一步。"

"我当然与那起失踪案有关!"希波乐发脾气地大嚷起来,"因为我就是你们要找的失踪者——希波乐·奥利赫。啊,上帝啊,这简直太疯狂了。"

格鲁尔警官深深地吸了一口气后,把头又转了回去,继续看着车窗外的景色。过了一会儿后,威特硕雷克警官看向他,问道:"咱们顺便去那家医院看看怎么样?看过之后,至少能在这一点上排除一些疑问。也许还能借此节省大量的调查时间呢。"

格鲁尔警官并没有马上回答他的问题,而是又转向希波乐,说道:"好吧。不过在我们去医院的路上,您必须向我们讲述您在那里经历过的所有事情,请务必精确到每一个细节。"

希波乐点了点头。接着她马上从自己做的那场梦开始讲起,一直讲到威特硕雷克警官在那家医院的大门前停好车,熄了火,拔了车钥匙,然后又继续了十分钟才全部讲完。希波乐给他们讲了那天所发生的每一件事情的每一个细节,不过却没有提及罗丝的名字,因为她实在不确定是否应该把一个路遇的好心人与这件事扯上关系。现在她透过车门上的玻璃向外望去,以便确认外面的这家医院是否就是囚禁她的那一家。

"好了,现在您可以让我们看看,您是被囚禁在一间什么样的地下室里了。"威特硕雷克警官一边朝希波乐淘气地挤了一下眼睛,一边用鼓励性的语气说道。对于他这种平易近人的举动,希波乐感到心里暖暖的。

在医院入口的接待处U形桌子后面站着一位年纪不大、体型丰满、笑容可掬的护士。她深色的头发梳成整整齐齐的童花头，别在耳朵后面。她小巧的耳朵上还戴着一个耳麦，一条细细的黑导线从耳机处延伸出来，经过她的侧脸，将一个小巧的麦克风送到她的嘴边。

格鲁尔警官从裤子后面的口袋里掏出他的证件，递到那位护士的面前。"刑侦组警官奥利佛·格鲁尔。我们想跟穆尔豪斯医生谈谈。"

那副标准的微笑从她的脸上消失了，取而代之的是一种对工作严肃认真的神情。这位年轻的护士一边在厚厚的工作人员电话簿上查找着，一边对他们说："我得先打电话问问穆尔豪斯医生现在是否在医院。请问您找他有什么事？"

"这跟您没有任何关系。"格鲁尔警官说道。他不那么客气的语气让那位护士有一些生气。她把眼睛从键盘上抬起来，压抑着自己的怒气，一眨不眨地看了格鲁尔警官好一会儿。在打了一个简短的电话后，她对他们三个说："穆尔豪斯医生几分钟后就会过来。你们可以在前面的等候处坐下来等他。"

格鲁尔警官一言不发地转身走开，径直走向大厅中间那排橘黄色的塑料椅子。威特硕雷克警官冲那位护士笑了笑，并且道了谢。她的态度也明显随之有所好转，因为笑容又回到了她的脸上。

希波乐根本静不下心来等待。每一分钟过去，她的神经都会更加紧绷一点。她实在是急于知道，对于她再次出现在他的面前，穆尔豪斯医生将会如何应对。他的头上一定还有那天被希波乐打的、还没有消退下去的大包呢。

希波乐再次向穆尔豪斯医生可能出现的方向张望时，发现医院小卖部旁边靠墙站着一个男人。他深色的头发长得盖过了两只耳朵，正毫不掩饰地盯着希波乐看。他大概三十多岁，身材一看就是经常运动的类型，一条浅蓝色的棉布裤子与一件纯白色的T恤衫包裹着健壮的肌肉。当希波乐直直地看向他时，他的视线也不加躲避，仍旧看向希波乐。可是当希波乐看向远处的时候，那个男人的眼里却浮现出同情甚至是怜悯的神情。他是在看我吗？我认识他吗？还是我应该认识他？希波乐感到脉搏跳动的速度开始加快了。她求助地看向坐在两张椅子以外的威特硕雷克警官，希望他能随着她的视线注意到那个男人，但只见他朝着接待处的方向点了点头。在那里，一名又高又壮的、身穿白大褂的男人正在和那位年轻的护士交谈。年轻的护士一边说着什么，一边朝希波乐他们所坐的位置指了指。医生点了点头，迈着大步向他们走了过来。显然穆尔豪斯把他手下的一名医生派到这里来接他们了。这名医生在他们面前站住，并看向格鲁尔警官。"你们好，"他友好地说道，"我叫穆尔豪斯，我能为你们做些什么吗？"

希波乐惊讶地盯着那个男人看。这是个噩梦。她跳起来，说道："您……您，您不是我说的那位穆尔豪斯医生。另一位穆尔豪斯医生在哪里？他早上还在这里的。那位主任医师？"

当这位医生满脸疑问地看向两位警官的时候，格鲁尔警官提高声音说道："我是高级警官格鲁尔，这位是我的搭档威特硕雷克警官。我们需要占用一点您的时间,向您调查一些情况。穆尔豪斯医生,您认识这位女士吗?"

这位医生把希波乐上上下下打量了一遍,最后摇了摇头。"不,我不认识她。"他再次看向她的眼睛,"您刚才说的'另一位穆尔豪斯医生'是怎么回事?在这家医院里,除了我以外,没有人姓这个姓。而且这家医院的主任医师是克莱恩·施密特教授。"

格鲁尔警官向他的搭档投去了"我早就料到是这样"的一瞥。"嗯?现在你们满意了吗?我们可以继续我们的行程了吗?"

"不!"希波乐大叫着反抗,"请不要!肯定是有人冒充了穆尔豪斯医生。那个男人很瘦,没有这么高,大概五十岁左右,他的头发是黑色的。还有那间地下室呢!我们必须进那间地下室,这样你们就相信我说的是真相了。"

威特硕雷克警官微微调转身子,使自己面向那个高大的医生。"我们可以参观一下贵院的地下室吗?"

"这可真是越来越可笑了。"格鲁尔警官抢在穆尔豪斯医生回答之前就打断他。威特硕雷克警官却选择无视他的领导,继续坚定地直视穆尔豪斯医生。他如此我行我素的行为迫使穆尔豪斯医生不得不尴尬地回应:"啊,行啊,没问题。你们到底想看什么呢?是病理学档案室还是停尸房?或是洗浴更衣室?这幢楼里有两层地下室。如果可以的话,我想问问,你们到底想在那里寻找什么?"

"我们必须先绕到大楼的后面去,"希波乐飞快地说道,"穿过那里的花园,再通过与花园相连的一个楼梯间,应该就能看到我跟你们说过的那个房间了。"

"你闹够了吧!"格鲁尔警官的脸已经涨得通红。

威特硕雷克警官却依旧平静地说:"我们反正已经来到这里了,再去看一下那间地下室也不会有什么损失。"

"如果您愿意的话,我可以去请这里的房屋管理员。"穆尔豪斯医生建议道,"如果要论谁对这里所有的地下室房间都了如指掌的话,那么绝对是非他莫属了。"

希波乐满怀期待地看着威特硕雷克警官。在他询问性地再次看向他的领导格鲁尔警官时,后者虽然并没有直接说出什么表示异议的话,但是却朝着他们大大地翻了一个白眼。

穆尔豪斯医生转身朝着接待处走过去,长长的白大褂随着他的步伐在他身后飘扬起来。当希波乐再次坐到椅子上的时候,她的脑海中突然闪现出那个靠墙站在小卖部旁边的男人。而他刚才所站的位置,现在却空无一人。希波乐的目光飞快地扫过整个大厅,找寻这个人的踪影,但是那个男人就像在空气中蒸发了一样,消失得无影无踪。也许是她想多了,也许那个男人只是想对她抛个媚眼而已,想到这里,她长叹了一口气,然后把头深深地低了下去。她尝试集中起全部的注意力,但却只能大脑空空地看着自己脚尖前面的一小块区域。

大概两分钟之后,这栋房子的管理员就站在他们的面前了。这个男人在四十五到五十岁之间,个子跟那个假的穆尔豪斯医生差不多高,不过他比那个假医生还瘦。那件灰色的长制服被他套在格子衬衫与牛仔裤的外面。只是他过于瘦削,以至于长制服就像挂在一个能转动的衣架上似的,不过这样的效果反倒掩盖了他某些因为过于瘦高而显得笨拙的动作。

房屋管理员友善地向大家问好,并自我介绍说,他的名字是海寇·菲特。在威特硕雷克警官向菲特先生简短解释过他们想去看的地方后,穆尔豪斯医生以还有等他看急诊的病人为由离开了。而威特硕雷克警官、希波乐以及格鲁尔警官三个人则随着菲特先生一起走进了楼梯间。他们顺着楼梯间的台阶向下走了一层,这层楼里的房间看起来一模一样。还没走多远,希波乐就完全晕头转向了。她隐隐觉得她再也找不到那个曾经囚禁过她的房间了,而且这种感觉随着他们所经过的门以及与他们擦肩而过的医生数量的增加而变得越来越强烈。菲特先生最终停在了一扇异常厚实的铁门前。他使出全身的力气来回拉了好几下,那扇铁门才随着一阵好像只有在磨刀时才会发出的刺耳噪音缓慢地打开了。穿过铁门,他们来到了一个极其昏暗的楼梯间。希波乐认出,上午的时候她的确来过这里。那时她是从一个小平台转到这里来的,而那个小平台则坐落在四段短楼梯的正中间。希波乐心里一点也不奇怪,她在早上仓皇的逃跑中根本没有注意到这里有一扇门。"这里!就是这里,我们得从这里下去!"她一边激动地向众人解释,一边闪身快步走到菲特先生的前面。她根本没有再看一眼周围,就沿着剩下的两段楼梯飞快地冲了下去。她听到了身后其他人跟着自己跑下来时凌乱的脚步声。

一眨眼的工夫,他们就都停在了那个有地下室的走廊入口处,并且一起向里面张望。整条走廊看起来和几个小时以前没有什么不同。希波乐顿时松了一口气。她越过一堆箱子,指着他们对面那扇锁着的门,一边转过头来看向格鲁尔警官一边说:"在这扇门后面有一条小过道,过道的尽头就是那间曾经囚禁我的房间……不管怎么样,您马上就能亲眼看到它了。那时候您就会知道,我并没有捏造任何事实。"

她快步穿过那堆箱子,菲特先生以及那两位警官也加快脚步紧紧跟在她身后。这扇门也没有锁上,不过当希波乐打开门的时候,在她面前呈现的却是一条昏暗的通道。她一下子呆住了,之后只能无助地转头看向房屋管理员。菲特先生明了地点了一下头,然后走到希波乐的前面,伸手打开了屋顶上的日光灯。这时一条不长的小过道展现在众人眼前。她突然想起来了,那个房间其实大得出奇,那种洞开的架势好似神话传说中独眼巨人头上唯一的一只眼睛。

"这就是那个房间。"希波乐小声地说道,不过看起来她并没有继续向前走的意思。

就在大家还在适应眼前出现的情况时,格鲁尔警官闷闷地说:"咱们是想盯着这扇门看呢,还是想参观一下这位女士声称囚禁过她的地方?"

海寇·菲特按照警官先生的指令走到门前,伸手抓住那个已经损坏的黄铜门把手,并一边转动它,一边将整个身体靠在门上用力推。终于,门打开了。

希波乐觉得她的心脏都快要跳出喉咙了。因为那个假扮的穆尔豪斯医生很有可能还躺在这间屋子里面。也许他还在昏迷中，没有苏醒过来；或者也许他甚至已经……

"看看吧，就跟我想的一样。"格鲁尔警官打断希波乐的遐想。说罢，他便越过她，第一个走进了那个房间。房间里除了一些纸箱子以外什么也没有，巨大的空间使其愈发显得空空荡荡。在看到眼前的景象之后，希波乐身上的力气仿佛一下子都被抽光了。这——不——可——能。这时格鲁尔警官直挺挺地站到她的面前，直直地盯着她的眼睛，一脸看好戏的表情，说道："如果您不能马上给我们一个极其合乎逻辑的解释，那么我认为您接下来的去处，只能在监狱和精神病院两者之中进行选择了。"

希波乐背靠着光秃秃的墙壁滑向地面。她一语不发地坐在地上，目光失焦地看向前方。与众人不同的是，威特硕雷克警官一直在围着那些箱子仔细观察。他看看这里，摸摸那里，还时不时地蹲下身子检查箱子四周与下面的地板，好像这样做就能找到一些不易被人发现的线索。

"您最后一次来到这个房间是什么时候，菲特先生？"希波乐听到那位年轻的警官这样问道。房屋管理员先生考虑了一小会儿才开口回答："呃……怎么也得是两三个月以前了。这里并不常有人来。"

"除了您以外，谁还能进入这里？"

"谁都可以。这扇门从外面是不上锁的。只是如果谁没有钥匙又进了这个房间的话，就必须小心不能让门撞上，因为这扇门没有钥匙是从里面打不开的。"他笑了一下，"如果我们还要在这里待上一段时间的话,我就用箱子把门顶上,因为我也没带钥匙,它还在我楼上的办公室里。"

希波乐一下子从石化的状态中清醒了过来。我没有撒谎。我绝对没有撒谎!没有再多做思考,她一下子从地上弹了起来,飞快地看了威特硕雷克警官一眼后,她就从年轻警官脸上的表情知道了,他已经了解了她的计划。不过要么是他认为她所站的位置距离门口太远,什么也做不了;要么就是他另有目的地保持一动不动,反正希波乐只用两大步就跨出了这个房间,并且顺手把门也给带上了。就在门锁撞上的那一刻,希波乐听到格鲁尔警官凄厉的叫声从门的另一边传了过来。

希波乐惊魂未定地大口喘气。这已经是同一天中她第二次逃离这家医院的地下室了。

在跑过几条通道、拐过几个弯之后,希波乐从周围的环境判断出,刚才她一定是在某处选错了方向,因为现在她走的根本不是之前来的路,是的,她迷路了。房顶上粗大的管道与电线在来的路上是根本没有的。就在她选择什么也不多想,只是沿着自己所在的通道继续向前走的时候,她突然想起刚才那名医生在楼上大厅里所说的话:"你们想看什么呢?是病理学档案室还是停尸房?"

别着急,停尸房一定是上锁的。至少会在门上挂个牌子,这是肯定的。想想什么好的事情!卢卡斯……希波乐小心翼翼地继续向前走。一种奇怪的声音引起了她的注意,不仅是从头顶上的管道中传来的,而是在她前边和后边都有那种嘎吱嘎吱的声音传来。更可怕的是，就在停尸房这个词从她脑中一闪而过之后，这种声音开始越来越密集地将她包围。又向前走了几步后，她再次带着惊跳不已的心脏停下来四下张望，却仍旧不知道是谁或者是什么东西一直跟在她后面。我必须从这里出去，卢卡斯……当她将注意力全部集中在记忆中儿子可爱的脸上时，那些关于停尸房的乱七八糟的恐惧或者来历不明的奇怪声音都不再重要了。

她必须从这个鬼地方出去，找到她最亲爱的儿子，他现在没准正身处危险之中。又经过了几扇门，她已经回到明亮温暖的楼梯间。从那里继续向上走了十四级台阶之后，她再一次站在了医院的大厅里。

希波乐有意放缓自己紧张的脚步，努力使自己脸上的表情看起来平静无波。她穿过大厅，终于站在医院的大门外，深深地吸了一口新鲜空气，并警惕地以自己所站的位置为中心四下仔细巡视了一遍。眼下她首先要做的事情就是离开这家满是不愉快记忆的医院。她决定向左取道，去阿道夫·施梅茨尔大街，她正是在那条街上遇到罗丝的。

罗丝！希波乐突然想起，那张写有罗丝电话号码的纸条还藏在她的内裤里呢。希波乐眼下根本无从想象自己该如何处理这样棘手的情况，但是那位有点神经兮兮的女士却在此刻令她觉得颇有安全感。不论怎样，她必须知道她的儿子现在身在何处，是否一切安好。首先，她必须找到一个电话亭——不，首先她必须找到一家商店换零钱，因为倘若只有二十欧元面值的纸币，她显然是无法使用投币电话的。

希波乐沿着马路走到一个大十字路口，发现前方大概一百米的位置有一家小型的路边食品店。这是一家在这个时代逐渐被淘汰的，看起来却让人充满怀旧情绪的邻家大婶式商店。唯一令她感觉惊讶的是，在这样一个老式的商店高高的柜台后面却站着一个相当年轻的小伙子，而他正在友好地对她微笑。他肯定没超过三十岁，也许他是这家商店所有者为数不多的孩子们中的一个，虽然年纪还轻，却接手了父母的小店。

商店中，在一个时髦的电子收音机旁边安静地横卧着一个巨大的烘焙品玻璃罩。玻璃罩下面是堆积如山的小面包。看到这些面包后，希波乐突然意识到，事实上，自己已经一整天什么都没吃了。饿得前胸贴后背的感觉突如其来，而在之前她可是一点感觉也没有，究其原因，大概不是因为她根本没精力想这方面的事情，就是因为在那样巨大的精神压力下，她的胃部感觉已经被抑制了。

希波乐决定买一个夹奶酪的小面包。她递给那个小伙子一张二十欧元的纸币，又将找回来的零钱装进裤子口袋中。在她离开之前，他十分热情地感谢她的光顾并与她道别，就好像她一个人买了店铺中一半的货物似的。直到她推门走出这家小店，还能听到他在背后大声地喊着："我们很快就会再见的！"

她走到十字路口后便向右拐去，因为这样的话，她就不必过马路了。她一路走一路咬着手中的面包，原来一个简简单单的夹奶酪面包竟如此美味。大约走了一千米之后，路边出现一排民房。这些房子被偶尔出现的店铺橱窗分割开。正是这些偶尔出现在视野中的店铺提醒了她,她到底是在寻找什么。

她已经有很多年没使用过公用电话了。以至于当她找到一架公用电话的时候,她感到非常惊奇,因为那架粉红色的电话并不是在一座封闭式的电话亭中,而是就那样随意地悬挂在一根矗立在人行横道边缘的金属柱子上。她四下环顾了一周,确定没有人看她之后,飞快地解开她的牛仔裤,从内裤里掏出那张写有罗丝电话号码的纸条。幸运的是,那张纸条还在原来的地方,所以她并没有花很长时间寻找。虽然在汗水的浸泡下,纸条上的字已经有些模糊不清了,但她还是能毫无困难地读出上面所有的数字。在她拨通电话之后,铃声只响过两遍,电话就被接了起来。"罗斯玛丽·温格勒,您好。"

听到罗丝的声音后,希波乐深吸了一口气,突然感到心里一阵轻松。"嗨,罗丝。"她说起话来还是有点犹犹豫豫的,"是我,希波乐·奥利赫。您还知道……你还记得我是谁吗?"

罗丝一边开心地大笑一边飞快地说:"我当然知道你是谁了!我们分别了很长时间吗?告诉我,你是不是又想出来兜兜风啊?你说咱们在什么地方碰面吧。等我一会儿,我很快就能把衣服脱得只剩一条内裤。然后我就来接你。我敢打赌,这一定会非常有意思!"

这样的状况对于希波乐来说虽然是万分无厘头,但她还是被罗丝逗笑了。

"不,不,不。我不去兜风,而且我现在身上衣服穿得和所有正常人一样。我给你打电话,只是……"

希波乐犹豫着不知道该怎样说下去，罗丝则接口道："你脆弱的小心脏又受伤了吧？我说得对不对？要不要我过来，把那个伤你心的年轻人抓来好好教育一下？当然还是会按你的意思办的。"说完，罗丝又被自己逗得不可抑制地爽朗大笑起来。

"不，这……这回的事情要比那个严重得多。我在电话里解释不清楚，但是，我的确是碰到了大麻烦，而且我现在不知道还有谁能帮我摆脱困境。你能不能……我的意思是，如果你能赶来见我一面的话，我由衷地万分感谢。"

"你遇到麻烦了？快告诉罗丝，你在哪里，罗丝几分钟内就会赶到你那里。"

"差不多就在你今天早上遇到我的地方。"

"唔……"罗丝停顿了一下，"给我二十分钟！"说完她就把电话挂上了。

多么幸运。至少还有一个人愿意相信我。

现在希波乐还需要一本电话黄页。不过显然，在这种现代的公用电话设施旁边并没有准备让人们取用的电话黄页。但幸好她在电话机的上方看到一张印有几个重要电话号码的贴纸。希波乐向电话里投入一枚一欧元的硬币，并拨叫了那个呼叫救护车的号码。没想到，电话一下子就通了。由于希波乐既说不出雷根斯堡东城门边上那家医院的名字，又说不出它具体所在的街道，所以电话另一头的女士根本不能断定希波乐想说的到底是哪一家医院。她告诉希波乐，只有确定医院的名字或者至少是医院所在街道的名字，她才能帮助她查找那家医院的电话号码。于是希波乐开始恳求她说，这是一个十分紧急的特殊情况。终于那位好心的女士答应尽力帮忙看看。在相当长的一段等待之后，电话那头的女士终于又拿起了话筒，并告诉希波乐，她查找的那家医院是一家私人诊所，名叫蒙瑟特。接下来她给了希波乐那家医院的电话号码。拨通这个号码几秒钟后，希波乐听到一个温和的女声。而这个声音希波乐是认识的，正是医院接待处那位女护士的声音。

"你好，"她说，"我是希波乐·奥利赫。在您医院那个能从后花园进去的地下室，有两名警察和医院的房屋管理员被反锁在里面。麻烦您问问穆尔豪斯医生，那具体是哪间地下室。房屋管理员说能打开那扇门的钥匙挂在他的办公室里。"

"这个情况我们早就掌握了。"那位护士小姐在短暂的犹豫之后飞快地说，"您是谁？您是不是就是那位女士，那位……"再往下她就不得不停了下来，因为就在她刚刚想到是谁给她打来这个电话之时，希波乐已经把电话挂上了。这个女人到底是怎么知道那三个男人被反锁在地下室里了呢？手机，当然了。至少那两名警察肯定是随身带着手机的，而且显然，即使在地下室里，他们的手机还是能接收到信号。

希波乐放下电话后便转身朝着早上遇到罗丝的那个十字路口走去。一路上，她早已想明白，能从那家医院逃出来简直是极大的幸运。在她逃脱前，她看了一眼威特硕雷克警官脸上的表情。他是不是当时就已经料到她下一步要做什么？但如果他早已料到的话，那么他为什么没有拦下她，反而纵容她将他自己与他那位极不友善的搭档以及医院的房屋管理员一起反锁在地下室里呢？

难道他是想给我一个机会，让我证明我所说的都是实话？可这并不在他的工作范围内啊……再说了，我该怎么证明我到底是谁呢，现在就连我的丈夫都说我是在撒谎。为什么啊，汉内斯？

希波乐越是仔细回想所发生的这一切，就越是能肯定汉内斯一定知道卢卡斯身在何处。不过为什么他们都绕着弯子不告诉她真相，反而骗她说她整整昏迷了两个月呢？还有那个伪装成穆尔豪斯医生的男人到底是谁？他到底是不是一个医生？他又是如何在那么短的时间内将医院地下室里的所有布置都收起来的？

这时希波乐已经走到了十字路口。她背靠在沿街房子的一面墙上，就像几个小时前一样。

这么多的问题在希波乐的脑海中盘桓不去，而直到现在，她却连一个答案也不曾找到。这一切到底都是怎么回事？为什么会是我，希波乐·奥利赫？我只是一个在保险公司上班的小文员。我既没有巨额的财产，也不曾掌握什么机密的信息，也没有其他什么可利用的价值，我还从来没有……

那辆火红色小轿车里传来的震天喇叭声就像上一次那样又吓了希波乐一大跳。她连忙站直身子，四下张望，最后三步并作两步地跑向罗丝的车子。"很高兴再见到你啊，希波乐。"罗丝向她微笑着，"我很高兴你能给我打电话。"罗丝在上下打量了她一番之后，又开口道："哎，难道你就没找到一条合适的裤子吗？"

希波乐不好意思地笑了一下，说道："我猜，这条裤子是在洗完之后缩水了。除此以外，我还明显地瘦了很多。非常感谢你能这么快就赶来。"罗丝摆摆手，示意她不必再说下去，并将车子开走了。

就在她们在街角转弯前,希波乐从车窗中瞥到一个男人站在交通标志牌旁边,眼睛一眨不眨地盯着她们看。虽然只是随意瞥了一眼他的脸,但希波乐还是认出,他就是刚才在医院里盯着她看的那个男人。

希波乐情绪激动地想要罗丝停车。她实在是想下车,面对面地质问那个男人为什么跟踪她。不过最终她抑制了她的冲动。她想,根据今天所遭遇的一切,她完全猜得到那个男人会如何反应。他会说,他只是站在那里等公共汽车,他根本没有去过那家医院,而且他也从来没见过她这个人。

第八章

当亚娜一个人逃出医院的时候,他曾想过向医生报告这个突发情况,不过这个想法只是短暂地划过他的脑海,最终他什么也没有做。他会一路跟随她的行踪也是必然,只是这次与往常不同的地方是,他根本料想不到她下一步会做什么。

他落在她身后一大段安全的距离,然后躲在一块突出的墙面后,等待着她从那家商店出来。她在后面的路上又转了一个或者两个弯,不过他依旧与她保持着足够远的距离,就好像他根本无意知道她的行踪一样。

就在她停在那个公用电话前面的时候,他最终还是给医生打了电话。在汉斯讲述完所发生的全部事情之后,医生的声音听起来依旧平静无波。

"你离她的距离足以听清她在电话中讲的内容吗?"医生问道。

汉斯抬眼向前看了一下。她还在对着电话讲着什么。

"不能。那样就太近了，她会发现我的。"

"你把你的车停在哪里了？"

"停在医院前面了。"

"保持在她附近的位置。我派尤阿希姆开车去找你。要是你移动了位置就告诉尤阿希姆！"

电话切断了。

汉斯把手机放回裤子口袋中，然后又后退了两步，拉大他与亚娜之间的距离，以保证她一点也不会有被人监视的感觉。

挂上电话之后，她不但没有待在原地，反而直冲着他走过来。他只好站在那里，假装在无聊至极地等人。就在她与他擦肩而过的时候，他清清楚楚地看到了她的脸。

他们之间的距离是那样接近，他只要将手伸出来，就可以触摸到真真实实的她。这个想法令汉斯浑身发抖。不过她却目不斜视地从他眼前走了过去，显然是根本没有注意到他的存在。从她脸上的表情可以看出，她正深深地陷在自己的思考中。这样的情形对他来说一点也不意外。

他换到马路的另一边，保持在她的斜后方继续跟踪她，直到她走到十字路口处，就是早上她跳上那辆火红色高尔夫汽车的地方。他急忙用眼睛扫视周围的情况，然后看到一个穿着白色T恤衫的男人，用一边的肩膀抵着一面禁止停车的交通牌，斜斜地站在她前方不远处。亚娜则背靠着一面房子的外墙站定。她似乎正在等人。汉斯拨通了尤阿希姆的电话，并告诉尤阿希姆现在他所处的具体位置。而尤阿希姆离这里只有几分钟的车程了。

就在那辆火红色的轿车停在亚娜面前的街边上,并冲着她按喇叭的时候,汉斯瞅准了一个没有来往车辆的机会,飞快地冲向马路对面。走到马路中间时,他却不得不停下脚步,以便她所乘坐的那辆轿车能顺利地开走。

他前脚刚在对面的马路上站稳,尤阿希姆就已经把他的银灰色宝马车停在了他面前。他一言不发地上了尤阿希姆的车。

自从她几乎贴着他的脸从他面前走过后,汉斯就在反复地思考,医生到底什么时候才会给他命令去结束亚娜·多伊的短暂逃离。

第九章

　　罗丝住在布格温汀一幢外墙被漆成柔和淡黄色的小房子里。从希波乐上车的十字路口到这里也就大约五公里的路程。在整个回程的路上，罗丝几乎什么话也没有说，这反而合了希波乐的心意。罗丝房子的装饰风格远远超出了希波乐的想象，于是她不得不承认，她低估了这位在各个方面都异乎寻常的女士。

　　罗丝把车停在房子前面铺着石板的路上。希波乐跟着她进了屋，然后她们停在了一条四面墙壁被刷成明亮橘黄色的过道里。罗丝把手中的汽车钥匙扔到一个上面铺有五颜六色的花布的五斗柜上，然后看着希波乐的眼睛说道："好了，孩子，咱们先到客厅里坐下来喘口气。如果你愿意的话，可以给我讲讲到底发生了什么事情，而你又想怎么办。"

　　希波乐有些尴尬地笑了笑，然后说道："如果你不介意的话，我很高兴你能叫我希波乐。我上学的时候，有一位老师总是喜欢叫我'孩子'，我真是一点也不喜欢这个称呼。"

罗丝一边用力地点头,一边把希波乐推进了客厅。然后希波乐坐在了一个大大的布艺坐垫上,她的对面则是客厅必备的长沙发与一张玻璃茶几。"希波乐,我的孩子,我现在去拿一瓶好喝的白葡萄酒,然后你可以对我讲述你的遭遇,想讲多久都行。"

罗丝离开之后,希波乐环视整间客厅。客厅四面的墙壁被刷成柔和的杏黄色,这个颜色与房间里枫木制成的柜子以及进门正对着的书架相得益彰。不过让希波乐感到奇怪的是,这个房间里没有一张或摆放或挂起的照片。她找不到曾经巧笑倩兮的年轻时候的罗丝,她也找不到代表着幸福的婚礼照片,更不要提罗丝与她孩子的照片了。什么都没有。

"你马上就会感觉好一些了。"罗丝端着一个圆形的托盘一阵风似的又回到客厅来。圆形托盘上稳稳地放着一瓶白葡萄酒与两个高脚玻璃杯。罗丝将两个玻璃杯用葡萄酒注满,然后坐在了希波乐对面的长沙发上。接下来,罗丝举起杯子说:"为了女人,干杯!"

当冰凉可口的液体顺着希波乐的喉咙滑下去时,她舒服得几乎呻吟出声。

罗丝让自己在沙发背上靠得更舒服些后,满眼期盼地看着希波乐说:"好了,现在你可以给我讲讲你到底因为何事而烦心了,孩……希波乐。"

而希波乐则给罗丝讲述了所有她知道的事情。从最开始的那个噩梦一直到她最后给医院打的那个电话。在希波乐的整个讲述过程中,罗丝脸上的表情变化多端,她一会儿抬高左眉,一会儿掀起右眉。当希波乐讲到与约翰内斯重逢的那一段时，罗丝激动得把手捂在了自己的嘴上。不过，不论情绪如何激动，罗丝一次都没有打断过希波乐。在希波乐结束她最后一个句子，并且喝下一大口葡萄酒，再把杯子放到桌子上之后，罗丝长长地叹了一口气，并说道："这是我听到过的最疯狂的故事了。"

希波乐的眼泪不能抑制地充满眼眶。"你也不相信我，对不对？"

罗丝长时间地盯着希波乐不语。而希波乐则是在她认识这位怪异的女士之后，第一次发现原来她也是会对某些事认真严肃地思考的。终于她心事重重地点了点头。希波乐看到每一次随着罗丝点头时下巴压向胸部的动作，她那已有的双下巴上就会再增添一道皱纹。

"我觉得，这个故事虽然听起来是如此不可思议，但是我不想否定它的真实性。你肯定还没疯狂到一个人幻想出这所有情节的地步。"

虽然她遇到的问题还一样都没有解决，但是能听到罗丝这样说，希波乐还是觉得大大地松了一口气。这个世界从这一天早上起对于她来说就变得陌生而不真实了，而现在一切却似乎开始有变好的迹象，现在她终于不再感觉那么孤单无助了。

"太谢谢你了。你根本不能相信，这有多么……你知道……我……呃，就在这之前的几个小时里，我甚至都开始怀疑他们说的是对的了，我一直不断地问自己，我是不是真的脑袋出了什么毛病。不过，如果真是我自己的问题，那么我为什么能清清楚楚地记得在前几年发生的每一件事情？我和约翰内斯共同经历的每一件事情，我们所说过的每一句话？为什么我还记得屋子中每一个陈设的细节？我们的孩子……"

罗丝摇了摇头。"等我们找到你儿子的时候，你再谢我也不迟。还有，关于你是不是疯掉了这个问题，就让我这位年仅六十一岁的'年轻'女士根据我的多年生活经验来回答你吧。一个已经疯掉的人，是不可能不停地反问自己是不是已经疯掉了这个问题的。"

希波乐盯着自己绕着高脚玻璃杯来来回回不停画圈的右手中指。"如果我能确定卢卡斯一切都好的话，那么其他事情都好说。"

罗丝一边用双手摩挲着自己强壮有力的双臂，一边试图站起来。她努力了两次才真正地从沙发上站了起来。"现在我去拿几张纸和一支笔。在把一切搞混乱以前，我们必须将所有重要的因素以及需要解决的问题都写下来。"

接着罗丝便走到一个五斗柜前，并从一个抽屉里取出了一本记事簿与一支圆珠笔。随后，她像一名全副武装的女战士一样，雄赳赳气昂昂地又走了回来，重新坐下。

"好了，现在让我们最后再来过一遍这些问题。在所有这些倒霉的事情开始之前，你所记得的最后一件事情是什么？"

希波乐点点头，答道："那是一个晚上，我和我的好朋友艾柯在一家希腊餐厅吃饭。那天是7月13号。在我回家的路上，在那条穿过公园的小路上，我听到背后有奇怪的声音，然后我就转过身去。从那一刻开始我就失去意识了。我想那时候一定是午夜时分了。"

"这位艾柯——你跟她到底有多熟？"

"非常熟。她曾经是……她一直是我最好的朋友。"

"那么你今天有没有尝试联系她呢？"

希波乐的眼睛一下子睁大了。"没有，我根本没想到这一点。"

于是，罗丝在一张纸的左上角画了一个加号，又围着那个加号画了一个圆圈，最后在下面用大写字母重重地写下"艾柯"。

"除了艾柯以外，还有什么你可以信任的人吗？"

希波乐稍稍想了一下，说道："当然还有你了。还有卢卡斯。也许我的婆婆也可以算上。我们两个的关系一直都很好。即使是我跟汉内斯吵架的时候，她也总是站在我这一边。不过前一阵子，她倒是变得有些不一样了。"

"你们以前常常吵架吗？我是说你和你的先生。"

希波乐摇了摇头。"不，就是普通夫妻间的吵吵闹闹。吵得不比其他的夫妻更频繁，我甚至觉得更少。"

罗丝看了她一眼，把"婆婆"两个字大大地写在"艾柯"的下面。

"你的父母呢？"

"我父亲得了癌症，九年前就去世了。我母亲在差不多两年之后就随他去了。她无法独自生活。"

罗丝点了点头。"我非常遗憾。"在两个人都沉默了一会儿之后,罗丝继续说道:"那么还有谁呢?你有兄弟姐妹吗?"

希波乐摇了摇头。"没有。我是我父母唯一的孩子。事实上,我想将我先生列为我最信任的人,但是……"她停顿了一下,咽了一下口水,"为什么他现在会变成这样,就好像根本不认识我一样?他为什么要修改我们的结婚照片呢?照片上的那个女人到底是谁?这一切我都想不明白。我一直以为,我们的婚姻没有问题。还有一件我不能理解的事情,那两名警官中那位年轻又和气的曾对我说,他们在我们的朋友和亲戚家都看过我的照片,而所有照片上都是那个女人。这件事情难道不能说明所有奇怪的事情都是由此开始的吗?我的意思是说,这种怪事根本不应该发生的,对不对?"

罗丝在"婆婆"这个词下面留了很大一块空白,然后在这张纸差不多中间的地方画了一个减号。同样,在减号的外面她也画了一个将其圈起来的圆圈。在这下面,她写下的词是"约翰内斯"。然后她把那本记事簿向自己的方向拉了拉,将双手放在桌上,用拇指和食指不停地来回转动那支笔。"谁又知道那两个警察到底看见了多少张照片呢?我们要解决的第一批问题是:在那两个月的时间里,到底都发生了什么你不知道的事?你真的昏迷了那么长的时间吗?然后是你逃跑时所经历的事情。无论他们想对你做什么——为什么你在两个月的昏迷之后,能立即那么轻松地逃脱呢?"

"不过,"希波乐看了罗丝一眼,"也不能说非常容易地就逃脱了。"

77

罗丝略有所思地前后微微晃动着她的头。"但是，你必须承认，你的经历至少是很特别的。你见过哪个被抓住的人能像你这样，没费太多力气就自己一个人逃出去的，尤其是根本就没人监视关你的地方。还有就是，如果你先生不是整个事件的同谋的话，那么他不但没有立即将你拯救出来，反而去报警，这样的行为也是于情于理都说不通的。"

希波乐开始尝试按照罗丝的逻辑回想整个事件。就在她恍然大悟地把手搭在自己前额上的时候，罗丝正带着"怎么样，我说得对不对"的神情看着她。"我的天哪！罗丝。你说的完全有可能！也许那两个人根本就不是真正的警察！我的确一直都没有看到过他们的证件。只有医院接待处的护士看过那位不通人情的警官的证件。再说了，要是有谁能加工结婚照片的话，那么他也一定能篡改证件照片，不是吗？这或许也能解释，为什么他们说其他那些照片上的希波乐也都是另外一个女人：因为他们根本就是在说谎，为了让我对自己心存怀疑。事实上根本没有其他的照片。"

罗丝再次把那个笔记本拉到她的面前，在"约翰内斯"的名字下面又留了一大块空白，然后画了一个大大的问号，并且同样在它的外面添了一个圆圈。在那下面，她添加了一个新词语——"警察"。

然后，罗丝又看向希波乐，问道："你还记不记得那两个警察都叫什么名字？"

"那个上了年纪的警察叫格鲁尔。我记得他说他是高级警官。另外一个警察的名字我老是记不住。等一下……也许我能想起来。"

在希波乐回忆的这个空当，罗丝又写下"高级警官，格鲁尔"。"这样已经很好了，希波乐，我们至少有一个名字。那么那个在医院的男人呢？你真的能确定他是在盯着你看？"

"是的，非常确定。就是他，而且一直到你来接我的时候，他还在继续跟踪我呢。"

"陌生男人"这个词又被罗丝写在了本子上。

"好的。我们总算有一些收获。你也许应该现在就给艾柯打个电话。我真是太好奇她会怎么回应你了。她跟你先生有多熟？"

"非常熟。她认识汉内斯的时间跟我一样长。"

罗丝点点头。"好吧，她属于不能确定的。"

"什么？"希波乐一头雾水地问。

"嗯，她属于不能确定的那一类。她当然可能是你非常信赖的人。但是，你也要做好心理准备，那就是，她也参与了……"

"这绝不可能！"希波乐立即打断罗丝的话。不可能是艾柯，不。"我们从上学的时候就是好朋友。她肯定不会想伤害我的。"

罗丝把手伸向长沙发边上的一张小桌子，在那上面放着一部电话。她摘下电话听筒，递给希波乐，说道："那就给她打个电话。我只是希望你不会太过失望。"

希波乐用颤抖的手指在电话键盘上按下她好朋友的电话号码。电话铃声响过三遍之后，答录机里传来了艾柯的声音，那个声音说，现在家里没有人，请打电话的人在接下来的"哔"声后留言，她会尽快回电话。希波乐的第一个反应是给她留言，但是转念一想，还是什么都没有说就把电话放下了。她完全不能想象艾柯会参与到如此可怕的事件之中，但是她并不想冒险。谁知道都有什么人会听艾柯的电话答录机中的留言呢……希波乐用手按下了切断键，又把电话放回到桌子上。"没有人在家。"她最终有气无力地低声说。

"切。"罗丝发出了这样一个声音，然后她又看了一眼面前的记事簿，问道："你婆婆住在哪里？"

"距离这里二十公里的老人院。"

"好，那我们就先让这位老人接待一下来访者吧。"

罗丝根本没有征求希波乐意见的意思，说完就径直站起身来，拉平身上的衣服，又问："你最后一次带着你儿子见你婆婆是什么时候？"

希波乐张开嘴，却发现吐不出答案。她拼命地在自己记忆中搜索卢卡斯与爱尔丝在一起的画面，可是不论她如何努力，却根本找不出任何一个。

耳鸣嗡嗡。

希波乐的脑海中涌现出了无数她与婆婆还有她先生在一起时的情景，她甚至能回忆起每一个细节，但是，在每一个情景中都没有卢卡斯的身影。难道我从来没带卢卡斯去老人院拜访过他的奶奶吗？为什么没带他去过？

"难道已经距离现在很久了吗？"罗丝见希波乐不回答，

继续追问道。而除了叹息以外，希波乐不知道自己还能如何反应。"我不明白……为什么一点也想不起来。我就是什么也想不起来。"

一只手落在她的肩上。"嗨，别着急。你的头受过伤，而且不管怎么说，你又昏迷了两个月的时间。你还能回忆起那些令人不愉快的事情，并且做到现在这个样子，已经很不可思议了。如果只是想不起某些与你婆婆在一起的片段的话，也不算那么糟糕。要是在早些时候，我一定会举双手赞成，人们得尽量忘记那些令人不愉快的事情。"

希波乐抬起头，看向罗丝。"可是，如果我还是……我是说，如果我真的有什么地方不正常的话？"

罗丝没有回答希波乐这个问题，相反，她做了一个"赶快抓紧时间"的手势。"来吧，现在我们就去拜访你婆婆，然后看看会发生什么事。"

希波乐最终点了点头，并站起身来。这时她非常确定，罗丝的脸上出现了不可思议的神情。

第十章

"如果爱尔丝跟其他人一样表示从来没有听说过卢卡斯,我该怎么办?"希波乐转过头看向正在全神贯注开车的罗丝。

"呃……你刚才说你婆婆变得有些奇怪。具体是怎么个奇怪法?"

"唉,她常常忘记熟人的名字,有时也会突然就不认得我们了。"

"这就是说,她也有可能不认识你了?"

"是的,这也是有可能发生的。不过按照以前的经验,她过一会儿就又都想起来了。"

"嗯。"罗丝答道。

"'嗯'是什么意思?"

"好吧,这样说吧。我们假设你先生是这个事件的同谋之一,这样我们就还剩下四个你认为你能信任的人:一个是你的儿子,可是我们并不知道他人在哪里;一个是你的好朋友,我们却联系不上；还有一个是我，不过对于你的过去，我显然一无所知；最后一个是你的婆婆，结果她现在患有严重的老人痴呆症，甚至还很有可能根本认不出你。换句话说，我觉得，对于你来说，现在的状况非常非常糟糕。因为到目前为止，没有一个人能够证明你所说的是事实。"希波乐没敢插嘴，她隐隐觉得罗丝还没有说完，"虽然眼下我不能向你解释，甚至不能向我自己解释，为什么我会有这种强烈的感觉，但是我的直觉告诉我，你说的是事实。"

在听完罗丝的话后，希波乐的确感到了一种轻松。"真的非常感谢你。我也知道，我所讲的这一切听起来是多么不可思议，而且我……啊，天哪，我自己都不知道我到底该相信谁了。尤其是关于卢卡斯这件事……听起来是这么不真实。"

罗丝把一只手从方向盘上腾出来，轻轻地抚摸着希波乐的大腿。"完全没有必要怀疑。不论是谁在背后操纵这整个事件，他肯定没想到，会有一个老女愤青跟你站在同一条战线上，保证全力以赴帮你找出真相。而这个老女愤青可不是好惹的！我们一定会找到你的儿子，而且还会找出在幕后操纵这一切的王八蛋。"

"这是为什么呢？"希波乐用极小的声音说道。

"这是为什么？"罗丝尖着嗓子重复她的话，"即便是他们把这一切都安排好了——我也不能让他们凭着几张动过手脚的照片，以及扬言根本不认识那个男孩子，就把一个人的存在随意抹杀。"

希波乐点头表示赞同。"这才是最让我害怕的地方，罗丝。不论谁是幕后指使，他一定清楚所有的事情，可却还是装作什么都不知道的样子。"为什么……只是这一切都是为什么？

那幢房子孤零零地矗立在一个面积很大却显然疏于修整的公园里，一面饱经风雨的褪色木牌立在入口处，上面写着"秋季彩虹之家"以标示来访者所处的位置。

希波乐觉得这个名字傻透了。让她奇怪的是，为什么以前她没有这么觉得呢？罗丝一边把车停在那幢建筑物旁边由碎石子铺成的一个停车位上，一边翻了一个大大的白眼，并对希波乐说："要是我什么时候老得再也不能照顾自己了，我就找一架漂亮的大桥，然后再从上面跳下去，说什么我也不会把自己送到这样一个叫什么'秋季彩虹之家'的地方来。"然后她又调皮地挤了一下眼睛，继续说，"不过，幸亏我至少还有三十年的时间才会变得生活不能自理呢。"

在逼仄入口处右边的角落，一个非常年轻的男孩坐在一张斜对着大门的老式办公桌后面，他下巴上的胡茬才刚稀稀疏疏地冒头。她们走过他面前时，他除了停下正在写字的笔，抬头看了一眼以外，什么也没说。希波乐以为他迟早会叫住她们两个人的，所以在她们走进一条墙面被涂成白色的小过道之前，她又回头看了一眼那个男孩，而男孩只是双手举着一本汽车杂志，伸展开身体，在椅子上摆了一个更舒服的姿势。

希波乐在过道最深处的一扇门前停了下来。

"就是这里了。"她小声说。在罗丝鼓励地朝她点点头后，她抬手敲响了紧闭的门。片刻之后，门打开了。罗丝留在门边，她虽然没有继续向前迈步，但却好奇地从希波乐身后探头探脑地打量这个房间。

房间里有一扇被锁住的玻璃门,门外是一小片绿地。爱尔丝·奥利赫一动不动地坐在这扇玻璃门前。外面倾泻进来的阳光将她笼罩在一片金色的光晕之中。希波乐不由得想起,以前她常常与婆婆坐在外面,一边晒太阳一边品尝绿茶。

在希波乐朝着她走过去的时候,这位老妇人并没有把一直垂着的头抬起来。几缕细细的白发从她的头顶垂落下来,像一袭窗帘一样挡在那张布满皱纹的脸前。起初希波乐以为她睡着了,可是就在希波乐在她身边站定的时候,她突然抬起头来对着希波乐微笑。

"你好啊,爱尔丝。"希波乐一边温柔地对她说话,一边轻轻地将一只手放在她的肩膀上,"你最近怎么样?"

这位老妇人微笑着点点头,答道:"很好,我最近很好。今天的天气真是好。我还要去花园里转一转。"

在希波乐的心里,希望正开出美丽的花朵。她看了罗丝一眼,嘴上咧出的弧度越来越大。

"我还得去花园转转。"爱尔丝重复着。

"当然了,爱尔丝,你今天当然可以去花园,没有问题。"

在希波乐终于下定决心提出她的问题之前,她稍微停顿了一小会儿,然后才问道:"你知道我是谁吗,爱尔丝?"

当那双浑浊的棕色眼睛看向希波乐的时候,那张布满皱纹的脸依旧保持着与刚才一样的笑容。

"那当然了。"她不仅仅只是说出这句话,还使劲点了好几下头来强调自己的话。希波乐简直不知道该如何表达自己此时激动的心情。她弯下身去，紧紧地拥抱着这位老妇人，泪水止不住地顺着脸颊流下，感觉全身一下子轻松了起来。"您就是那位非常和气的护士小姐，您总是带我去花园。"爱尔丝·奥利赫说。希波乐的耳朵恰恰就在她的嘴边，她说的话令希波乐大大地倒退了好几步，不敢置信地看着她。

而她婆婆的脸上依旧保持着刚才的那个微笑，一点也没有变化。"我今天得去花园里转转。您能带我去吗？今天的天气真是好啊。"

此时的希波乐并未完全失去理智。她先是在对方热切的注视下倒退了几步。就在她退到罗丝身边的时候，罗丝别有深意地歪了歪头，方向是立在她身旁的一个胯骨高的小柜子。在这个小柜子上面摆着一个松木相框。希波乐认得那个相框。尽管以现在的距离，她根本看不清任何一个细节，但她还是知道这个相框里放着的是——他们的结婚照片。

希波乐双腿颤抖着朝那个小柜子走了几步。她知道这样就可以直接看到那张照片了。可是当她停在能够看清照片上每一个细节的地方时，一阵尖利的叫声从她的嗓子里爆发了出来。那个身着新娘礼服，手捧一束由价值不菲的火红玫瑰制成的新娘捧花，被约翰内斯·奥利赫拥在怀中，温柔地笑望着的女人正是……她。这所有的一切都与希波乐的记忆相吻合。

简直太熟悉了，在照片中笑意盈盈地看向她的不是别人，正是她自己，希波乐·奥利赫。希波乐感觉从这天早晨一直持续到刚才的所有的恐惧与不确定,以及那些无形的压力,一下子都消失了。当她将那张结婚照片拿在手里,并笑着向罗丝走过去的时候,她感觉自己好像正站在一艘名叫"幸福"的船上,周围的一切都如此不真实。"你看到没有,这就是证明。上帝啊,终于。罗丝,你看到这个了吗?"

就在希波乐还在为罗丝看到照片后脸上所呈现出的罕见表情不解时,房间的门被推开了。一位年纪五十岁上下的妇人端着一个托盘走了进来。她的托盘上放着一个茶壶与一个茶杯。罗丝与希波乐齐齐地转过头向她看去,她明显被吓到了,以至于手中托盘上的茶壶剧烈地晃了一下,并且碰撞在旁边的茶杯上,不仅"铛"地发出好大一声,还差点整个翻倒。

"你们好。"她有一副异常低沉的嗓音,"我可以知道你们是谁吗?"

"您好。你当然可以知道我们是谁。"在罗丝开口以前,希波乐抢着回答道。说完这句话以后,她不但没有停止,反而还兴奋地继续说下去:"我是希波乐·奥利赫,而我旁边这位友善的女士则是罗斯玛丽·温格勒。"

刚进来的那位妇人给了罗丝莫名其妙的一瞥之后,把她手里的托盘放到了屋子中间的棕色小圆方桌上。然后,她才走到希波乐面前,高高地把眉毛挑起,问道:"您……是什么人?"

"希波乐,我是爱尔丝·奥利赫的儿媳妇。这里,您看到这张照片了吗?这张有我和奥利赫夫人儿子的合照。"希波乐依旧满面笑容地将照片举在那位女护士的面前,"这位是我的先生约翰内斯。"就在女护士拿着相框费力辨认的时候，希波乐又问道："对不起，您一定是最近才开始在这里工作的吧？我觉得我们还没见过面。"

显然，这位女护士已经被希波乐搞晕了，因为她使劲地摇着头，无语地看着希波乐，就好像她是从另外一个星球来的一样。

"的确没有，"女护士说道，而这个时候，她的声音变得比刚才更加低沉，"我们……我们还没见过面。非常抱歉，我现在必须带您……您的婆婆去做一个血液化验。不过您完全可以在这里等。化验过程只需要几分钟的时间。"

女护士飞快地向前跨了两步，来到轮椅的旁边。她双手抓紧轮椅，不管不顾地试图硬挤过那张放着托盘的桌子。就在她使劲推轮椅的时候，她自己撞到了另外一张椅子上，而这对她来说显然根本无所谓，因为她的动作并没有任何停顿，只是用手中轮椅的前轮将那把挡路椅子往后推了一段距离。就在她推着轮椅走出房间，房门渐渐关上的时候，罗丝终于反应过来了。"快！"她向希波乐做出抓紧时间的手势，"我们快走。"

"可是，为什么呢？"

"因为那个女护士肯定以为你疯掉了！"

"我……"

"天啊，希波乐！"罗丝粗暴地打断希波乐没有说完的话，"我根本不知道你这是突然变得怎么了。不过我非常清楚的是，我们现在必须从这里立即消失，因为那个女护士肯定是找地方给警察打电话去了。"她指着希波乐还拿在手中的照片，说道："我的孩子，这上面的人肯定不是你。"

现在轮到希波乐搞不懂罗丝到底是怎么回事了。"你在说什么呀？照片上当然是……"

突然间，她说不下去了。因为当希波乐把那张照片举得稍微离她远一点并盯着看的时候，照片上本来该是她的位置竟然又变成了那个女人，那个她在家里卧室中的蜜月旅行照片上看到的同一个微笑的女人。

不是我……

在同一天，又一张照片从希波乐的手中滑落。与第一次将相框中的玻璃摔得粉碎的结果不同的是，这一次相框落在地上后只是发出沉闷的一响。

"但是……刚刚这张照片上的那个人还是我呢。我完全肯定。可是现在……这怎么可能呢？"

罗丝没有再多说什么，只是挽着希波乐的手臂，用力将她拖出了那个房间。

就在罗丝一边喘气一边坐到汽车驾驶座上，准备关车门的时候，她看到希波乐脸上的表情已经由难以置信的震惊变成满是担忧的茫然。

"我真的疯了吗？"她满心疑虑地问。就在等待罗丝将她的车发动起来并从停车位上倒出来的时候，希波乐继续问道："我真的相当确定，我在那张照片上看到的的确是我自己，可是现在我根本回想不起来了。你不是比我先看到的那张照片……"

罗丝把车开到大路上。"你现在先不要担心。一切都会好起来的。也许是你太希望照片上的人是你自己了，所以才会把照片上的女人看成自己的样子。"

"可是当你发现那张照片的时候，那上面已经……"

罗丝把车靠在马路的右边停了下来，并把一只手放在自己的额头前遮挡阳光，以便她能更清楚地看到希波乐的眼睛。

"这么说吧，如果你现在对我说，你是真的认为你刚才在那张照片上看到的是你自己，然后——咻的一下——照片上的人就从你变成另一个陌生的女人了，那么我们马上就去离这里最近的精神病院。"

希波乐默默地咽了一下口水。罗丝把她的一只手温柔且坚定地放在希波乐的一只手上，接着说道："现在你告诉我，我应该把你送到哪里去呢？是去我的家，还是去精神病医院？"

眼泪像决堤的洪水一样从希波乐的眼睛里流了出来，她甚至有那么一刻连自己都感到奇怪，一个人怎么会有那么多的眼泪可以流呢？"不，没事的，罗丝。我知道，我说的那种情况其实是不可能的。只不过……那一切都太过真实了。我甚至可以发誓，当时……"

"天灵灵地灵灵。"罗丝一边模仿巫师念咒语，一边松开按着希波乐的手继续开车，"你的眼睛只不过跟你开了个玩笑。我现在不想再在这个问题上纠缠了。咱们现在回家，你赶快舒舒服服地睡上一觉。等你养足精神之后，咱们再从长计议。"

希波乐无法说出任何反对的话。只是，那一切都是如此真实。

第十一章

就在罗丝将她的车拐上院中狭窄的车道时,希波乐发现了那个男人。他用双臂环抱着蜷起的双腿,坐在罗丝院子围墙外靠近一片开着细小白花的树丛的草地上。一个陌生的男人。

希波乐的视线穿过院子围墙上的雕花石头窗子,投向那个男人。只见他将一根食指慢慢举到紧闭的嘴唇前,轻轻地摇了摇头。从他的位置看过去,希波乐阻挡了罗丝看向他们这边的可能性。又一次,她感觉到她的心快跳出喉咙了。

当罗丝的汽车在院子前面停下来的时候,希波乐便看不到那个陌生男人了。她的内心很是忐忑。她小心翼翼地观察着罗丝的面部表情,不过她并没有发现一丝线索显示刚才罗丝也看到那个男人了。

现在希波乐的脑子在飞速地运转。显然,那个男人是在专门等她。但是,他是怎么知道罗丝住在这里的呢?

就连她自己也是在几个小时之前才认识罗丝的啊。

我得跟他谈谈。

"嗨，希波乐，"她的思维被一个声音打断了，"你怎么了？你打算在汽车里过夜吗？"

希波乐朝着罗丝展开了一个大大的笑容。她的确十分喜欢这个总是不按常理出牌的女士。不过就刚才的情况来看，那个男人很有可能知道一些关于她的事情，这也就是说，他同样有可能知道卢卡斯现在身在何处。

希波乐从车上下来，跟在罗丝身后进了房子。刚在门口的衣帽架处站定，希波乐就迫不及待地说："罗丝，我觉得现在出门散散步，要比躺在床上睡觉对我的帮助更大一些。"

"你说得对，新鲜空气对人的确非常有好处。好吧，让我们出去散散步吧。"

希波乐连忙摇头。"请不要误会，我没有别的意思。现在我只是想一个人待上一会儿，好好地回想一下发生过的所有事情。我真的衷心感谢你为我所做的一切，不过，我想，我……"

"好啦，没有问题啦。"罗丝几乎有些夸张地使劲挥着手，"你千万别想太多。只是一定要注意，不要迷了路。"她又调皮地眨了眨眼睛，好像在给希波乐鼓气一样。"还有就是，千万不要跟陌生的男人说话，你听到了吗？"

希波乐微微苦笑了一下之后，就跟罗丝道别了。

她走上人行道后就向左转了一个弯，然后继续沿着院子的围墙以及那块草坪大步向前走。直到断定罗丝透过房门上的小窗再也看不到她时，她绕了一个大弯，又向着那片矮树丛跑去。就在希波乐快要跑到那个男人的面前时，他也迫不及待地从侧面向她迈了一步。他表情严肃但却和善地看着希波乐。

"非常感谢您能来这里。"

"您是谁？您到底想从我这里得到什么？"希波乐发现，她的声音都是颤抖的。

"我的名字是克里斯蒂安·卢斯勒。"男人回答道。当他发现希波乐沉默地看着他时，他继续说道："我知道您目前身处什么样的境地，我能够帮您——"

"您知道我目前身处什么样的境地？您是从哪里知道的？您也是陷我于如此境地的其中一人吗？您知不知道我的孩子现在怎么样了？他人又在哪里？"

他慢慢地抬起自己的双手，手心朝前缓缓地向希波乐推去，就好像是故意这么做，只是为了不吓到希波乐。"不，我跟他们没有任何关系。恰恰相反，我想帮助您。"

"为什么？我根本不认识您。您想帮助我是出于什么原因呢？您凭什么认为我现在需要帮助呢？"

卢斯勒说话的声音变得更轻了一些。"因为我相信，您现在的处境和我姐姐伊莎贝尔的处境是一样的。只有当我们团结在一起的时候，我们才有更大的胜算，找出那只隐藏在幕后的黑手。"

姐姐？处境？一时间希波乐的脑海中涌现出如此繁多的头绪，以至于根本来不及抓住其中任何一个。她站在那里，一个字也说不出来，唯一能做的便是将两只颤抖的手不停地搓来搓去。卢斯勒看起来似乎正在猜测希波乐到底在想什么。"请您一定相信我，我知道您现在是什么感觉。"

"您是怎么……从哪里您……"一时间，希波乐依旧不能找出合适的词语，并将其组织成一个能表达她想法的句子。"哪里……您的姐姐现在在哪里？"

他看着希波乐，神情忧伤。"我会告诉您我所知道的全部事情。您刚才都告诉那个女士什么了？是告诉她您要去哪里吗？"

希波乐越来越迷惑了。"您为什么要知道这些？"

"求求您告诉我，您都告诉她什么了？这真的十分重要。"

这个男人的话就像对希波乐下了咒一样。"我告诉她，我出来散散步。但是，为什么——"

"这样很好。不过您现在必须回去了，再晚一些，她就该胡思乱想了。"

希波乐本能地向后退了一大步。

"您怀疑她？这是什么意思？您听着，就眼下的情况来看，这位女士是我唯一能信任的人。"

他从鼻子里哼了一声，又飞快地瞥了一眼挡住罗丝房子的围墙。

"如果您真的像您所说的那么信任那位女士的话，那您为什么没有告诉她您出门是为了来找我？"

"因为，我……"

"请您听我说，虽然现在我并不能向您证明，但是请您一定要相信我，这个女人根本不想帮助您。您……"他停顿了一下，接着却以更快的语速说了下去，就好像担心希波乐会打断他一样,"在这整个案件背后,肯定有一个大型的幕后组织。而且从所发生的大大小小的事件来看,他们非常重视他们对实验品所实施的每一步,是否都能按照预期的计划顺利进行。所以他们需要一个随时在您身边监视您的人。一个能够取得您信任的人。"

实验品?我是——"这是什么样的组织?您到底在说什么?您是想向我透露什么内幕消息吗,罗丝很可能是……"希波乐完全不能接受地剧烈摇头,"这简直是疯了。完全疯了。"

男人再一次飞快地瞥了一眼罗丝家的围墙。"您到底是在什么时间、什么地点认识这个女人的?"

"这跟您没有任何关系。您是从哪里知道我在这儿的?"

"自从您上了她的车,我就一直开车跟在你们后面。请不要误解我的好意,我只是想向您解释清楚,现在您正处于什么样的危险之中。"

希波乐犹豫了一下,最后还是说道:"我是今天早上才认识她的。但您又是如何能够找到我——"

那个男人摆了摆手,说道:"以后我再给您细讲。现在是您该回去的时候了。如果被这个女人看到您跟我在一起的话,很可能会对您及我姐姐造成难以估计的灾难。请您一定要相信我。您回去以后先仔细想一想,您跟这个女人是在什么情况下相识的。您问问您自己,在与她相处的这段时间内,她的行为有一点符合常理吗?当时我姐姐身上发生的情况与您一模一样,她也是非常凑巧地就遇到了一个愿意帮助她的女人,您明白我的意思吗?"

卢斯勒直直地看进希波乐的眼睛里。"就在三天以前,我姐姐又一次失踪了。在那之前,我曾和她一起拜访过那个帮助过她的女人。我希望她能再次找到那个女人。所以我去了那个女人住的房子,试图找到她们,可是给我开门的却是一位老先生。我向他问起那个女人——她说她叫约翰娜——他说,他根本不认识什么叫约翰娜的人。他还告诉我,他是一个鳏夫,已经独自一人寡居很多年了。"

卢斯勒向旁边迈了一步,继续说道:"这位老先生前一阵子去看望他的女儿了。而在我去的那天,他刚好回家。现在您明白我的意思了吗?那个房子,我和伊莎贝尔一起去拜访那个女人时,她所住的那个房子,根本就不属于她。"这时他从裤子口袋中掏出一张揉得皱皱巴巴的纸条,"您打这个电话号码可以联系到我。白天和晚上都行。如果您想了解我们目前对整个事件都掌握了哪些信息的话,明天就可以给我打电话。如果您不相信我,那就太可惜了。不过是否可以取得您的信任,我也不能强求,只是我也再不会出现在这里了。我只想请您帮我一个忙,那就是不要对那个女人提起我,否则的话,我将很可能不会再有任何机会查出这件事的真相,也再也见不到我的姐姐了。"

"这件事"是哪件事?到底是哪件事啊?真是太疯狂了。希波乐尝试着思考,但是她根本不能集中精力,也理不出一丝头绪来。她现在最想做的事就是大叫。卢斯勒站在她的对面,手里依然捏着那张纸条。由于希波乐根本没有表现出任何会去拿那张纸条的意图,他退而求其次地问道:"您可不可以告诉我您的名字?"

"希波乐。我的名字是希波乐。"

"您现在是不是也在寻找一个人，而且看起来，这个人是除了您以外其他人都不认识的，希波乐？"

希波乐突然感到好像被人当胸打了一拳。"卢卡斯。"她听见自己微小的声音，"难道……难道您的姐姐也……"

"是的，她一直认为自己有个儿子，并且一直在固执地寻找他的下落。"

"哦，我的上帝啊！呃，她找到她的儿子了吗？"

卢斯勒低下了头。当他再次抬起头来的时候，希波乐觉得自己在他的眼里看到了泪光。

"她根本没有儿子。"

在那个男人走后的很长一段时间里，希波乐都只能直直地盯着他所站过的地方，无法移动脚步。当她弯腰捡起那个男人掉落的写有他电话号码的纸条时，她却看也没有看一眼，就塞到裤子口袋里去了。

她根本没有儿子。从来没有……卢卡斯？

"不！"希波乐大叫了起来，她拼命地用双手环抱着自己的双肩，剧烈地摇头，最终还是滑坐到了地上。

过了一会儿，希波乐沿着人行道往回走，就在她将要拐进罗丝的院子时，她才突然意识到罗丝就在自己的面前。罗丝就站在房子的正门外，显然是在等她。

一个事先准备好的笑容在罗丝的脸上绽放。"嘿，我的孩子，你现在感觉舒服一些了吗？"

第十二章

汉斯站在一幢房子的前院中,一丛野樱桃的后面。在这个位置他刚好能透过野樱桃的枝丫看到对面草坪上偷偷摸摸说话的两个人。

那件白色的T恤衫,让他从很远的地方就把她一眼认了出来。他的车停在大约五十米开外的地方,就在往那个院子走的路上。他装出一副闲适的样子,就像是一个普通的散步者。他先是发现了野樱桃丛后面这个得天独厚的监视位置,而后,确定在这个位置可以看到四周发生的所有事情以后,他走向那幢房子,并按响了门铃。等了很长时间都没有人开门,于是他又一次按响了门铃,但依旧没人来给他开门。这时他满意地转过身去,走回那个监视位置。

尤阿希姆跟踪那两个女人到了那幢房子后,便离开了汉斯与自己的宝马车,步行消失了。汉斯等待了很久。他跟着那两个女人去了老人院,中途还给医生打了电话,并且得到医生的指令,继续保持距离跟踪她们。

从老人院出来以后，亚娜看起来完全迷惑了，她显得异常气愤，而且表现得非常明显。汉斯认为他有必要到老人院去，跟那个让亚娜如此生气的人好好谈谈。

是的，从她独自在那片草地上颓唐地站着、无助地不知所措，到终于僵硬地弯下身子，捡起地上的纸片，那种跟今天早晨一样迷惑的表情又一次出现在她脸上，久久消失不去。

汉斯清清楚楚地记得她脸上的每一个表情、她的每一个动作以及她的每一个反应。他知道，她越是迷惑，距离那个他必须亲自出手的时刻就越是接近，因为那块碎片……汉斯试图忽略自己的这个想法。

第十三章

现在希波乐躺在罗丝卧室里巨大的双人床上，双眼直直地盯着天花板发呆。

她感到自己的双眼火烧火燎地疼，整个身体好像悬浮在空中，缺乏一种真实感。她再也流不出一滴眼泪了，虽然她沉重的心情让她以为自己随时都可能哭出来。

"你再也没有眼泪可流……"

我现在怎么还能——她怎么也想不透，处在这样的境地，她怎么还会想起皮特·马费来。这是疯了吧？是的，也许还真是。

她时不时地把眼睛闭上几秒钟，这让她能感觉稍微舒服一点。不过，一旦她觉得自己快要睡着了，她就会强迫自己再次睁开眼睛。因为她心里非常害怕，有什么事情将会在她睡着的时候无声无息地发生。

"我不相信，

我只是一个不存在的人，
因为，那个想让我从他身边消失的人，
根本伤害不到我。"

一丝笑容在她的脸上一闪即逝。是的，疯掉了。她完全没有任何印象，过去的两个月她是在哪里以及怎样度过的。她也完全不知道，这个时候她的孩子正身处何地，是不是一切安好。她开始怀疑一切，所有与她的记忆不相符合的真相，那些在最开始时她心中确信不疑的事情。她甚至开始怀疑自己的精神状态。但是皮特·马费那首歌的歌词却在这个时候突然跳进她的脑海。她能够记起每一句歌词。而且还不仅仅只是这一首歌。

"你的房子像一座城堡，
我敲着你的门。请打开！
所有的窗子都没有生命，
而我却深深地感到，你早已离开这里。"

她使劲晃了晃自己的头，试图把这些莫名其妙的想法抛到脑后，然后她稍稍翻了个身。接着，她刚刚遇到的克里斯蒂安·卢斯勒以及他姐姐荒诞的经历从记忆中浮现出来。"她根本没有儿子。"这个情形到底与我的经历有多相像？我第一次看到他是在医院里……从他站的地方来看，他绝对不可能听到那两位警官与医生的谈话，绝对不可能。所以……他在那之前就见过我了！但是，他到底是在哪里见到我的呢？上帝啊，谁来告诉我？哪里也没有——因为他在说谎。他在说谎。希波乐深深地吸了一口气，决定向罗丝讲讲这个克里斯蒂安·卢斯勒。晚一点的时候。晚一点的时候。

第十四章

周围亮得让人睁不开眼睛,希波乐用了一点时间,才让眼睛适应身边的情况。首先映入眼帘的是罗丝充满善意的圆圆的笑脸。罗丝站在床边,向她弯下身子,一下又一下地抚摸她的头发。

"来吧,孩子,早饭已经准备好了。我们今天吃培根炒蛋,它能让你重新获得力量。"

希波乐坐起来,四下环视了一圈。她看到那个电子时钟上显示着七点二十三分。

阳光一缕缕地从依然半垂着的百叶窗那薄薄的宽叶片中挤了进来,整个房间在这个初夏的早晨显得舒适又温馨。房间里面很暖和,是那种让人全身舒适的暖和。这让她想起以前在家中的周末,每当她醒来的时候,她就能看到她儿子的笑脸出现在枕头的右边,离自己的鼻尖仅仅几厘米。那个时候,如果卢卡斯在周末比希波乐先醒来的话,他就会偷偷溜到希波乐的床上,轻轻地抱着自己的妈妈，并小心地不把她弄醒。他能长时间保持这样的姿势，直到希波乐自己醒来。不过一旦希波乐醒来，他就不会再那样乖乖地保持安静了。他会和妈妈嬉闹成一团，互相挠对方的痒痒，当然还会不停地亲吻对方。毫无悬念地，他们的每一次周末起床仪式都会由枕头大战带到高潮。不仅仅是枕头，所有触手可及的柔软物件都会被他们拿来当作武器。当然每一次这种大战都会以漫天飞舞的羽毛，以及瘫倒在床上的筋疲力尽的两个人作为结束。

"啊嘀，你现在就不要再哭了。我们一起去吃早饭吧！"

希波乐吃了一惊，盯着罗丝看，后者则以一副看戏般的表情向她夸张地点头。她根本没有意识到自己流泪了。

她急忙抬手抹掉已经流到腮边的泪水。"我没事，罗丝。我不会再哭了。我……我马上就起床收拾。"

在枕头大战的回忆中，确实有什么东西让她迷惑不解。卢卡斯……不，不是卢卡斯。是别的什么人。那个人是……简直是理所当然的：约翰内斯。他根本没有跟我们一起，他在……为什么约翰内斯不在这段回忆中？现在，她能清清楚楚地回忆起约翰内斯的样子，当他在她的身旁酣睡时，那一头乱发下婴儿般安静的睡脸。可是，她的确是刚刚才想起来。这样的状况确实太不寻常了。

罗丝突然非常大声地出了一口气，以便引起希波乐的注意。这时她正站在门边，双臂交叉在壮硕的胸前，歪着头看向希波乐。

希波乐晃了晃垂在床边的双腿。"我来了。"

几分钟后,两个女人面对面地坐在一张可以围坐下四个人的早餐桌两边。

这间厨房干净得简直不可思议,即便是切面包时不能避免散落四处的那些面包屑,在这里也看不到一粒。整间屋子看起来似乎只有这张早餐桌被使用过,而这样的环境与这位女士给希波乐留下的邋遢印象极不相符。

希波乐起床后,罗丝还给了她一把没拆包装的牙刷。对此罗丝的解释是,她家总是常备崭新的牙刷,以备她的那些情人们偶尔在此过夜之需。

现在,希波乐不得不与盘子里堆积如小山的培根煎蛋努力奋战。罗丝则在一旁不停地劝她多吃一些,再多吃一些,然而希波乐却没有丝毫的食欲。

"罗丝?"

"什么?"

"我昨天并没有去散步。"她的视线并没有离开盘子里的鸡蛋。

"你没有什么?"

现在,希波乐终于抬起眼睛看向罗丝。"昨天下午。在我躺下休息之前,我没有去散步。"

罗丝的脸上顿时浮现被欺骗和迷惑不解的表情。"但是……如果你没有去散步的话,那么你去哪里了?"

"我去见了一个在监视我的男人。事实上我已经发现了他好几次,先是在医院里,然后又在阿道夫·施梅茨尔大街。就是你来接我的地方。我跟你提起过他。"

听到这里,罗丝将手中的叉子放回盘子里,然后重重地靠向椅背,以至于她身下的椅子发出了"吱吱嘎嘎"好大一阵声响。

"不过,他是怎么……他是怎么找到这里来的?他想从你这里得到什么?"

希波乐也把手中的叉子放回了煎蛋数量没有见少的盘子中。"他一直在这里等着。昨天我们开车回家经过他身边的时候,他做了一个能引起我注意的手势。"

罗丝摇了摇头。"啊,是这样啊。跟我说是出去散步,可实际上却像个青春期的孩子一样,偷偷摸摸地出门,在灌木丛后面跟陌生男人碰面。"

胃里突然传来一阵剧烈的下坠感,使得希波乐几乎什么话也说不出来。不过,同时她也发现,罗丝闭了闭眼睛。

"你是从哪里知道的?"

"什么?"

"我从来没有对你说过我们见面的地点。"

希波乐死死盯着这个红头发的女人。在这片由谎言组成的汪洋中,前一天她还以为可以载她逃离的那艘救生船,现在却向着最危险的境地一路驶去。

"啊,那个……那个是我自己猜的。我的意思是,除了那里,他还能在哪里等你呢?"

这样的解释简直是画蛇添足,越抹越黑。而罗丝也感觉到了，很明显希波乐并不相信她所说的话。罗丝脸上显出忧伤的神色，但她还是努力微笑着，将手横过整张桌子，试图覆在希波乐的手上，可是后者却把手收了回去。

"希波乐，对不起。我们回来的时候，我就已经看到他了，但是他并没有引起我特别的注意。直到你突然说想独自去散步。而事实上你出门以后，就向着他所在的位置拐了过去，难道面对这样的状况我不该多想一想吗？那幢房子旁边有一丛小灌木，而它后面是这周围唯一一处还算隐蔽的地方。我……我监视你们的活动来着。我知道，我不应该那样做，而且我也早就应该告诉你。不过我实在是说不出口，也不想让你觉得我是有意监视你。除此以外，我心里一直清楚，你会告诉我这件事情的。"

"请您相信我，这个女人根本不想帮助您……在这整个案件背后，肯定有一个大型的幕后组织……他们需要一个随时在您身边监视您的人。一个能够取得您信任的人。"

"你通过一丛灌木的缝隙观察我，还不希望我感觉你在监视我的行动？那你觉得我应该有什么样的感觉才是正确的呢，罗丝？"

"啊呀呀呀，我才认识你不过二十四个小时，可是我认为我应该为你负责任。"

希波乐只是一言不发地看着她。

"你是信任我的，不然的话，你也不会在你走投无路的时候给我打电话了。这让我感到既高兴又骄傲，但同时也让我认识到，我必须为你的安危负起责任来。我昨天一直盯着你的一举一动，不是因为我有多么大的好奇心，而是想确保你不会发生什么危险。还有一个我没有提这件事的原因是，我想看看你是否想告诉我。你是否告诉我这件事，代表你是否真正信任我。"罗丝的声音听起来既温柔又安静，"希波乐，我相信你的故事，即便是其中的某些细节听起来显得那么荒诞不经，尤其是你还从警察的眼皮底下逃掉了，而我估计他们现在正忙着到处寻找你的下落呢。我愿意帮助你找到你的儿子，虽然我有可能会因此而获罪。不过……是的，我们是昨天才认识的。也许你现在能明白我的意思了。"

希波乐用叉子在盘子上将一大块培根炒蛋推过来又推过去，沉默不语地观察这块炒蛋，看着它不断地散开、变小。最后，她深深地吸了一口气，并将眼睛从盘子上抬了起来。"你说得对，罗丝，我想我现在是过于敏感了。"

一瞬间，那个悲伤的老女人又变成了那个她认识的好心情搞怪罗丝。"啊哈，嘚嘚哒里哒。你没有过分敏感。别质疑自己，当你发现像我这样一个老太太在灌木丛后面监视你的时候，你当然应该感觉信错人了。你想告诉我那个男人到底想从你这里得到什么吗？"

希波乐的脑子在飞速地运转，她在盘算到底应该告诉罗丝多少他们谈话的内容。最终，她决定截取一个删节版，不向罗丝透露卢斯勒对她的个人评价。"他的姐姐失踪了。他在医院里听说了我目前的困境，觉得我也许能够帮助他找到他的姐姐。"

罗丝听后，挑起一边用眉笔画得细细的棕色假眉毛。"为什么他会觉得你能够帮助他呢？尤其是，他自己也承认，你现在的情况根本就是自身难保？"

"他认为那些令我身陷目前困境的人与致使他姐姐失踪的人是同一伙人。"

"唔……我不知道这种说法有没有依据，不过听上去好像有一点道理。可是，他是怎么知道你现在身处什么状况的呢？他又是怎么知道能在这里找到你的呢？"

"他说，你接走我之后，他是跟着我们的车子一起到这里来的。目前，他几乎什么人也不信任。"

罗丝从嗓子深处发出一声怪笑。"只除了你。那么警察呢？他也不信任任何一个警察吗？在我看来，这个家伙反而更像跟幕后黑手有关系的人。他肯定在千方百计寻找接近你的机会，当然会随时随地监视你的行踪了。"

他们两个人都自称要帮助我，希波乐想。而现在他们所做的却是互相抹黑。事情真是越来越奇怪了。希波乐向后挪动了一下，从椅子上站起身来。"无所谓。我只想找到卢卡斯。我不知道我能在哪里找到他，但是我必须为此做些什么。"

"你说得对，现在看来，没有什么比找到你的儿子更重要。"

希波乐再一次将自己的目光投到那张圆圆的脸上。"你有没有孩子？"

面对这个问题，罗丝明显把自己更深地往椅子中陷了陷，或者她还没有这个问题的标准答案？她犹豫了一会儿，才回答道："没有。非常遗憾，我没有。"

刚说完她就伸开双手往桌子上重重地一拍，以至于盘子旁边的刀子和勺子都跳了起来，碰在一起，发出叮当的响声。"好了，赶快起来走吧。我们不能再浪费时间了。"

罗丝非常想有自己的孩子，只是没有条件要。"能不能给我看看你先生的照片呢？我挺想知道他长什么样子。"

"我先生？"罗丝反问了回去。希波乐明显地感觉到，这是她在认识罗丝之后，第一次从这个女人的声音里听出那么一丝恐惧的颤抖。但是，罗丝一瞬间又恢复成原来的样子。

"哎呀……现在他对我们来说一点都不重要嘛。我们现在的首要任务是找到你的儿子。"

她不想让我看到他。或者她根本没有对我说实话。希波乐也被自己突如其来的想法和行为吓了一跳，原来她已经如此轻易就准备好怀疑罗丝的一切了。可是选择信任这个女人却是她眼下最好的选择，即便对方对她所说的不全是实话。如果我不信任她，那么还能信任谁呢？还有谁呢？

第十五章

就在罗丝在厨房里忙着收拾饭桌的时候，希波乐坐在客厅的地板上，背靠着一个巨大厚实的坐垫。她闭上眼睛，听着从厨房里传来的碗碟碰撞的叮叮当当声。

借着神游太虚的机会，希波乐尝试着将自己从这段恐怖电影般的荒谬经历中剥离出来。她努力地回忆着以前生活中幸福的点滴，以便让自己被焦躁情绪所煎熬的灵魂能够享受片刻的清凉。

曾经她也偶尔会觉得自己的人生是多么波澜不惊。她嫁的那个男人既不会在每个星期某个固定的夜晚光临什么酒吧，也不会呼朋唤友地坐在电视机前一边喝啤酒一边看足球比赛。对于这个男人来说，几乎所有的生活细节都像是写在一张作息表上般一目了然，而他本人则一板一眼地恪守着作息表上的内容。跟他一起生活了这么多年之后，她竟然也在不知不觉中将他的生活习惯全盘接纳了。

只是在非常偶尔的时候，他们会一起去剧院看场话剧，或者去一家温馨可爱的小饭馆共享一顿美味的晚餐，不过绝大多数的情况还是她在家中亲手为他调制羹汤。在他们相识以前，她的人生可真是丰富多彩极了。她总是有这样那样的约会，永远有各种各样的派对在等着她——有一点完全不必怀疑——她在结婚前所经历的事情可比汉内斯多多了。结婚以后，由于生活习惯的改变，她与当年众多的好友们渐渐失去了联系。最后就只剩下一个艾柯，那个……

艾柯！一念至此，希波乐顿时瞪大眼睛，坐直了上身。她想借助手肘的力量使自己整个坐起来，但是身后坐垫里面的填充物太过松散，在她一次又一次的尝试中朝着四面八方完全分散开来。

她的眼睛迅速地在客厅四周扫过，不过整个房间里连一个能显示时间的钟表都没有，正如没有相片与相框一样。她费了好大的力气，才把自己从那个坐垫中重新拯救出来。而当罗丝回到客厅的时候，她正好来得及整理好自己。"现在几点了？"希波乐一边问罗丝，一边将挡在眼前的一缕头发别到耳后。

"八点一刻。"

"我要试试再给艾柯打一次电话。也许卢卡斯就在她那里呢。"

罗丝已经从长沙发旁的小桌上拿起电话，递给了希波乐。接到电话后，希波乐以最快的速度按下艾柯的号码。铃声响过一次之后，电话就被接起来了。一个听起来脾气很差的女人说她的名字是克莱恩鲍尔，至于希波乐所说的艾柯，她根本没有听说过。

说罢就兀自把电话挂上了。

希波乐虽然感到奇怪，但还是决定再试一次。这一次她努力忽略怦怦乱跳的心脏，缓慢而准确地按下艾柯的号码。电话响过两声之后，希波乐听到那个她熟悉的声音说道："艾柯·贝尔海默尔。"希波乐抑制不住心中的狂喜，简直想高声欢呼，不过最终她还是没有叫出声来。

"到底是哪位？"在半天等不到回答后，艾柯又耐着性子问了一句。

"艾柯……我是希波乐。"

没有任何回应。时间滴滴答答地过去了。然后传来一个非常细小的声音，小到希波乐几乎听不到。"谁？谁在说话？希波乐？希波乐·奥利赫？真的是你吗？"

电话另一边传来的绝对是艾柯的声音，只是它听起来是那么犹豫，甚至显得有些陌生。

"是的，艾柯，是我。卢卡斯在不在你那里？"

"啊，哪里……我是说……出什么事了？"

"我被人袭击了——之后又被囚禁了。昨天我在一家医院的地下室醒来。不过我从那里逃跑了，然后被一位非常亲切友好的女士所搭救。汉内斯把我……"

"等一下！"艾柯突然打断了希波乐的叙述，"你在一家医院的地下室醒来？一个女人搭救了你？你现在正在她的家里吗？"

"是的，可是——"

"她住在哪里？那个女人叫什么名字？"

"罗斯玛丽。"希波乐一边回答,一边向房间另一边的罗丝看了过去。而罗丝也在听到自己的名字后看向希波乐,一边摆手,一边摇头,还用口型不出声地说:"不要。不要说我的名字。"

"罗斯玛丽?"艾柯在希波乐的耳边重复了一遍这个名字。希波乐偷偷地瞟了一眼罗丝。

"艾柯,告诉我,卢卡斯是不是在你那里?"

这次希波乐是一个字一个字地问出来的。可是,仍旧只是没有任何回答的沉默。一秒钟,又一秒钟……

"艾柯!你到底是怎么了?真他妈的!"

"不,"迟疑中,艾柯说道,"他……他不在我这里。"

希波乐清清楚楚地听到了自己的心跳声。心脏越跳越快,与心脏连接的血管也将血液用力地挤向她的头部。希波乐感觉脑袋好像在被一个锤子一下一下地砸着,那种钝痛越来越强烈。

"哦,天哪,艾柯……请你告诉我,他一切都好。请你告诉我,你知道我的儿子在哪里,请你告诉我他一切都好。求求你。"

"是的,一切……一切都好。"

希波乐一下子跌坐回那个坐垫里。她终于抑制不住地低呼出声。

"谢天谢地。"她甚至不知道自己到底是说出了这句话,还是只在心里想了想。她再也控制不住自己的情感了。"他到底在哪里?"

"我不想在电话里说。他真的很好。你能不能到我这里来一下?"

希波乐强迫自己压下心中的冲动，回答道："我马上去你那里。一会儿见！"终于可以见到卢卡斯了！

手中的电话听筒滑落下去。她心中最初的狂喜渐渐地转变成一种奇怪的感觉，一种不可言说的轻松混杂着一种不知从什么地方跑出来的恐惧。

艾柯的语气听起来非常奇怪……不过先前的那种感觉，那种她目前所处的境地并非是她所生活过的真实世界，那种她一个人孤立无援地处在人迹罕至的旷野中的感觉，似乎在与艾柯通话之后并没有减轻一丝一毫。

"进展如何？"罗丝走过来问道，"她怎么说？她承认她认识你吗？她向你问了我的名字吧？"

"我……我不记得了……是的。但不知为何，总感觉有一点奇怪。刚开始，她显得非常惊讶，但是……哎呀，我也不知道到底是怎么回事，不过我也不在乎了。重要的是，卢卡斯现在很好，而且她知道他人在哪里。我们必须现在立刻去艾柯那里，她正等着我们呢。"

罗丝马上指向大门。"那我们还等什么，快走吧！"

第十六章

艾柯住在施塔特埃姆霍夫。那是一个位于雷根斯堡北部,被多瑙河环绕的小岛。在那里,一座石桥承担着连接老城与新开发区的任务。罗丝把车直接从布格温汀后面开了出去,一直驶上高速公路。刚开始,她们两个人并排坐在车里沉默不语。希波乐在一遍又一遍地回忆她与艾柯之前在电话中的对话。当然,她的朋友完全有理由吃惊不已。她消失了两个月,又突然打来电话。只是,对她来说,艾柯表达吃惊的方式显得过于奇怪。难道不是吗?艾柯的吃惊让人完全感觉不到是发自内心的,反而更像是有所准备的表演。

还有,为什么艾柯会对罗丝的名字感到好奇?特别是在这样的情况下?

"你为什么不希望我告诉艾柯你的名字?"希波乐向罗丝的方向看过去,而后者正在一脸严肃地将全部注意力集中在前方的路况上。

"唉,就是一种感觉。"罗丝回答时甚至都没有把视线从路上移开,"我就是觉得非常奇怪。你失踪了整整两个月,毫无音讯,在这样的情况下,人们通常会怀疑你遇到了什么不测,甚至根本不可能再回来了。而现在你突然出现在她的面前,发了疯一样地寻找你的孩子。但与你关系最亲近的朋友所感兴趣的,却是一个对她来说完全陌生的女人的名字。"

突然间,罗丝瞥了希波乐一眼,不过也只是短短的一眼而已。"说实话,我一点也没有批评你这个好朋友的意思,只不过她的反应确实太让我觉得不可思议了。"

"你说得完全正确,但是她为何如此反应呢?"我不能理解,我对发生的这所有一切都不能理解。

罗丝重重地叹出一口气,最终还是什么也没有说。

"你是不是在想,她这样做是受到了汉内斯的指使?"希波乐步步紧逼地问下去,"你觉得,在那两个警察通知汉内斯我再一次逃跑之后,他给艾柯打了电话,并且提前警告了她会发生的事情,以及她该如何应对。我说得对不对?"

罗丝面对她的这一连串质问继续保持沉默。终于,希波乐独自掉转过头,把前额抵在了冰凉的玻璃上。

"我们遇见我们的梦想,
远离世上的狂风暴雨。
我一直看到你眼睛的深处,
直到你陷入我的怀中,

因为我知道你的存在。
不论早一些,还是晚一些,
只要每一天都近一些,
我的所有感觉与思念都在向着你的路上。"

皮特·马费的声音在她的耳畔盘旋,那声音真实得就好像他正坐在她的身边,舒缓而温柔地将自己内心的痛苦与挣扎亲口唱给她听。

这首歌是从哪里传来的?她已经想不起自己是从什么时候开始成了皮特·马费的忠实歌迷。而这导致的直接结果就是她的大脑里储存着许多皮特·马费唱过的歌曲。只是,这是从什么时候开始的呢?

汽车玻璃窗传递出的冰凉感使她感到舒适了一些。她盯着车窗外无数高大的树木与矮小的灌木丛,看着它们随着汽车的移动在自己的视野中一闪而过却又连绵不绝。她尝试着集中精力,以便能够看清其中一棵树,哪怕只有几秒钟也好,但却一次也没有成功。那些树掠过视线的速度实在是太快了。

渐渐模糊的视线使得那些树与灌木连成一片,变成了一条混合着棕与绿两种颜色的河流。随着汽车飞快地行驶,这条河流也以同样飞快的速度向相反的方向流去。接下来的每一幅画面都是上一幅的重复,刚刚掠过车窗的树又出现在视野里。不,这并不是刚才的那棵。因为这棵树一直气势磅礴地伫立在那一小片嫩绿的草坪上。在它最低的一根枝丫上挂着一个美丽的五彩花环。树冠的正下方则摆着一张桌子与几把椅子，被彩色的纸带与气球装饰得五彩缤纷，十分好看。风也禁不住一起嬉戏，调皮地将那些气球和彩带一会儿吹到东一会儿吹到西，让它们突然碰撞在一起，又一下子让它们全部四散弹开。

在最开始的时候，希波乐只是从斜上方看到这样的情景，不过，一段时间之后，她自己就变成情景中的一员了。她能看到大笑的孩子、微笑的成人，还有她自己，就像……这一切看起来就像她参加过的那个……生日派对？其中一张桌子被装饰得五彩缤纷，上面还摆着一个用来写名字的王冠形状的小纸牌。在看到上面所写的字之前，她就知道写的是谁的名字。她还清清楚楚地记得，正是她本人亲手将那个名字写在上面的。

卢卡斯。那个用金色硬纸板做成的王冠形牌子上写的是这个名字。那是他们为庆祝他的六岁生日所准备的，当然也包括那张被装饰得五彩缤纷的桌子以及其他的一切。可是他在哪里？我的儿子到底在哪里？

希波乐四下寻找，希望能够看到他的踪影，但她的视线所之处都是花园中的树木。她想看到的东西都被郁郁葱葱的树丛挡在了后面。她焦急地挤出站得密不透风的人群，在慌乱中还不忘盯着一张又一张的面孔看，试图从中看出一点蛛丝马迹。只是，那些面孔全都在她的眼前一闪就消失了，她什么也找不到。对于那些正在走来走去，互相热烈地谈话的、大笑的人群来说，她好像只是一个没有生命的物体，没有人注意到她，也没有人在乎她。这些人似乎才生存在真实的世界里，而她却无论如何也融入不到那个大家都存在的世界中去。

奇怪的是，每一张朝向她的脸，她都不认得。怎么会这样？

就连这个用来举办生日派对的花园也不是她家的。可是她相信自己肯定在哪儿见过这个花园。在一张照片上？难道是我曾经去过的谁家的花园？我——不——知——道。

可是这种感觉，这种……

突然间，所有的彩带和气球都消失了，还有所有的男人、女人和孩子们，他们全都像在空气中蒸发了一样。就连那些树木也像是颜料在水中化开一样，铺天盖地只剩下深深浅浅的绿，哪里还有什么树的影子。就在希波乐马上要被这些绿色吞噬的时候，一个声音将她拉了回来，而那些混杂在一起的绿色也乖乖地变回了一棵一棵的树。

"希波乐？你还好吧？"

她循着声音恍惚地将脸转向焦虑地望着她的罗丝。

"好，我很好。我……我只是在想一些事情。"

"我并没有责怪你的意思。不过你现在必须告诉我，接下来我们该怎么走。"

希波乐前后左右地看了一会儿，又想了好半天，才确定她们现在所处的具体位置。罗丝已经从正确的出口将车驶出高速公路了。她们现在正在一条叫作弗兰肯的大街上。

"我们得在前面左拐，然后就不远了。"

在接下来的路程中，希波乐一直为罗丝指引着正确的行驶路线。不到五分钟的时间，她们就站在艾柯所住的居民楼前了。艾柯住在这栋楼的四层,房子大约有八十平方米,对于独自生活的人来说,这样的居住条件已经很是舒适了。

这栋居民楼前面没有停车场,于是罗丝干脆把车侧着停在路肩上,四个车轮中的两个在路肩上,两个在下。希波乐满脸疑惑地看向坐在车里不动的罗丝,罗丝说:"我待在这里就可以了。我怕我的车被警察拖走。"希波乐点点头表示理解,没有再继续追问下去,而是独自下车了。

那扇沉重的木门半掩着。门后的过道昏暗不明,整个进门的区域只有高高的房顶上一盏光线微弱的小日光灯作为照明工具。两辆自行车叠放着靠在墙上,在这样的光线下看起来,就像两只来自外星的大型昆虫。

整栋楼里一部电梯也没有。希波乐一步两级台阶地大步向上走去。一会儿的工夫,她就站在了四楼里一扇暗棕色的门前。

艾柯·贝恩海玛这个名字被印在一张小白纸条上,放在墙上门铃旁的一个带有一小片玻璃护挡的名牌凹槽中。

在希波乐伸手按到门铃之前,门就已经从里面被打开了,随后艾柯出现在希波乐的眼前。个子比希波乐矮上几公分的艾柯现在看起来温柔可爱,除了腰腹上的赘肉显得多了一些。

突然那种不对劲的感觉又来了,就像前一天罗丝把她带回家时产生的那种感觉一样。

而这一次的感觉却更加具体。希波乐甚至清楚地知道到底是什么地方不对劲:为什么艾柯的个子变得比她矮了?她们一直是一样高的啊!又或者是她的记忆在昏迷了两个月之后出现了什么问题？不过——都无所谓了！还有比这些问题更重要的事情。艾柯会不会跟约翰内斯一样反应？就好像根本从来没有认识过她一样，而且……

"希波乐，你好，见到你真高兴。"艾柯说道。

希波乐的心脏仿佛已经跳到了嗓子眼。艾柯就站在她的面前，以一种很奇怪的方式冲她笑着。

她看着那张嵌在浓密的金黄色卷发中的脸，她曾经是如此信任这张脸的主人，而现在，在这一时刻，它的主人却显得如此陌生，她甚至能确定，约翰内斯至少已经给她的朋友打过电话了。形势比她想象的也许还要糟。

艾柯，那个她认识的艾柯，在这样的情况下从来不可能只是安静地站在门里。如果这个人真的是她的艾柯，那么她一定会扑过来紧紧抱住她，又哭又笑。

希波乐的脑子一时有点转不过来。她是不是应该立即转身跑掉？不过，看起来艾柯能够读懂她的想法。"我……对不起。我不能……因为这是件十分严肃的事情。约翰内斯给我打过电话。约翰内斯·奥利赫。不过我猜，您已经想到这一点了，是不是？"

这些话听起来似乎并没有敌意。不过那种不自然的友好态度不仅在她的声音中再也找不到，而且也从她的脸上完全消失了。取而代之的是一种不确定的神态。难道是恐惧？

希波乐能感觉到自己的心脏在喉咙与两边的太阳穴处突突地快速跳动。"你也听说了，艾柯？"她一边努力平复自己的语调，一边说道,"你害不害怕?你们为什么这样对我?你能不能至少给我一个合理的解释?这一切到底都是因为什么?是因为钱吗?我的意思是……还是你跟汉内斯做了什么对不起我的事?你们他妈的到底想要什么?艾柯!想要什么?"

最后一句话希波乐是喊出来的。她喊得那么大声,以至于把艾柯吓得全身一哆嗦。她迅速地向走廊的另一头看过去。"您还是请进来吧。"她说,之后又用近乎恳求的语气加上一句,"求求你了。"

第十七章

那个晚上很凉爽。不过并不冷。冷是另一种感觉。就像在撒哈拉沙漠中，日落之后，热度会在非常短的时间内从沙子中全部散到空气中去，当气温从五十摄氏度开始往下降的时候，就要变得真正寒冷了。汉斯知道沙漠的夜晚是多么寒冷。

房子里的最后一丝光亮熄灭后，他又继续等了整整一个小时，然后才允许自己睡上一小会儿。

这辆宝马车的座椅要比他自己那辆老旧的法国汽车座椅舒服许多。但他还是会被从打开一条宽缝的车窗外传进来的所有细小的声音所惊醒，每一次被惊醒后，他都要费上好大的力气才能再次入眠。这个浅眠的习惯看来他是终生不能摆脱了。在凌晨三点过七分的时候，一只小猫轻轻地穿过车边的树丛，弄出了窸窸窣窣的声响，于是他又一次从睡梦中惊醒了。

五点钟左右的时候，他终于把椅背重新竖了起来。他开始想念亚娜。

过了很久之后，那两个女人才再一次从房子中走出来，并坐上了她们的汽车。汉斯已经在心中暗自揣度，这一次她们又会跑去哪里。虽然他并没有向医生汇报她们去老人院这件事，不过作为代替，他讲了别的事情。

在她们把汽车开上高速公路的时候，他模糊的猜测就开始变得越来越清楚了。而当她们距离施塔特埃姆霍夫城越来越近的时候，一切就都变得再清楚不过了。

要想在那幢房子前面找个安全的停车位，特别是停在那辆红色轿车的附近实在不太可能。于是，汉斯把车拐进旁边紧邻的一条小巷子里，终于在为当地居民预留的停车处找到了一个还没被占据的位置。因为违章停车而被开罚单的结果估计是无法避免了，不过好在这辆车是尤阿希姆的。汉斯可从来不会把自己的汽车停在可能会被开罚单的地方。不被警察发现行踪是他余生中最重要的事情之一。因为他们很可能通过与他仅有的一次短暂接触，便会搜查出一长串与他有关系的重大案件。这样的后果对谁来说都是惨痛的代价。

要是在这个时候恰好被警察盘问，那他就会错过对面房子中正在发生的事，而亚娜很可能会在这时面临危险的境地。这样的事情恰恰是他，汉斯，绝不允许发生的，因为事情一旦脱离了他的控制，他就再也无法做些什么来挽救了。

很可能出现的结果就是亚娜也许会突然知道她出事之前的事情，而那却是绝对不能让她知晓的。这样的结果同样也会令医生震怒，因为他也会受到异常严重的牵连。总而言之，那样便会导致一连串的严重后果。

也许医生会命令他对亚娜做出什么他其实做不出来的事情。而那样的话，又会导致发生更加可怕的事情。

是的，如果那样的话，他就会被警察在脖子上扎一针，实施安乐死。而对于亚娜·多伊来说，一切则会按照医生的计划进行。说起来，他死后，其实也不可能再有什么其他的事情发生了，只是……

汉斯必须立即停止自己在这件事情上的胡思乱想。

通常情况下，他总是习惯为所有的事情做最坏的设想。只是这个过程需要很长的时间，而且最终的结果也总是以汉斯的大叫结束。因为，他在自己的胡思乱想中，再也理不清各种事情之间的相互关联，也再也看不出整个事件的发展趋势了。

步行回到那幢房子所在的街道时，汉斯长长地舒了一口气，因为他看到那辆红色轿车还停在刚才的地方。在方向盘的后面坐着一个人，汉斯知道那个人是谁。

汉斯选择在大约五十米开外的一个小石头花坛后面蹲下来，静观事态发展。

大约十分钟后，一辆警车从左边驶过来。只一眨眼的工夫，又从右边驶来一辆普通民用汽车，并紧紧地挨着那辆警车停了下来。

两个男人一边激烈地讨论着什么，一边跟着一个穿着警服的人飞快地从绿白相间的警车上跳下来。

汉斯当然认得这两个便衣警察。一个还算不错，而另一个就不怎么样了。

第十八章

就在希波乐目标明确地走向那间她所熟悉的舒适的小厨房时,她能感到艾柯的目光像两道激光一样在自己的后背上灼烧。以前她们两个总是一起坐在那里,喝卡布奇诺,聊天,大笑……

她坐在那张小桌子前以往爱坐的位置上,看向跟着她进来的艾柯。

"可以给我一杯卡布奇诺吗?"

艾柯虽然一脸担心,不过还是点了点头。"哦,当然了。两勺糖,对不对?"

希波乐扯出一个不自然的笑,说道:"你知道的,我从来不喜欢在卡布奇诺里面加糖。能不能不要再玩这种无聊的测试游戏了?"

泪水毫无预兆地布满艾柯的整张脸。她用手捂住自己的嘴,一下子瘫坐在了希波乐对面的椅子上,然后又把身子使劲向前弯去,直到额头几乎顶在了桌子上。希波乐则无声地看着她。她的肩膀如此剧烈地抽动着，除了把手放在她的头上，温柔地抚摸她满头的卷发之外，希波乐真的不知道还能如何安慰她。"看来你还是没有完全忘记我们之间的感情，贝拉。"

那张满是泪水的脸慢慢地抬了起来。"贝拉？希波乐总是这样叫我。您是从哪里知道的——"

抚弄艾柯头发的动作猛地停滞了一下之后，希波乐抽回了自己的手。

"难道你们都疯了吗？看看我，艾柯。你仔细看看我。这里，"她用颤抖的食指与中指一起指着自己的眼睛，"看这里。我不知道我的脸与以前到底有什么不同，完全不知道！但是看着我的眼睛，艾柯。我们已经认识那么久了，你应该至少能从我的眼睛认出我来。"

艾柯眼睛一眨不眨地看了希波乐好长时间，又把眼睛闭上了一会儿，再睁开，然后用手背抹了抹脸上的泪水，最后又使劲抽了抽鼻子。

"我实在是不知道我凭什么要相信您。您看起来跟希波乐一点都不一样，不过您说话的方式……跟她一样。甚至您的声音也与她的相似。您的动作习惯也与她的一样。而且您显然还知道很多关于她的事情。您和她之间到底发生了什么事？"她咽了一下口水，"这都是为什么？您……您到底想得到什么？"

希波乐生生将自己的愤怒与疑惑压了下去。她知道，就算她对着艾柯大喊大叫，或者是责骂她，也都无济于事。艾柯不但肯定会因此产生排斥心理，而且还会选择不再开口。

她把两个手肘放在桌子上支撑自己，以便使身体能向艾柯更倾斜一些。"我现在是完全糊涂了，艾柯，我也根本不清楚到底都发生了什么事。我的整个人生就好似在空气中蒸发了一样，而且我真的开始怀疑自己的精神状况了。你可以向我询问所有你想知道的事，我们可以讨论所有关于我的事。不过，在我们开始之前，你能不能——我求求你——先回答我一个问题：卢卡斯在哪里？"

最后一句话，希波乐说得十分缓慢，她甚至强调了整个句子中的每一个字。

艾柯靠向椅背，摇了摇头，说道："在电话里约翰内斯已经向我讲过了，您对他提到过一个小男孩。他认为，您与您的……您的同伙绑架了希波乐。你们给她用了药物，使她不得不向你们讲述了关于她的一切。而这一切正是您现在所知道的关于她的一切。不过，约翰内斯还认为，希波乐故意向你们提供了错误的信息，也就是，她有一个叫作卢卡斯的儿子，以便使你们产生混淆。"

希波乐一边听，一边急促地喘息着，感觉身体好像被挖了个大洞般空空荡荡。所有的愤怒、怀疑，以及其他感觉，都好像有个开关在控制一样，一下子全都消失得无影无踪了。

"那么，你是怎么想的呢，艾柯？"

"我并不相信。我是说，关于那个男孩的解释。如果真的像约翰内斯猜测的那样，那么您昨天给我打电话的时候就应该感觉到有什么不对劲的地方了。为什么您要给我讲那样一个故事？这完全不合逻辑。您能来我这里，我非常惊讶。因为您肯定能猜到约翰内斯已经打电话通知过我了。您就没有想过，要是警察在这里等着您的话，会发生什么事情吗？"

希波乐停顿了一下，才继续说道："真的么？他们在这里等着我？"

"没有。"

"你能别再称呼我'您'了吗？这听起来简直太别扭了。"

"但是如果不这样的话，我会觉得非常别扭的。因为那样就好像您是我最好的朋友，啊，他妈的！希波乐……她已经失踪两个月了，我甚至不知道现在她是否还活着。您能理解我的心情吗？"

根本没有任何希望。待在这里的每一分钟都是浪费时间。我必须在失去理智前离开这里。离开，只是我又能去哪里呢？无所谓了。离开。找到卢卡斯。

希波乐没再说别的什么多余的话。她直接站起身来，然后深深看了艾柯一眼，而对方却避开了她的注视。希波乐转身离开了厨房，直接朝门外走去。

就在她一只脚刚踏出房间的时候，她突然听到身后艾柯的声音："别走。"

她一下子就收住了脚步，并转回身子。

艾柯双臂环在胸前，背靠着门口过道的墙，脸上却显出一副只有撒谎的孩子才会有的神情。

"我不知道你到底是谁，可我还是非常想知道真相。也许我犯了大错,但我并不相信你在撒谎。至少不是故意在撒谎。"

她叫住我,是不是在等待警察的到来?不会的,艾柯是一个心肠非常好的人,她只不过想在最后一刻澄清自己。

希波乐转身关上房门,然后再一次转过身来,向艾柯走去,一直走到离她非常近的地方才停下脚步。在她碧玉般的眼睛里还残存着泪水。然而,希波乐还是能在这双眼睛中看到一些别的什么东西,一些她没有说出口的东西。

"我留下。"希波乐无法将自己的目光从艾柯的眼睛上移开,"我会告诉你我所知道的全部事情。或者说,我认为我所知道的全部事情。"

"你还想要一杯卡布奇诺吗?"当希波乐再一次在厨房中的小桌子前坐下的时候,艾柯问道。

她点了点头,并且一直注视着艾柯从柜子中取出杯子,以及操作那个看起来异常繁琐又功能齐备的先进咖啡机。不论艾柯在这个事件中所扮演的是什么角色,她显然都是被动卷入,看着自己最好的老朋友遭遇如此不堪的经历,她一定还是于心不忍的。可是,话又说回来,她多多少少还是与这件事有着什么关联。

"而现在……"往后的话希波乐根本听不清楚了,因为艾柯正把一个镀金边的咖啡杯举在咖啡机上制造奶沫的小金属管下面,而从那个金属管中喷出来的蒸汽把牛奶打得轰然作响。

希波乐无奈地摇了摇头,耐心等待着制造奶沫的噪声过去。"你一边打牛奶沫一边说话,我怎么能听清你在说什么呢?至少你这种顾前不顾后的性格还没有改变。"

艾柯将一杯还冒着热气的卡布奇诺放在希波乐的面前，然后在她的对面坐了下来。她的脸上露出了笑容。

"我并不是有意这样做，只是经常想不了那么周全。去年在叙尔特岛的那家餐馆——"

"当时你想扶住那个被你撞倒的酒杯，结果却带动整张桌子，就连那瓶价格昂贵的白葡萄酒和一只巨大的蜜蜂也一起被晃到地上。而你被吓得退后一大步，不但踢翻了身后的椅子，就连自己也绊在上面，仰面摔了过去。你想抓住什么，慌乱中却抓到了隔壁那桌的桌布，当时有客人正在用餐，所以……"

说到这里，两个女人都忍不住大笑了起来，而这短暂的放松，确实让她们都感觉好了许多。

有那么一瞬间，似乎一切都恢复了本来该有的样子。她们一起坐在艾柯的小厨房中，一边喝卡布奇诺一边大笑。就跟以前一样。就跟以前一样？希波乐的笑容在脸上僵滞了。

"当时我也在场，艾柯。我就坐在你的对面，也是我救了那只差点被葡萄酒瓶砸死的蜜蜂。"

这时，艾柯的笑容也消失了。她的眼睛又一次湿润了。

"是的，"她小声说道，紧接着她又重复了一遍，"是的。"然后，她看向希波乐，并露出无助的神情。"在那之前的一年，圣诞节的时候，我们晚餐吃烤鹅时发生的事你还记得吗？"

希波乐把头歪向一边。"我们已经有很多年没有在一起吃圣诞晚餐了，艾柯。确切地说是从我结婚以后。"

艾柯把目光投到地面上。"这简直……非常抱歉，请您——原谅我，这简直是不可能发生的事情！你不是希波乐。你甚至不可能是发生事故之后被整容的希波乐。你……你比希波乐的个子要高一些，你也比她瘦。"

比希波乐的个子高。在那扇单元门前看到艾柯的时候她就想到了。如果她现在能大哭出来简直是最好不过了，可是她必须让自己振作，因为她必须得向艾柯解释清楚，她本人就是希波乐·奥利赫，艾柯最好的朋友，卢卡斯的母亲。

"至于到底发生了什么事情，我所知道的跟你一样少。谁晓得呢。也许是灵魂出窍，或是其他的灵异事件。也许还真是这样，我的灵魂现在正寄居在另一具躯体之中，或者这是一具被洗脑的躯体，我真的说不好。但是我知道我自己是谁。啊，上帝啊，我……我知道我是谁！"

她们两个互相看着对方，眼泪又一次涌上了各自的双眼。希波乐尝试着从艾柯的脸上看出她的心思，而对方显然正在被头脑中激烈的思想斗争所折磨。

"这一切是这么的……这么的疯狂。"她把自己的双手放在希波乐的双手上面，一边斟字酌句，一边说道。

"我自己甚至都不知道在我身上到底发生了什么事。那天我们一起在希腊餐厅吃饭，然后我在回家的路上被什么东西击中了头部。昨天我在一个奇怪的房间中醒来。那个房间看起来像是一间医院里的普通病房，可它并不是。它只是一间地下室。那里还有一个看起来怪怪的医生，很可能他根本就不是什么医生。他告诉我，我的头部受了伤，所以他必须把我关在那个房间里，直到我恢复正常为止。之后，我成功地从那里逃跑了，而且还有一位好心的女士把我带到她的家里。你根本不能想象，当约翰内斯对我说他根本不认识我的时候，我的心里是一种什么样的感觉。还有更糟的，呃，非常糟糕的……为什么每当我问起我儿子的时候，你们的行为方式全都变得这么奇怪？你们的行为方式让我觉得，卢卡斯好像是一个根本就不存在的人。这是为什么，艾柯？"

随着一下剧烈的颤抖，艾柯收回了她的手。

"你也在撒谎啊。你就不害臊吗？希波乐希望要一个孩子已经很多年了，可惜一直不能得偿所愿。而你，现在就这么跑出来，还说……我怎么能这么傻，被你的一番说辞所蒙蔽？灵魂出窍！简直是胡说八道。"

希波乐在这样的质疑前失声大喊道："艾柯！告诉我，你不是认真的。你明明知道我不会相信这样的胡言乱语。这不过只是……哎呀，我根本不知道这到底是怎么一回事啊。我真是马上就要疯了。"最后的两句话，希波乐是喊出来的。她喊得那么大声，以至于艾柯被吓得惊跳起来。她站在那里，无措地用手来回搓着自己的大腿，就好像想在牛仔裤上蹭掉手掌上的污渍一样。而这个动作正是她一紧张就会做的。"我希望您现在立刻离开这里。"

就在艾柯一步一步退到厨房的一角，并将那里桌子上的电话听筒拿在手里的时候，希波乐开始不停地摇头。

"不，请不要这样，艾柯。你必须相信我。我还需要你的帮助。我——"

"如果您现在不立刻离开这里的话,我就打电话叫警察来了。"

一切都结束了。希波乐知道,她现在再也没有任何机会能使艾柯相信自己了。她把椅子向后推了一下,慢慢地站了起来。而艾柯则又向放置电话的桌子移动了一些,手中依然紧紧攥着电话的听筒。希波乐还在犹豫,因为她的身体内正生出一股强烈的感觉,那就是她现在急需把自己的双手环绕在她最好朋友的脖子上,并且越收越紧,越压越用力,直到艾柯最终告诉她,她的儿子到底在哪里。绝不妥协。

第十九章

希波乐垂头盯着自己的脚尖,沿着楼梯一级一级机械地、缓慢地向下走,她全神贯注的神情就好像这是她一生中唯一要做的事。而在这个过程中,人们看不到的是,她正被自己纷乱的思绪所折磨。

"你好。"一个低沉的男声在她身后响了起来。这个突如其来的声音把希波乐吓得半死。她急走几步,终于结束了最后几级台阶的路程,揣着一颗怦怦乱跳的心,她重新站在了这栋楼的进门处。这个声音对她来说并不陌生。"请您不要害怕。是我,克里斯蒂安·卢斯勒。"

希波乐不安地四下观望。他就站在她身后几步远的地方,这样的距离近得足够让她凭借从壁板间隙中透出来的亮光将他看清楚。他穿着一条普通的牛仔裤和一件黑色的纯棉短袖T恤,T恤外面罩着一件灰白条的衬衫。衬衫的扣子一个都没有系,就那样敞开着。

"您……您在这里是要做什么？您是怎么知道我在这里的？"希波乐听到自己的声音变得愤怒，而这样的变化却让她更加气愤不已。

"我是开车跟着您来的，因为我所担心的事情现在正在发生。警察们正在这栋房子的外面等着您呢。"

"什么？警察？可是艾柯说过的，她——"

"我并不知道您刚才跟谁在一起，事实上我也不知道到底是谁给警察打的电话。不过我清楚的是，警察们正在门外等着您，如果您现在出去的话，一定会被他们逮捕的。"

"但是……"希波乐已经被他所描述的情况完全搞糊涂了，以至于她脑中现在根本不能形成一个完整的想法。

卢斯勒指着自己的身后，说道："我在周围查看了一下。在院子的那边有一面矮墙，我们可以从那里翻过去。只要能翻过去，就能平安抵达旁边的平行街道。我的车就停在那条街附近，您赶快跟我来吧！"

希波乐摇了摇头。"不行，我……哦，我的上帝啊，我根本不能思考了。罗丝正在外面等着我呢。我不能什么都不跟她说，就这样跑掉。"

卢斯勒向前跨出两大步，双手抓住她的上臂，以便她不会轻易从他面前跑开，却又小心翼翼地不去弄痛她。

"您必须离开这里，而且必须马上离开这里。您只需要回答我一个问题：您向这个罗丝提起过我吗？"

希波乐尝试挣脱他的钳制，但只是稍微尝试了一下便放弃了。

"为什么？您觉得这样好玩儿吗？"

他深深地凝视着她。"我是真心想帮助您，不过在我采取行动之前，我必须先知道您是否向她讲过我的事情。"

"我……是的，我讲过！可是那又怎么样呢？请您换到我的处境想一想吧。罗丝已经帮了我很多忙，而您只是不停地说您想帮助我。"

卢斯勒渐渐地松开了抓着她手臂的双手，让它们缓缓地垂了下去。

"我已经想到了。这已经能说明一切了。"

他的声音听起来有了一些听天由命的味道。就连希波乐对他的最后一次注视他也没注意到。

"这真能说明什么事情吗？"希波乐非常想知道答案，然而并没有立刻得到答案，于是她又问了一遍："我能请您告诉我这能说明什么事情吗？"

"今天早上，两个蒙面的陌生人闯进了我的家。他们对我使用了暴力，还把我绑了起来。他们对我说，如果我继续卷入这些与我无关的事件的话，他们就会对我姐姐动手了。他们还说，如果我再一次接近温格勒女士的房子，那我肯定会对我的行为异常后悔。"

此刻他说话的声音非常轻微，几乎就像耳语一样。"现在您明白了没有？这说明了什么问题？这些人从来没有表现过对我的兴趣。即便是我想尝试通过自己的力量帮助我姐姐，他们也从来没有在我的周围这样直接地出现过。可是就在您刚刚向那个女人讲述过我的事情以后,我就被他们以暴力威胁。"

"您一直对我这样讲,是想告诉我,罗丝与这件事有着密切的关系?"

卢斯勒摇了摇头。"不,并不是一直这样讲。昨天还只是我的个人猜测而已,我也是在今天早上才确定的。"

在走廊里昏暗的灯光下,希波乐注视着这张脸。它就好像被笼罩在一层布满灰尘的玻璃罩里。她试图在这张脸上找到一丝一毫的线索,从而让她选择相信他还是不相信他,但事实上,她实在是什么都找不出来。

我现在应该怎样做,我现在到底应该做什么?就像划破黑暗的一道闪电,那些碎片一样的景象再次出现在希波乐的脑海里:一间布置舒适的客厅,四面的墙上却没有一张照片;一个已经去世的丈夫,只有在她的讲述中才能偶尔听到关于他的信息;一旦被问及有关孩子的问题,就会显得异常紧张……你到底是谁,罗丝·温格勒?

那种怀疑的感觉越来越强烈。她手中所掌握的关于罗丝的信息相互矛盾,不过无论她是否与这件事有直接的关系,她都是一个充满谜团的人物。但即便是她与此事有任何关联的话,那她为什么一定要在艾柯住的这幢房子前面给警察打电话呢?为什么她不在自己的家里给警察打电话呢?

但是,如果是卢斯勒在撒谎呢?如果这幢房子外边根本没有警察呢?

想到这里，希波乐不由得打了一个冷战，她疾走了几步，走到房子入口处那扇沉重的门前。她的手已经放在门把手上了。从这里走出去，是卢斯勒试图阻止她做的事情。她抓着门把手，回身看向卢斯勒，而后者依然只是站在原地，完全没有要做任何动作的意思。

希波乐小心翼翼地把门拉开了一条缝。宽度刚好够她看到罗丝停车的地方。不过为了能看到罗丝的车，她必须把自己的脸颊紧紧地贴在冰凉的墙壁上。

卢斯勒说的是实话。在罗丝的汽车旁边站着那名不通人情的高级警官——格鲁尔。他正向前弯着身子，从副驾驶座旁的窗子向车内望进去，看起来他正在和罗丝说话。希波乐想起罗丝的纸条：警察，真的吗？

希波乐小心地将门又打开了一点，想看看那位年轻的警官是不是也一起来了。啊，他叫什么来着？她又把他的名字忘记了。

在罗丝的车几米以外的地方还站着几名穿警服的警察。其中两个警察一脸严肃地在听第三个警察说话。而第三个警察则一边说话，一边用手指了希波乐藏身于后的门很多次。就在这个时候，又一辆警车从左边驶来，并且一个急刹车，也在罗丝的车后面停了下来。这时，格鲁尔警官站直身子，先看了一眼那辆刚刚到来的警车，紧接着就穿过马路径直走向希波乐藏身于后的房门。希波乐飞快地把探出去的头收了回来。虽然她的心脏好像正在擂鼓一般怦怦乱跳，不过她还是把手放在门把手上，让门缝保持着原有的宽度。她心里还残存着一丝侥幸，万一格鲁尔还没有发现她，那么她可不希望因为房门的移动而引起他的注意。"

她慢慢走向卢斯勒。"您说得对。外面全都是警察。在罗丝的车旁边就站着昨天逮捕我的那两个警察中的一个。而且很有可能他已经看到我了。"

卢斯勒向她做着快过来的手势。"您终于回来了，我们一起逃跑吧！"

只是在这样的紧急关头，希波乐实在无法判断，格鲁尔到底在外面做什么事情？他到底有没有看见自己？在想到罗丝的时候，她还是犹豫了一下。我是不是正在犯一个巨大的错误？但是如果我不这样做的话，还有什么其他的选择吗？一旦她从这幢房子中出去，作为对自己失误的补偿，那位高级警官一定会把她立即逮捕；而且他也绝对不会让这个女人从自己的手中第二次逃跑了。

"好吧，"她一边说一边朝着卢斯勒走去，"我们现在应该做什么呢？"

他把手放在她背上，将她轻轻地朝着通向后院的门推去。"我们必须以最快的速度从这里离开。我本来就非常奇怪，为什么那些警察直到现在还没有进来。"

后院是一个用混凝土铺成的方形区域，每一边大概有十到十二米长。左边种着一排樱桃桂冠灌木，右边则是一道固定在石头基座上、高度与这些灌木相仿的铁丝网，用来作为与邻居院子之间的隔断。

希波乐在对面看到了卢斯勒提到的那面"矮墙"。它只比那道铁丝网高出了几厘米。

"您快点,我们得快一点才行。"希波乐再一次感觉到了后背上从卢斯勒的手掌传来的轻轻推力。

他们快跑几步穿过后院。借助最后几米跑动的助力,希波乐跳起来,用两只手抓住墙头。在她发力跃上墙头之前,她只是稍微停顿了一下,以便双臂能够更好地平衡身体的重量。就在她把自己的双腿也荡到墙头上去的时候,一个念头在她的心里闪过,她这是多么轻易就逃跑成功了啊!

几秒钟后,希波乐就已经站在隔壁邻居家的院子里了。紧接着,卢斯勒也在她旁边不远处跳落了下来。他脚一沾地就给了希波乐一个快走的眼神,同时还低声说了一句:"赶快,离开这里!"

他们的运气还不错。栅栏另一边的院子并不是私人院落,看起来倒像是被荒废了很久的小酒馆里一处供人露天喝酒的地方:一块圆形的草坪四周被或立或倒的几张桌子围着。空地左边是肮脏塑料饮料箱摞成的一面高墙,墙前面散落的则是餐馆专用的那种体积巨大的破碗碟,混杂在其中的还有一些已经折损的广告招贴画以及残缺的白色塑料椅子。而右边则有一条可以绕过这栋建筑物的窄窄的小路。

他们立即沿着小路向前跑了起来,转眼的工夫就站在了小酒馆"站着享受"的门前。

希波乐四下看了看。马路的两边停满了汽车。每一辆汽车都是一半停在路肩上,一半在下。在马路的另外一边,左手方向大约距她现在所站的地方一百米处有一个男人。他眼睛一眨不眨地盯着自己脚前的地面，看起来是在等待什么人。

就在希波乐觉得这个男人眼熟的时候，她一下子想了起来他到底是谁。甚至就连他的名字她也能够说得出来。威特硕雷克。他是那两个警官中的另一个，那个虽然已经看出希波乐的意图，却并没有阻止她将自己与自己的搭档以及医院房屋管理员反锁在地下室的那个警官。她那颗本来已经跳得飞快的心脏开始以更快的速度在胸腔里使劲地跳了起来。

"我们必须马上离开这里！"她喊道，同时指向右边，"往这边！那边站着一个昨天逮捕过我的警官。"她一边说话，一边盯着威特硕雷克的一举一动。

"您被警察抓住过？"卢斯勒惊讶地问道，"什么时候的事——"

"反正不是现在！"希波乐打断他的话，"咱们快点走吧。"她把目光从威特硕雷克的身上收回来。因为后者完全没有意识到应该对他自己周围的情况时刻注意观察，不能放松警惕。最终她又朝着卢斯勒的方向扫了一眼，然后掉转身子大步地走开了，甚至都没有再回一次头。

仅仅几秒的时间，希波乐就听到卢斯勒的脚步声又在身后响了起来。"我的车虽然停在相反的方向，不过可以等会儿再去取。今天早上他们对我进行威胁之后，我就在老城区附近的一家小旅店里租了一个房间。那家小旅店恰好离这里不是很远。如果我们去那里的话，至少能保证您的人身安全。"

希波乐脑子里首先想到的是罗丝。她不知道现在罗丝是否还坐在她的车里,在那幢房子前面等着她。罗丝到底有没有发现事情出现了变化,而我已经离开那幢房子了呢?还是根本就是罗丝打电话叫的警察,所以她从一开始就知道发生了什么事?

"我完全想象得到此刻您心里想什么。"卢斯勒的话打断了希波乐的思绪。

"这我可不相信,"希波乐说,"我自己都不知道我正在想什么。您能不能回头看一眼,刚才那位警官是否还站在原来的地方?"

卢斯勒把头转了过去,一边继续向前走一边往后看。突然,他停了下来。"他走了。"

"从现在的情况来看,我们还真是走运。"卢斯勒说道。对于威特硕雷克根本没有注意到他们的行踪是否是种幸运这件事,希波乐则表示怀疑。

"是啊,我们还真是走运。"嘴上她却这样附和着卢斯勒。她不想卢斯勒对她自己的估计作出任何评判,至少现在还不想。

他们又向前走了几米,然后拐进右边一条窄小的巷子。在小巷子中走了一会儿后,他们来到了一个位于停车场前的小十字路口。在那里有一座横跨多瑙河的石桥,桥的另一端直接通向雷根斯堡的老城区。

希波乐停下脚步,四下巡视:并没有警察跟上来。然后她看向前方,仔细地观察着那个由彩色的房子围墙组成的背景图案。这里她来过好几次,这里的街景也是非常熟悉的,而且……那种奇怪的感觉又一次从希波乐的心里升腾了起来，就好像她被这个世界隔离了，发生的所有事情都与她无关，而她只是一个通过一扇小小的窗子向外观看的观众。她看着街上的男人与女人们，一些人匆忙地穿过对面的广场，一些人则舒适惬意地两两对坐在咖啡馆或者比萨店中，一边享受着食物一边开心地交谈。最重要的是，他们都属于这个世界。他们也是这个世界。与他们相反，希波乐则是这个世界的观察者或者说是敌人。

卢斯勒的话将希波乐拉出她的冥想世界，让她重新回到了现实中。"我们必须走了……我刚刚想起来，我还不知道您的全名呢。"

希波乐注视着他布满胡茬的面颊，心想，他大概每隔一天或者两天才刮一次胡子吧。终于，她决定增加一点对他的信任。现在还剩下什么可以失去的呢？"希波乐·奥利赫。"

现在反而是卢斯勒看起来显得十分惊讶了。因为他根本没有想到希波乐会一下子就告诉他。

他们一同穿过用鹅卵石铺就的广场，来到石桥的前面。一个由十几个脖子上挂着相机的男男女女所组成的旅游团经过他们的身边。那些人有说有笑，根本没有注意到这两个站在桥头的人。

他们之间没有任何交谈，直到来到桥中间那座著名的雕像前。那是一个年轻男人的雕像，他坐在一栋房子的屋顶上，右手在额头前搭成凉棚，望着老城所在的方向。

"您能告诉我从昨天起您都经历了哪些事情吗，奥利赫女士？"卢斯勒问道。

"好的，没问题。不过我想先听您讲讲，毕竟是您一路跟着我，并且认为您能够帮助我找到我的儿子。就现在的情况来看，您认为您真的是唯一一个能够帮助我的人吗？"

"我可没这么说。"

"什么？"希波乐一下子停住脚步，她能感觉到身体里渐渐升起的怒火，"难道不是您昨天在罗丝的房子前说您愿意帮助我吗？而且就在几分钟以前，您又说了一遍。您想否认吗？现在您却说，您没有这么说过？克里斯蒂安·卢斯勒，您知道吗，我已经受够了。每个人都以为他可以欺骗我，从我这里得到他想得到的东西！"

几米外的一对老夫妇在听到希波乐的大喊之后停下脚步，朝他们所站的方向看了过来。希波乐察觉到了他们探寻的目光。不过她根本不在乎。连卢斯勒也发现了，希波乐的行为已经吸引了不少周围行人的注意。

"别，请不要这样，奥利赫女士……希波乐。"他希望能够让她平静下来，接着他向前迈了一步，"请您平静下来。我并没想欺骗您。我的确是想帮助您。"

"啊哈，现在又这样说了。那么您刚才到底是想说什么呢？"

卢斯勒用非常小的声音——以便只有希波乐能够听到他的话——说道："我从来没有说过，我可以帮助您找到您的儿子。我——"

"啊，太棒了！"希波乐突然激动地打断他的话，"那么我在这里是在做什么呢？啊，我知道我现在应该做什么了。我应该回去找那个警官。虽然他的同事会把我抓起来，但是那又有什么区别呢？不过话又说回来，那个警官……那个叫什么来着的警官是直到现在，除了罗丝以外，唯一一个真正帮助过我的人。我现在必须知道我的儿子到底怎么样了。既然您帮不了我，那么我就只能向警方求助了，即使他们会因此将我逮捕。"

希波乐直直地看着他的眼睛。"如果您不是编故事的话，那么您一定也亲身体验到了那些人是如何对待您姐姐的。您必须理解，我害怕我的儿子出什么事情。"

"请……请您听我说，这对我来说非常非常重要。"她眨了眨眼，转过身子，向着他们刚才来的方向走了回去。卢斯勒紧紧跟在她的身后，说道："我向您发誓，我肯定能告诉您一些事情。"希波乐停下她的脚步。他现在就站在她的身旁，诚恳地看着她。"请您跟我来。"

"好吧。您到底知道什么？如果您不对我说您到底知道关于卢卡斯的什么事情的话，我就不会再跟着您向前走一步。"

他脸上的表情变了一下。所有的无助、所有的请求以及所有的恳切都在瞬间消失了。他又朝她的方向迈了一步。

"到了旅馆我们就安全了，那时我一定会向您详细讲述我知道的所有事情。如果您不愿意这样，反而宁愿被警察逮捕的话，那么您请便。只要您决定离开，那么我会向您保证，您再也不会见到我。我可不想为了把您从警察的手中救出来，而冒再也找不到我自己姐姐的风险。所以说，要么您现在跟我一起走，要么您自己走。"

说完，卢斯勒就独自继续朝着老城的方向走了。希波乐简直要大叫出来。是因为愤怒？还是因为怀疑？假如她是一个男人的话，那么她现在就会把卢斯勒按在地上，把他所知道的关于她儿子的一切都逼问出来。可她只是一个手无缚鸡之力的妇人。一个在眼前这样的情况下，根本没有人可以求助的妇人。

毫无选择地，她只能快步跟上卢斯勒。她无声地走在他的身边，努力将喉咙中的哽咽之声咽回去。

在石桥的另一头，他们经过老盐库，穿过马路，融入熙熙攘攘的旅游观光者以及居民之中。希波乐看着城墙上所绘的以大卫战胜巨人[1]并获得加冕为主题的画。一个年轻女孩正站在这面墙壁的前面，微笑着，等着与她同来的那名男子为她照相。而他在照完相之后，把那个女孩搂在怀中，小声地在她耳边说了什么悄悄话，然后突然间这两个人一起大笑起来。无忧无虑的笑声在希波乐听来犹如锋利的刀片一样，割得她的心生疼。她上一次这样无忧无虑是什么时候的事了？

只是短暂的一刻，希波乐便从这样的冥想中挣脱出来。"还有多远的路？"

"不远了。"卢斯勒指着右边说道。他的声音又恢复得和希波乐最初认识他那会儿一样温和友善。

"我们现在要去海德广场，从那里再走五分钟就到了。"

去海德广场。当然，希波乐是认得海德广场的。它就在那附近的某处，她十分清楚，但是眼下，她却完全不清楚应该如何走

---

1 《圣经》中记载，少年大卫挑战巨人歌利亚，并最终战胜了他。

才能够到达。

这简直是不可能发生的事情,难道不是吗?雷根斯堡可是我的城市,我的家乡啊。那个伪装成穆尔豪斯医生的男人的话再一次在她耳边响起:"您头部所遭受的重击,还有如此长时间的昏迷……都会给您的记忆带来负面影响,也就是说,您可能会在短时间内失去记忆。"

第二十章

那个警察在那辆红色的汽车旁边,隔着副驾驶座边上的车门,向前弯着身子,跟那个坐在驾驶席上的女人说了好久的话。

汉斯心想,他们到底都说了些什么呢?

过了一会儿,他们的谈话结束了。与此同时,那个女人也发动了她的汽车。汉斯清清楚楚地看到,她跟着另外一名警察的车拐进了旁边的一条小街。

很长时间过去了,什么都没有发生。街道两边穿制服的警察们依然守着自己原有的岗位。他们所做的事情与汉斯现在所做的一样。那就是等待。

突然,其中一名警察从挂在他腰带上的一个小包里掏出一部手机,并把它放在了耳朵边。

打完电话,又把手机收好后,他冲远处的同事招了招手,把他们叫到自己跟前,说了些话。之后,他们中只有一个人走回了那栋房子的入口处,也就是他刚才来的地方。而余下的那些人则上了他们前面的那辆警车，跟着车走了。

汉斯拿出他自己的手机，按下快捷键。他感到现在是时候向医生汇报情况了。

"什么事？"

汉斯向医生如实汇报了他所看到的所有事情。医生则命令他继续在原地等待，直到得到新的命令。最后医生说："我有一种强烈的预感，我们很快就能知道你该什么时候主动出击了。如果一切顺利的话，那么我们只要再等上一小段时间。如若不然，你就必须把你的亚娜·多伊尽快带到我这里来。你应该知道，我这里还有任务在等着你呢。"

"是，医生。我明白。"

说完这句话，汉斯就挂断了电话。

那个在医生那里等待着他的任务，他并不感兴趣。一点也不。不过，又有谁曾经问过他，他到底对什么感兴趣呢？他曾在一本法典上看到这么一句话：对于你来说，你的职责是至高无上的。你必须不辱使命。如果需要的话，就以你的生命为代价。

第二十一章

他们在几分钟之后就到达了海德广场。巨大的白色遮阳伞既为坐在露天里的饭馆客人们,也为饭馆本身遮挡出了一片阴凉。

希波乐停下脚步,环视着这个巨大的三角形广场。在他们身后是一座叫作"新秤"的高大建筑,由两幢高耸入云的大楼组成。它们后面是雷根斯堡主教堂钟楼的尖顶,就像两根从内部破顶而出的巨大钢针,直直地插向天空。

"请您快过来。"紧张地四下巡视之后,卢斯勒说道。他的目光总是在四下搜寻。看起来,他十分害怕希波乐被什么人跟踪。

希波乐立即继续快步向前走去,她一心想尽快抵达旅店。一眨眼的工夫,她先是把尤斯提提塔喷泉甩在了身后,接着经过了金十字植物园,最后终于穿过了那条将这个三角形广场的一个角延长了的路德维希大街。

她心中的疑惑越来越强烈了。她怎么可能认识雷根斯堡老城里的每一幢建筑物,却不认得到达那家旅馆的路呢?

大约又走了两百米以后,卢斯勒才带着她拐进了大路左边的一条小巷子。"沿着这条巷子走,我们马上就能到了。"

眼下希波乐只能将满脑子关于建筑物和路、关于记忆的一些混乱想法全都暂时放到一边,努力把自己的全部精力都放在跟上卢斯勒的脚步上。他们距离那家旅馆越是近,她就越是能够听到皮特·马费的声音,甚至有那么一刻,她一字不差地听到了整首歌的歌词。

"紧紧拥抱我,
相信我更多一些,
因为我不会再让你
离开我的怀抱。
请别再害怕,看着我的眼睛。
我会一直保护你。"

又是皮特·马费的一首歌词。为什么这么凑巧?我真是不能理解。不过眼下她必须明白这个事实,那就是,上帝总是有更重要的事情要思考,至少比思考为什么她总是能凭空听到其实她根本不喜欢的皮特·马费的歌重要得多。

几分钟以后,他们抵达了预期中的目的地。那是一栋民居式的建筑,人们得多看上两眼,才能发现它其实是一家旅店。一个不大的塑料指示牌挂在逼仄的入口处,上面用印刷体端端正正地写着克鲁姆布什旅店。在旅店的名字下面还印着三颗并排的小黄星星。

一个矮小柜台被当作接待处。小柜台的左角刚好抵在入口处的陶土色砖块墙壁上。柜台后面坐着一个体型瘦高、年纪不明的女人。她被柜台遮挡着,不知道正在忙些什么事情。

直到卢斯勒友善地向她问好,她才懒懒地抬起眼睛,也回复给他一个问候,不过她脸上的笑容明显只是一种职业习惯。希波乐猜测,这个女人大概六十岁左右,不过也不排除已经接近七十岁的可能性。她脖子上戴着一条长长的金链子,上面挂着一个非常老式的老花镜,镜框跟那条金链子一样也金光闪闪的。柜台右边的一个小牌子上刻着她的名字:克鲁姆布什女士。显然,这家旅店是她的财产。

卢斯勒走在前面带路,经过接待处后,他们又穿过一条小过道。小过道里,电梯门闪烁着清冷的银光。而接待处的那个女人向希波乐投去了特别的一眼之后,就回过头继续埋首于她之前的活计了。

他住的那个房间在旅店的二楼。房间里面布置得简洁朴素,收拾得非常整齐。希波乐坐在用两个床头柜间隔开的两张单人床中靠外边的那张上。另一张床上面则放着一个黑色的运动挎包。

他保持着刚进来时站立的姿势,眼睛一眨不眨地看着希波乐,就好像正在等待着她开口说些什么。

"现在请您还是给我讲讲有关卢卡斯的事情,好不好?"她紧张兮兮地问道。

他点了点头。"您想喝点什么吗?"

虽然希波乐觉得要是能有什么冷饮可以喝的话真是再好不过了,可是碍于眼前的情况,她还是摇了摇头。卢斯勒从他身后的两把椅子中拉了一把,面朝椅背倒着坐了下来,那架势就好像他要把这椅子当马骑一样。接着他调整了一下自己的姿势,把双肘支在椅背边上凹下去的部分,用以支撑身体的重量。有那么几秒钟的时间,他把自己的手翻过来又掉过去,从各种方向观察自己的手指甲,最后他长长地喘了一口气,这才看向希波乐。

"请您让我在讲述您儿子的事情之前先缓一缓。我——"

"不,"希波乐干脆地打断他道,"其他别的什么事情,您都可以过一会儿再说。我首先必须知道您到底都掌握了关于我儿子的哪些情况。"

"请……"他继续尝试,"请您一定要相信我,这非常重要,您必须了解整件事情的背景。"

希波乐猛地从床上站了起来,气势汹汹地盯着他。"您阻止我问下去的次数已经够多了。所以,现在就请您说说,关于我的孩子,您到底都知道什么?卢卡斯现在到底怎么样?"

他看起来正在做激烈的思想斗争,不过最后他还是放弃了。"好吧。不过您必须得先答应我的要求。在我说完以后,您不会离开。更加重要的是,您既然先听我讲我所知道的事情,那么作为交换,您在听过之后,也得给我讲讲您所知道的情况。"

"好的,现在您可以开始讲了。"希波乐感觉到自己的膝盖在轻微地颤抖。于是她又坐回到床上。

卢斯勒看了一眼他的手指甲,说道:"在您听起来这也许是不可能的，甚至是完全荒谬的。我完全能够理解，我也能够向您解释，为什么会是这样的情况。不论如何，我现在要向您讲述的，的确是事实。希波乐……呃，卢卡斯是……我可以很肯定地告诉您，您，跟我姐姐一样，你们都没有孩子。您从来没有过哪怕是一个孩子。"

第二十二章

卢斯勒的话像打在希波乐脸上的一记耳光。不过,说实话,对于这一记耳光,她心里相当清楚,她是有心理准备的。

直到眼下的这一刻,直到这句话真的被他说出口的这一刻,她才发现,其实自己从一开始就知道他最终会这样说。可是只要他一刻不说出这句话,她就还能抱有一丝希望。他根本不可能知道更多关于卢卡斯的事情——她相信他知道的——绝不可能多于什么都不知道。

他的姐姐伊莎贝尔也是突然开始寻找一个孩子,她自己的孩子,一个根本不存在的孩子。难道仅仅因为这个原因,他就能妄自揣测,她所处的境地与他姐姐的一样吗?难道她目前的状态是能够由他说了算的吗?她必须思考。她早就该想到会发生现在这样的事情,早在他前一天对她讲述他姐姐的事情时,就应该想到。她努力将这种想法挤出自己的大脑。

她的目光掠过他的脸,投到房间的墙壁上。墙上除了贴着单调的棕色墙纸以外,什么挂饰也没有。她心中生出一股厌恶感。

"您要不要我现在向您解释,为什么您会认为您有一个儿子?"卢斯勒小心翼翼地问道。

她循声望去,试图望向他的眼睛,但是却不知道他的眼睛在哪里。

"这可真少见。"她听到自己用一种毫无感情的声音来回答卢斯勒所提出的问题。"您刚刚才对我说过,您认为我的孩子根本不存在。其实在您之前,同样的话,我在这两天里已经从不同的人嘴里听过无数次了。甚至连我自己的丈夫与我最好的朋友也是这样说的。这件事简直太荒谬了。就好像我现在严肃地告诉您,您已经死去很长时间了,只不过您自己还不知道而已。您能够想象吗?不能,您当然不能够想象。您听好,我已经尝试向所有人解释,人们是很难能够像……像疯了一样凭空想象与一个孩子的共同生活的,尤其是我还能回忆起过去七年中与这个孩子在一起的每一分钟。假如这个孩子真的根本不存在的话,那么这七年的记忆也不会存在。您能明白我的意思吗,卢斯勒先生?"

她停顿了一下,以便倾听来自自己内心的声音。她觉得集中精力思考她到底想说什么,这件事现在突然变得很困难。

"我现在应该哭,是不是?"她又短暂地停顿了一下。她并不期待卢斯勒能够回答她的问题,她只想利用这点时间考虑清楚,她到底要说什么。

而卢斯勒只是置身事外地看着她。

"不过,话又说回来,直到现在还没有人愿意告诉我,为什么我会为自己幻想出一个儿子来。嗯，不如这样，您还是先给我讲讲您到底是怎么想的吧。我真的十分好奇。"

对希波乐的话，卢斯勒并没有立即做出反应。在他长时间的注视下，希波乐却感觉越来越不舒服。她感觉自己不但被人毫无顾忌地伤害，而且还完全裸露地呈现于人前，就在同一时刻，她也觉得自己挺可笑的，难道她还有什么完好的地方可供别人伤害吗？就在她想站起身，躲开卢斯勒注视的目光时，他开口道："您的状况简直与伊莎贝尔一模一样。有一群人被另一些人拿来作样本，那些人尝试……控制你们。这是非常危险的尝试，他们试图对样本人群大脑中的记忆做修改，并以此控制你们的大脑。"

希波乐感觉好像又重重地挨了一记耳光，而脸上火辣辣的感觉像一股气流般蹿遍全身。尝试？她的脑海中浮现出那个因禁她的地下室房间。那些监视器、那些电线原来是干这个用的。那个假的穆尔豪斯医生。还有手上那片瘀血的痕迹……

她不由自主地打了个冷战。她把自己的手举到眼前仔细查看，手背上瘀血的地方依旧是青紫一片。就在她端详自己手背的时候，卢斯勒点点头，说道："这正是点滴注射所用的针头造成的。您的体内被注射了某种化学药品，以便他们做实验。"

她再也不能安安静静地坐着了。她一下子跳了起来，在房间里躁动不安地来回走动。不过最后她还是停了下来，坐回原来的地方，向卢斯勒问道："您是从哪里知道这些事情的？"

"伊莎贝尔能够逃脱，是因为有一位护士小姐帮助了她。一开始，那些人用了好多钱来收买那位护士小姐，所以她才会决定参与这个研究项目。可是当她看到他们都对伊莎贝尔做了哪些惨无人道的实验时,她决定帮助她逃跑。伊莎贝尔逃跑的第二天,那位护士就来到我家,并给我讲述了她所知道的一切。"

她的心频率不稳地跳动起来。"那位护士在哪里?我要见见她。"

"我不知道。"卢斯勒缓缓地摇了摇头,"在那之后,我再也没有见过她。"

是啊,还能有什么新鲜的说法呢。渐渐地,希波乐再也不相信还有什么人能将她从这个荒谬的境地中拯救出来了。在人的大脑里修改记忆……

"根据那位护士小姐的讲述,那些人研制了一种新的化学药剂。他们将这种化学药剂注射到伊莎贝尔的身体中,从而控制她的中枢神经,使她的大脑处于一种被事先设定的状态,而她的记忆也变成有选择的了。因为她脑中所有关于孩子的记忆都是那些人通过药物添加进去的。我记得,这个项目好像叫作视听什么什么的。在实验的过程中,他们把伊莎贝尔绑在一副担架上……"他突然停了下来,浑身颤抖着。有那么短短的一刻,希波乐甚至忘记了自己个人的处境。她向前探过身子,将一只手放在了他的肩膀上。

"我没事,谢谢。"他深深地吸了一口气,并没有看向希波乐,而是继续讲了下去,"他们将伊莎贝尔捆绑固定住,然后反反复复日夜不间断地将来自同一个男孩子的几千张生活照片在她眼前展示,从刚出生到五岁,那个男孩子整整五年的日常生活就这样填鸭般生生塞进了伊莎贝尔的大脑中。在展示照片的同时，他们还配合播放与照片内容相符的那个孩子的声音。在那几周的时间里，伊莎贝尔一点觉都没睡，因为她的大脑被调到不需要睡觉的状态了。"

希波乐回想着自己被关在地下室时的情景，说道："他们对我很可能不是这样做的。我苏醒过来以后，一下床就能立即毫无问题地走路和奔跑。这可不是躺在床上整整两个月的人能够做到的。"

卢斯勒点点头表示同意。"他们允许伊莎贝尔每隔几小时就下床走一走，以便她能够自己去卫生间。那种化学药品沿着她的血管脉络散布到全身，这也就使得她不能对他们在她身上所做的实验做出反抗，只能乖乖地按照他们的指令行事。那位护士小姐说，伊莎贝尔当时的状态可以被看成是一种梦游。"

"但是，为什么那位护士小姐一直袖手旁观到最后，如果她……为什么她不早一点出手帮助呢？"

"据她自己所称，她一直不留痕迹地帮助伊莎贝尔。她的职责是在晚上值夜班。她在三周之后就将向伊莎贝尔血管里注射化学药剂的管子拔了出来，并且也关掉了那个持续向外挤压药剂的机器。几个小时之后，伊莎贝尔就可以自主地行走了。然后她就帮助伊莎贝尔从那个也囚禁过您的地下室中逃了出来。至于伊莎贝尔能够顺利逃跑的原因，是她向她的老板们撒了谎。出现在我的家中时，她显得十分紧张不安。虽然她表示第二天还会再来看望伊莎贝尔，但是却没有如约出现。我猜她恐怕被那些人加害了。"

"那么您的姐姐呢？从那个时候开始，她就坚信她有一个儿子了？"

"是的。而且她也和您一样，完全不理会别人的解释。即便那位护士小姐是当着伊莎贝尔的面讲述的这一切，她还是没有做好接受这一事实的准备。她所强调的理由与您的一模一样：如果她在现实生活中从来没有过这样一个孩子，那么为何她能够回忆起与他共同生活的每一个细节？"

卢斯勒突然伸出自己的双手，将希波乐的双手紧紧握住。希波乐并没有阻止他的这个行为。

"但是我十分确定，我根本没有或者说没有过一个外甥。希波乐。您明白我的意思吗？我想，要接受这样一个事实肯定是非常困难的，不过，也正是因为这个原因，我能肯定，事实上您根本没有儿子。"

希波乐看向卢斯勒。他猜想，她一定会又一次打断他。

"那么您又将如何解释，为什么我自己的丈夫不认识我了？还有我最好的朋友也不认识我了？"

希波乐并没有将她的问题全部提出来。因为她已经从卢斯勒的脸上看出，他并不知道其中的原委。她看着卢斯勒，突然体会到一种少有的胜利感觉，于是她决定乘胜追击。

"在一个人的大脑中植入对一个根本不存在的孩子的记忆，这听起来已经够荒谬了。但是那些我与约翰内斯、艾柯、我的婆婆，还有其他所有人的共同生活记忆……这些他们又是怎么弄的？"

"说实话，这个我真不知道。"卢斯勒尽量面无表情地说道，看起来他对这个问题非常敏感。希波乐能够清晰地看到卢斯勒神态上所发生的变化。"显然，他们在伊莎贝尔的身上没取得这么大的进展，也许是因为那位护士小姐早早就将她救了出去。但是，如果他们再一次在您的身上继续那些残忍的实验的话……"

"现在我得先好好消化一下您刚才对我讲的事情。"希波乐打断卢斯勒。突然，她像是又想起什么来似的，说道："我想给罗丝打个电话。"

卢斯勒扬起双眉。"那您会不会给她讲我刚给您讲过的事情？"

"难道有什么不方便的吗？"

卢斯勒站起身来，走到窗前，靠在那里的木制长椅上。"是的，还是有一些不方便的。"说完后，他转过身去，用后背对着希波乐。希波乐已经没有兴趣再去费力思考他那种半明不白的话了。"那个女人是属于这个组织的，假如您向她转述我对您讲过的事情，那么她就会向他们报告我都知道了什么。因此那些人就会准确地知道我们现在到底了解多少情况。这样的信息能够帮助他们制定对付我们的策略。他们还会消灭所有的证据，而您就再也没有任何机会发现他们在您的身上做了什么，更重要的是谁对您做了这样的事情。"

听到这里，希波乐也站起身来。她走到窗前，站在卢斯勒的身旁。她的目光穿过玻璃窗前悬挂的纱质透明窗帘，投到了下面的大街上。

"您相不相信我向您讲述的事情?"他一边保持着向窗外看的姿势,一边问道。

希波乐直接跳过这个问题,问道:"不论做这个实验的人是谁——他的目的到底是什么?"

卢斯勒一边叹气,一边将身子转向希波乐。"我猜想,这个实验的最终目的在于实现通过植入式记忆控制人类。倘若有人将此用于政治目的的话……您自己亲身体验过,这种手段的功效到底有多么强大。人们的行为方式是由他们的所有经历所决定的。您设想一下,假如他们将政治家或者高级军官的记忆如他们所愿地植入尽可能多的人的大脑中,并为其所用……"

希波乐努力想跟上卢斯勒的想法,但是处在这样的情形下,她一点也不能理解卢斯勒想说明的问题。她脑海中不断闪现的只是一个七岁男孩的样子,而且他的模样是那么清晰,他的笑容是那么天真无邪、那么快乐。

卢斯勒无语地看了希波乐很长时间,最后他抬起自己的手,看了一下手表上显示的时间。"现在已经是午饭时间了。我给您一个建议:我出去给我们两个买点儿吃的回来。而您可以在这段时间里躺在这张床上,好好考虑一下我们刚才讨论过的问题。如果您还是认为您必须给罗丝打电话的话,那么我绝对不会再阻拦您。我只是想请您再仔细思考一下,您要打的这个电话会对您个人产生什么样的影响,假如我的猜想正确的话。"

希波乐点了点头。虽然她并没有感到饥饿,但她还是非常感谢卢斯勒愿意给她一点独自思考的时间与空间。当他转身离开房间的时候,她一直目送着他出门。

伴随着擂鼓般的心跳,希波乐的眼睛一眨不眨地盯着房间的门,直到她认为时间已经长得足够卢斯勒走进楼道中的电梯。突然,她从床上一跃而起,三两步冲到房间门前,拧了一下门把手,再一拉,房间的门就这样无声地被打开了。

之后希波乐走回床前,坐了下来,并开始思考她是不是应该把鞋子穿上。现在她脚上穿的还是罗丝前一天给她的土耳其蓝平底鞋。她四下巡视了一番,看到放在另一张床旁边的床头柜上的电话机。如果她想打电话的话,那么她必须再次站起来。

遗憾的是,写有罗丝电话号码的纸条她找不到了。不过总机的女士在得知罗丝的名字与居住地点之后,问希波乐需不需要她的帮助,直接拨通罗丝的电话。虽然希波乐在回忆罗丝居住地点时想不起她房子所在街道的名称,不过好在,在布格温汀这个地方只有一个叫罗斯玛丽·温格勒的人。

按下所有数字后,电话接通后的"嘟嘟"声只响了两下,希波乐就飞快地挂上了电话。我这是在干什么?我到底应该告诉罗丝什么?难道说"嗨,亲爱的罗丝,你能不能告诉我,你跟那些企图修改我记忆的坏人是不是一伙的?他们应该对我现在的状态负责,虽然还需要一些时间,但是我却越来越确定,那个男孩子……"就连将这句话想完,希波乐也做不到。

她再一次回到床边,仰面躺了下去。目光所及的屋顶位置上有两条细细的、弯弯曲曲的裂纹贯穿整个房顶,而这两条细纹的旁边由于涂料剥落，又用白色的墙漆重新粉刷了一遍。但希波乐的注意力只不过是短暂地被这些身外之事所打断，紧接着在她脑海中浮现出来的则是她躺在产房中的片段。在那里，医生们曾将一个身上满是血污与黏液的小婴儿放在她的肚子上，而她和他的身体还依然由脐带连接着。她将这个初到人间的小生命所发出的气味吸入鼻腔中。她看到新生儿们接受照料的婴儿房，看到又高又瘦的布莱希尤斯医生，看到他站在她的床边告诉她，卢卡斯的血压有一些低，虽然这并不是什么值得担心的事情，不过为了确保万无一失，而且她的病房内也没有这些检测仪器，所以卢卡斯会被放在专门为新生儿设置的保育室中留院观察两天。整整两天的时间，他全身连满电线，躺在一个像玻璃盒子一样的小床上，身体所需的营养通过一条细细的软管输送到他的鼻子里。她觉得自己是这样的孤单，这样的……

为什么？为什么不在画面里？汉内斯那时在什么地方？希波乐使劲地回忆着，尝试着想起哪怕仅仅只是一个她丈夫来探望她、安慰她的场景片段。

在我生卢卡斯的时候，他到底有没有在场？

希波乐一个挺身从床上坐了起来。主刀医生、助产士、两位护士……不，他根本不在现场。可是，他为什么不在呢？我们是什么时候意见统一地认为，我们的儿子出生时他本人不必在场的呢？我又是什么时候，在什么样的情况下告诉汉内斯我怀孕的消息的？他对此又是如何反应的？

模糊不清的雪花屏。

她的前额上出了一层细细密密的汗。而在她的内心中，那种恐惧感变得越来越强烈。她觉得有什么已经超乎想象的东西在体内四散蔓延。

她现在毫无安全感可言，她现在全身冰凉。

她飞快地踢掉脚上的鞋子，侧身躺下，将双腿几乎蜷到胸口，又从身下拉出被单，把自己从头到脚盖了个严严实实，只露出一双眼睛在外面。她还特别检查了一遍，脖子与被单的结合处也没有留下缝隙。她的手则紧紧抓住覆盖在下颌的被单上沿。还是孩子的时候，她就是用这样的姿势躺在床上来对抗对黑夜的恐惧。在这样的时刻，床就像是她的小巢，而被单就是小巢的掩体。在这个小巢里，她可以得到所有庇护，抵御外界的坏人。

为了使安全感更强烈一些，希波乐把双脚稍稍抬高了一点，好让被子的下缘能够向里面折叠进去，接着再把双脚放在上面。最后她又掖了掖被子的四周，这样她就好像躺在一个睡袋里了，就连脚下面也不可能有什么东西伤害她了。

希波乐安静地躺在床上，由于之前的运动而气息不匀的呼吸渐渐变得缓慢而平稳。

她又想起了前一天罗丝问她的问题。在她们去老人院拜访爱尔丝之前。"你最后一次带着你儿子见你婆婆是什么时候？"

而她完全回忆不起卢卡斯与爱尔丝在一起的画面。

模糊不清的雪花屏。

那么爱尔丝能不能想起来呢？不过我带着卢卡斯去拜访我最好的朋友艾柯的次数，一定比去拜访我婆婆的次数多得多，难道不是吗？希波乐在自己的记忆中进行地毯式的搜索，可是也找不到任何一个卢卡斯与艾柯在一起的画面。

除了我自己的记忆之外，是不是还有别的证据能够证明卢卡斯的存在呢？在我的记忆中，只有一个画面。那是一个什么都想不起来的特别日子，卢卡斯与另外一些人，某个朋友的一家人或者我们的其他什么熟人在一起……

然后呢——模糊不清的雪花屏。

希波乐突然毫无预兆地大哭起来。克里斯蒂安·卢斯勒之前对她讲的事情突然使她感到前所未有的恐惧，比她在生命中所经历过的任何一次恐惧都要巨大。所有的事情似乎都在指明，她对儿子的记忆是被人植入到她大脑中的。噢，不。

她，希波乐·奥利赫，从头到尾都是在给自己想象一个儿子。

第二十三章

一阵奇怪的声响将希波乐吵醒了。她不知道自己已经在床上紧紧裹着被子躺了多长时间。

那声响似乎是来自房间外的走廊。

在一阵孩子的大笑与一个女人呵斥的声音响过之后,希波乐又将头深深地埋进枕头里。

下一步该怎么办呢?我应该与克里斯蒂安·卢斯勒一起查找那些抓我去做实验的人的身份吗?如果真的能够找到他们,我们又该怎么做呢?

如果我必须接受我所认定的那些事全都是一场虚幻,那么我现在的生命又有什么意义呢?希波乐在被子下面辗转反侧。不过我该采取行动了。我不甘心,我必须弄清楚保存在我记忆中的东西,哪些是真实的,哪些是被编造的。但是谁会相信我呢?对了,证据,我需要证据来证明,卢卡斯只是我头脑中的幻想。是或者不是,二者必须选其一,否则我的余生都会为此而不安。二者必须选其一。

希波乐一把掀开被子,从床上坐了起来。她决定给那位让她两次逃跑的年轻警官打个电话。如果还有获知真相的一线希望,就只能靠那位警官了。

她站起身来,走到另一张床的边上,去给总机的人打电话。这次是一个有着清爽和蔼声线的男人接的电话。直到这一刻她才突然发觉,她根本不清楚应该如何向对方描述她希望联络到的人。"呃……您好……"她不但又一次忘记了那位警官的名字,而且也不知道他在哪个警察局工作。他的名字听起来像波兰裔的,而且第一个字绝对是威。"对不起,我想……"

"我能帮您什么忙吗?"

另一个警官,那个惹人讨厌的,叫奥利弗·格鲁尔,这个她还记得。波兰裔的……波兰裔的……快想快想……威开头的……在希波乐使劲回忆了几个她所知道的警官的名字之后,最终还是想起来了。"是的!我是希波乐·奥利赫。您能帮我接通雷根斯堡警察局的电话吗?"

"您是想拨报警电话呢,还是想给某一位警官打电话?"

"不,不,我这里有一个紧急的情况,我必须与其中一位负责刑事案件的警官通话。"

"我是不是应该直接为您接通雷根斯堡刑侦组?"

"只有一个刑侦组还是有很多个?"

"据我所知,只在巴尤瓦恩大街上有一个刑侦组。"

"那么就请您帮我接通那里的电话吧,谢谢了。"

等待电话接通的时候,连希波乐自己都觉得不可思议,她竟然能够如此镇定。不管怎么说,作为一个被警察追捕的逃犯,她这个给警察局打电话的行为都有自投罗网的可能性。

"您好,"她友好地说道,"我的名字是希波乐·奥利赫。我想与威特硕雷克警官通话。"

好长一段时间电话里一点声音也没有,然后传来这个男人因惊讶而提高声调的反问:"您说您是哪位?奥利赫女士?希波乐·奥利赫?"

刚开始希波乐有一点糊涂,不过马上她就想通了,估计在失踪了这么久以后,雷根斯堡的每一位警察都知道她是谁了。如果还有别的选择,她真想立即挂断这个电话,但是,只要还有一点点机会,她就必须与这位警官讲话。

"请您听好,"希波乐话说得虽然客气,用的却是一种不容反驳的口气,"我只想与威特硕雷克警官讲话,不要别人。他现在到底在不在警察局?"

"他出去了。"电话那端的警察说道,"不过,您别挂断,我试试看能不能联系上他。"

电话听筒里传来了柔和的古典音乐等待提示音,可是对于希波乐现在的状态来说,即便是这样的声音也显得过于吵闹了。她将电话听筒放到了离耳朵几厘米远的地方。突然,音乐声停下来了,听筒中传来了电话接通时电流的声音,她急忙飞快地将听筒贴到耳朵上。

"威特硕雷克?"

背景中的噪音十分嘈杂，他一定正在某条大马路上出外勤。希波乐必须使劲集中注意力，才能听清威特硕雷克警官所说的话。

"我是希波乐·奥利赫。"她努力使自己的声音听起来平静无波，"我知道，您觉得我并不是我自己，而是另一个女人，可是我希望，您还是能够给我一个机会，向您解释我发现的事情。"

希波乐觉得自己说话的速度比平时要快上许多。

"您这是从哪里给我打的电话？"

"我以为警察局能在几秒钟之内就查出来，难道不是吗？"

"事实上没有那么简单。而且我现在并不在警察局。"

"您那位不友好的同事在您旁边吗？"

"不，他不在。为什么您想知道这个？"

"在这之前我见到过您。"

"是的，我知道。但是您当时走得太快了。"

威特硕雷克警官说话的口气就像与朋友闲谈一样，并没有任何惊讶的成分在里面。希波乐心中疑虑重重，并且觉得他的反应着实让人感到怪异。

"那您当时怎么没有阻止我呢？"

威特硕雷克警官停顿了一会儿，才回答："这么说吧，这里面还是有一定灵活度的，您对我们所说的话中还是包含一定程度的真相的。"

"灵活度？什么灵活度？"

又是一阵停顿，希波乐猜测，威特硕雷克警官正在考虑他应该怎么对她解释。

"比如说，在那家医院的地下室。我们看到地面一尘不染，显然是刚刚被清洁过。正常情况下人们是不会这么精心地打扫地下室的，即便是打扫的话，也只是偶尔为之。而且那间地下室是在时间极为仓促的情况下打扫的，所以即便表面上看起来非常干净，我还是在角落里发现了一小团没有被完全清理干净的东西。经我们实验室的鉴定，那是一种特殊胶带的残留物。那种胶带是医院里用来将电线与患者的头部皮肤粘贴起来的。"

希波乐的心脏开始飞快地跳动。"这就是说，您相信我了？我是在那个房间里一张专为病人准备的床上醒来的，而且还有一个监视器——"

"我认为在我们抵达地下室之前，那个房间里有人被连接在医疗器械上，这件事情是可能的。"

"但您还是不相信我就是希波乐·奥利赫，是不是？"

两秒钟、三秒钟过去了。

"我是一名警察。我的职业习惯让我只相信证据。虽然我不清楚是否有什么医学药物能在两个月的时间内达到这种效果，不过，您的确看起来与希波乐·奥利赫一点都不一样。我们都看过她的照片。"

"那么如果照片是假的呢？"

"唔……那么您又怎么解释您丈夫的反应？他显然并不认识您啊！"

"也许正是他在照片上做假了呢？"

"您自己的丈夫？还有您最好的朋友艾柯？"

"我……我想，他们，我是说艾柯，呃，艾柯跟汉内斯两个人可能有什么不可告人的秘密。"

"但是，为什么呢？"

她想起艾柯房前出现的警察特遣队。"我只问一个问题：我在艾柯家时，到底是谁通知警方的？"

"我不能回答您的这个问题，"威特硕雷克警官毫不迟疑地说道，"在电话里通知我们的人并没留下她的姓名，不过那的确是一个女人的声音。"

"艾柯？"

"我们已经将贝尔海默尔女士排除在外了。她对我们说，她并不能理解我们所做的事情。而且电话中的声音听起来也不像您朋友的。"

罗丝？罗丝。希波乐感觉她的身体好像被人从中间撕成了两半。那么就只能是罗丝干的了。卢斯勒的猜测是正确的。

"喂？您还在吗？"

希波乐强打起精神。"是的，我……我不会再逃跑了。我在老城区的一家小旅馆里，就在海德广场附近。我并不清楚这条街叫什么。不过这家旅馆叫克鲁姆布什。"就在同一时刻，她觉得她也应该将关于克里斯蒂安·卢斯勒的部分告诉他。就在希波乐想继续更详细地讲述她的经历时，威特硕雷克警官率先开口了。

"我知道您现在在哪里。"警官先生平静地说道，而这个消息又一次使希波乐异常震惊。

"可是，您之前不是问我……我的意思是，您是怎么知道的？"

"就像您已经发现的，我是故意让您从艾柯家逃跑的。难道您以为，我能够让您离开而不知道您往哪里去吗？"

"我……威特硕雷克先生，不好意思，我实在不明白您所说的是什么意思，可是……可是我愿意与警方合作，因为我自己一个人什么也做不了。"

"您从来不是一个人。"

当然了！他们一直监视着我们，当然他们也知道……倘若卢斯勒的姐姐真的是被绑架的话，警察局一定有人也认识他。

"您听好，"希波乐的思绪被威特硕雷克警官打断了，"现在我要对您讲的事情，如果您告诉其他人的话，我会全盘否认。我想，依照现在的情况，您最好不要寻求警方的帮助，那样的话无异于自投罗网。"什么？他是什么意思？"我的搭档现在对您这件事情非常敏感，他正竭尽全力寻找您的踪迹。如果仔细回想的话，您到底能不能确定在您身上发生了什么事情？"

"不，我不知道，不过我已经准备好，直到所有——"

"您是希波乐·奥利赫吗？"

"我知道一些，您觉得——"

"您就回答我，您到底是不是希波乐·奥利赫？是还是不是？"威特硕雷克警官突然用非常大的声音对着电话说，几乎是在叫喊，以至于她吓得不由自主地回答："我……是的，我是希波乐·奥利赫。"

威特硕雷克警官的声音立即又恢复了刚才的平静无波。

"在您的这个回答之后,我的搭档必须给值班检控官打电话,向他们说明,我们的警察局接到一位自称是失踪了很久的希波乐·奥利赫女士的来电,虽然她看起来与失踪者完全不同,而且她的丈夫与最好的朋友也都表示不认识这位女士,可是这个女人却与希波乐·奥利赫女士失踪一事有关。这之后,我的搭档会向有关部门申请一张对您的拘留证,而这张拘留证,他根本不必多费口舌就会得到。"

"一张什么?这又是什么样的罪名?"

"不,这并不是一项罪名,而是一个法律上的许可。当这项许可涉及到一个人的时候,就意味着,在没有第三方的许可下,这个人将不能——从地区医院的监护下——获得释放。"

"可是,这个……我是说,他不能这么武断就做出这样的事情吧。"希波乐感觉恐惧又一次从心底升腾了出来。这种恐惧感在她今天上午从艾柯家逃出来后就一直紧紧地将她缠绕,而且已经巨大到能够随时将她吞噬。

"他当然不能直接就把您带走,一份医院的专家鉴定还是必要的手续。"

得知这个事实之后,她安心了一些。"这份医院的专家鉴定他应该不能那么容易就拿到吧?毕竟我是否健康,最终将由为我做检查的医生来判断。"

"事实上并不如您想象的这么乐观。"威特硕雷克警官用平静的语气反驳道,"您宣称您是某位与您的长相完全没有一丝相似之处的女士。仅凭这一点，医生就可以为您作出精神方面的诊断。与我搭档不同的是，我通过自己的观察发现，您对我们所讲述的情况有可能是真实的，即便我并不能完全理解为什么会这样。不过我是否能够理解并不重要。只有一点完全不能与事实吻合，您坚持认定您有一个儿子，而希波乐·奥利赫并没有任何孩子。在这种情况下，即便是我出于任何好心也无法完全相信。现在您能够了解您所处的境地了吗？"

希波乐突然感觉她身体中的脊椎被什么人抽走了，随之全身失去了唯一的支撑。她缓慢地躺在了放有卢斯勒旅行包的床上，有气无力地说："我……我现在也不能确定，我是不是真的有一个儿子了。我……"

房门在这个时候被打开了。卢斯勒环视四周，手里还提着一个装得满满当当的袋子。

他停在了门边的第一张床边，满脸疑问地看着希波乐。而希波乐则对她接下来所应采取的行动考虑了一下，说道："我的同伴回来了，警官先生。"她一边说，一边瞥了卢斯勒一眼。卢斯勒是真的打了一个冷战，还是希波乐眼花了？她并没有将电话的听筒从耳边移开，而是转而对卢斯勒问道："我正在跟威特硕雷克警官通话，您认识他吗？"

"卢斯勒我是认识的。"威特硕雷克警官直接回答道。与此同时，卢斯勒也说道："是的，我想我认识他。他曾经在一些警方的盘问中也在场……有关我的姐姐。"

他放低了声音，在希波乐的耳边轻声问道："您为什么给他打电话？"

"您别忘记考虑我刚才对您说过的话。"威特硕雷克警官的声音则传入她另一边的耳朵。紧接着，她听到对方咔嗒一声挂了电话。

在希波乐也挂上电话之后，卢斯勒以正常的音量重复了他刚才提的问题："您为什么给那个警察打电话？您对那个警察说什么了？"

他将手中的袋子放下，坐在房间中唯一的那张椅子上，这次他没有骑在上面，而是一动不动地坐着，一心一意地等待着希波乐的回答。

看起来，卢斯勒似乎还是对希波乐说了实话，他似乎也是真心实意地想帮助她。好吧，那么他也值得我据实以告了。"我相信您……"

"你……"他打断了她，她却看着他，一脸迷惑。她完全不能理解他到底想做什么。

"用'你'称呼我，不要说'您'。"卢斯勒解释道，"咱们现在是一根线上的蚂蚱。我觉得，咱们就不必再强调形式上的礼节了。"

对于两个人之间如何称呼这种小细节，希波乐根本就无所谓，于是她干脆地点了点头。

"好吧，就现在的情况来看，给警察打电话通风报信的人的确是罗丝。呃……我也觉得，您……你刚刚对我讲的那些关于卢卡斯的事情很可能是真实的。"在继续往下讲之前，希波乐停了一会儿，做了几次深呼吸，"承认这样的事实对我来说实在是非常困难，在情感上我还是不能够接受。不过我对此也做了反复的思考，在所有我对卢卡斯的记忆中，都没有其他人的出现，我完全无法回忆起卢卡斯和我两个人与汉内斯或者与艾柯在一起的情景。或者是与任何一个我认识的人。"

卢斯勒深表理解地点了点头。"也许他们侥幸希望，你在完全混乱的状态下或者非常着急的情况下，根本不会意识到这一点。"

"那你姐姐当时的情况是怎么样的？"

卢斯勒耸了耸肩，说道："这个我不知道。我们没有沟通过有关这方面的想法。在我告诉伊莎贝尔她并没有孩子之后，她整个人完全崩溃了，根本不能再进行任何有意义的思考。她斥责了我，并且认为我有什么邪恶的企图。不过我想，你一定能够理解这样的情况。"

希波乐点了点头。的确是再能不过了。

"不管怎么说，我仔细考虑过我们现在能做的事情。我之所以会想到那位警官先生，是因为他已经帮助过我两次。而且警方所能采取的行动毕竟完全不同于我们，所以我才会给他打电话。"希波乐说完后，深深地吸了一口气。

"那你告诉他我们在哪里了吗，希波乐？"

"告诉了，不过这根本不需要我的说明，他一直都知道我在哪里。"

"他在电话中是怎么反应的？"

希波乐摇了摇头。"呃，反正他说我不应该在现在这样的时刻寻求警方的帮助，否则的话便等于自投罗网。你能理解他的话吗？"她等着卢斯勒的回答，而后她惊讶地发现，他显然对于她所说的话并没有感到特别的惊奇。

"我虽然只跟威特硕雷克打过几次交道，"卢斯勒解释道，"但是我能感觉到，他的思想比别人开放，愿意尝试探寻那些起初看起来显得疯狂的事情。他的搭档则恰恰与之相反。对于他来说，所有的人跟所有的事都是有嫌疑的。你真该看看，在伊莎贝尔第二次失踪以后我去报警时，他都怀疑过我什么。"

一个念头突然划过希波乐的大脑。"那是什么时候的事？"

"就在四天以前。"

希波乐觉得全身的神经都紧张起来了。"你也跟他们讲了关于你姐姐跟她儿子的事情了吗？"

"当然讲了。这是整个事件中非常关键的一环啊。"

希波乐激动地在床边上又往前坐了坐，转过头，直直地看进卢斯勒的眼睛里。"为什么他们昨天逮捕我的时候并没有对我说这些呢？"

卢斯勒看起来并没有听懂希波乐这句话的意思。"你好好想一想，卢斯勒，你曾在四天前去警察局侦查处报案，并对格鲁尔跟威特硕雷克描述你姐姐——在她被绑架又逃脱之后——突然幻想自己有一个根本不存在的孩子。而我昨天，正是对着这两名相同的警察讲述，我被绑架，而后又自己逃脱，当然我也提到了我的儿子……"继续她的讲述以前，希波乐必须吞咽好多次口水，以便将喉咙中被钢丝系紧的感觉吞咽下去。"很可能也是根本不存在的孩子。"她继续讲了下去,"难道他们看不出这两件事情的共同点吗?难道这两个人就不能将你姐姐的事情向我略微提一下?而那个格鲁尔甚至在听过我的故事后还作出一副震惊无比的样子,就好像他根本没有听到过这样的事情似的。这绝对不正常,难道不是吗?"

"四天前,威特硕雷克并不在场,"卢斯勒一边说,一边别有深意地看了希波乐一眼,"只有高级警探格鲁尔。"

"那他肯定也向威特硕雷克讲过你姐姐的事情,毕竟这两个人是在一起工作啊。"

卢斯勒摇了摇头。"也许正是由于威特硕雷克不知道,所以他才更愿意相信你。他能看到整个事件中格鲁尔视而不见的相互关联的脉络。"

"或者是根本想不到的。"希波乐补充说。她觉得一切都很空洞。而这种感觉在过去的二十四小时之内,她已经体验过无数次了,就好像人们把她独自一人留在一个荒无人烟的星球上。无论走到什么地方,她都不能在这个世界上感受到丝毫安全感。

她又一次看向卢斯勒。虽然在整个对话的过程中,这个男人获得了她某种程度上的信任,但是她在他的身上并不能找到那种毫无保留的依赖感。

"不管怎么说,我都无法想象事情还会朝着什么方向发展。"

卢斯勒将身体靠向椅背,用双手的手指拢着满头的浓发。

"我建议你对我讲述关于你的一切。所有你生活中重要的部分:

你的家庭、你的朋友、你的工作。也许我们能够从中发现什么线索，为什么那些人会选择你作为实验对象。"

希波乐感到疑惑。为什么他只让我说明我自己的情况？

"可是这件事也涉及你姐姐，不是吗？"

"是啊。所以我说，你们肯定有什么共同之处，不论是在什么方面。"

"嗯。是的。"

卢斯勒站起来，走向他放在那张床上的旅行包。他拉开旅行包的拉链，在里面翻找了好一阵子，然后拿出了一样希波乐并不能一眼认出的东西。他将这个东西放在希波乐的身边，并且按下一个按键，她这才发现，原来那是一个采访录音机。

"你这是要干吗？"她被搞糊涂了。

"我怕我漏听了什么，这样能够以防万一。通常情况下，人们要将一段话听上很多遍以后，才能发现其中的重要信息。"

希波乐肯定没有想到，所有她说过的话都要被那个机器录音存证。不过，话说回来，她也看不出将她的话录音能够给她造成什么伤害。毕竟她泄露的也不是什么国家机密。

"我觉得，你要讲的事情，都十分……"卢斯勒试图为他的行为做更多的解释，不过希波乐摆了摆手。"行了行了，我就是那么一说。"

"好的。那么，你是什么时候，在什么地方出生的呢？"

希波乐迟疑了一下，这与她被绑架有什么必要的关联吗？不过最终她还是说道："我是1973年12月11号在雷根斯堡出生的。我的母亲叫玛格丽特·萨尔茨，结婚前她姓茨默尔曼。我的父亲叫约瑟夫·萨尔茨。我没有兄弟姐妹。"她停了下来，因为她忽然觉得没有兄弟姐妹这件事有点儿少见。也许这是她活了这么多年以来，第一次为没有能保护她的兄长，以及没有能与她分享心事的姐妹而难过。不过希波乐心里的感觉要比难过更加复杂。那应该是……悲痛欲绝。就好似她从未拥有过的兄弟姐妹刚刚去世一般。

希波乐的眼里渐渐蓄满眼泪。恐惧再一次无孔不入地占据了她的全部感官。她害怕自己失去对最简单事情的理解能力，她也害怕不知什么时候她甚至会冲动地将自己撕碎。她将自己的脸深埋在双手里，可即使是这样，她也不能将恐惧压回去。她的感觉脱离她的控制，自行冲出了一条血路。她使出全部力气，将所有的不解与怀疑都对着蒙住脸的双手喊了出来。她喊啊，喊啊，就是不能停下来。她的双臂紧紧地抵住身体，以便将肺里剩余的空气都随着这叫喊挤出来，直到她再也没有继续叫喊的力气。虽然如此，她还是发出断断续续像小兽一样的嘶鸣。等到缓过一点以后，她又开始对着自己的双手大喊尖叫。

不知什么时候，一条手臂搂住她的肩膀，并将她向一侧带过去，而后又有一只手将她的头温柔地按在一个胸膛上，然后一下一下地轻轻抚摸着她的头发。其间还有一个平静的声音对着她说话，但是那个声音到底都说了什么，希波乐却一点也不记得了，不过她倒是慢慢地停止了喊叫。接下来卢斯勒也安静了下来，一瞬间，整个房间无比安静，而这种静谧感就像一张又厚又软的被子，盖在希波乐的身上。

她闭着眼睛，贪恋地感受着那只温柔地抚摸着她后脑的手。这个时候她才发现，她是多么怀念如此亲密的身体接触啊！她紧紧依偎在那个身体上，享受着这片刻的好似偷来的满足。

当卢斯勒轻轻地将她松开一点，低下头看她的时候，她并不能确定他们已经这样互相依偎多长时间了。是只有几秒钟，还是已经几分钟了？在他的眼睛里，希波乐看到一种充满好奇和探究的眼光，那是试图在她那里找到某种答案的眼光。这也是第一次，她注意到卢斯勒有着一双灰蓝色的眼睛。她把自己的头向后挪动了一下，以便将这张刀背似的窄窄的脸庞全部收入到视野中。这张脸并不能算好看，然而那向外突出的两块颧骨却让人过目难忘。

他是如此孤独……被生命中所有重要的人遗弃的孤独。这个愿意帮助她的男人就坐在她的身边，将她轻轻地搂在自己的怀里。就在下一秒钟，他们的脸重叠起来，两对孤单的嘴唇紧紧地贴在一起，先是试探性的轻啄，而后便将各自的舌头伸到对方的嘴里试探，最后，两个人变得激情难抑。这样的感觉真是太美好了，太让人留恋了。两个人都感觉快要窒息了。

然后就停止了。

希波乐抬起头来，看着他惊讶的眼神，离开了他的怀抱。"不，对不起，那……是不正确的。那感觉……那感觉不对。我已经结婚了。我们还是继续录音吧。"她指了指旁边的采访录音机。

为了不让她感到更加尴尬,卢斯勒什么也没说。他只是无语地从床上站起身来,走回到椅子那里,并在椅子上坐了下来。

希波乐突然觉得,这次感情上的出轨甚至是他计划中的一部分,不过那个录音反正是给卢斯勒的,而他刚才的表现显然是并没有把这个插曲当成什么重要的事。

"卢斯勒,我……我不知道我应该说什么。"她小声地说,"也许你可以提问你想知道的事情?"

"那么我们继续录音?"卢斯勒问道。

"是的,我们继续录音,是的。"希波乐停顿了一会儿,又加上了一句,"谢谢。"

"好,那么……那么给我讲讲,你是什么时候,在什么地方认识你丈夫的。"

希波乐根本不必多想,那个情景就自动跳到她的眼前了。"他就是那样开着车出现在我的面前。"她兀自笑了一下,"我当时在一个超市的停车场等停车位。汉内斯从我对面开过来,停下让一辆从停车位倒出来的汽车从他旁边先过去。他的车一度正好停在我的车面前。我们能透过挡风玻璃看到彼此。我现在还能清楚记起他当时看着我那不可思议的眼神。然后他的车横着打了一下滑,就直接刮在我的车上了。他一开始说,是他的脚在离合器上滑了一下,不然他怎么也不会犯那样愚蠢的错误。不过后来他承认,在看到我的一刹那,他的脚便松开了离合器,而他自己完全没有意识到。"

"啊哈。"

"是啊,这简直就是一见钟情最好的诠释。"

"那么你呢?"

"我是在我们约过几次会之后才爱上他的……汉内斯既不英俊,也不善于制造浪漫气氛,不过他的确能够让人信任和依赖。他是那么真诚,而且——"希波乐又思考了一下,不过在她继续描述自己的回忆之前,卢斯勒打断了她,问道:"你的职业是什么?"

关于我的丈夫是否真诚这一点,他并不感兴趣……

"我是一个保险推销员。"

希波乐突然想起,她还没给她的老板阿希姆·布劳恩斯费尔德打电话。

卢斯勒似乎看出了她的想法,因为他摇了摇头,说道:"如果我是你的话,就不会给他打电话。你的丈夫与你最好的朋友已经不认得你了。难道你觉得你过去的老板会认为你是希波乐·奥利赫吗?"

"也许会吧。他与汉内斯和艾柯不同的地方是,他并没有参与到这整件事情中来。"

卢斯勒将头略微偏向一边。"那么你认为,如果你给你的老板打电话,他会做的第一件事情是什么?尤其是在他,我敢百分之一百肯定,昨天或是今天已经接到过你丈夫电话的情况下?抑或是接到过警方的电话?"

希波乐非常清楚他所说的话是什么意思。汉内斯已经给布劳恩斯费尔德打过电话了,他是一个非常小心谨慎的人。所以说,只剩下一条路了。

"你说得对,"她答道,"我不会给他打电话。我直接去找他。他一定会见我的。如果他肯见我,那就什么都好说了。他会认出我来的,即便是我的容貌在某种程度上发生了变化。"

希波乐说完后,就立刻穿上鞋站起身来。即便是现在,对于她目前的身体状况来说,将很多想法有逻辑地联系在一起还是比较困难的;即便是现在,不论她想什么事情,眼前仍会浮现出那个很可能是莫须有的男孩子的样子。虽然非常渺茫,她还是紧紧抓着这一线希望,也许她还是能从她曾经熟悉的人中找出一个,一个能认出她、相信她,并给她带来新能量的人。

卢斯勒也从他的椅子上站了起来。他们两个面对面地站着,希波乐凝视着他,虽然他对她的想法并不赞成。但希波乐无法说服自己只是在这个房间里待着,什么也不做,除了不断地回忆,讲述她曾经的平静生活;因为与此同时,在这城市的另一端,有一个人正坐在他的办公室里,而这个人也许就是能将她带回她所熟悉的生活之中的关键人物。

"卢斯勒,我现在不能继续待在这里了,你明白我的意思吗?"她将一只手放在他的一条手臂上,"我现在必须去找我的老板,去看看他是不是也要假装不认识我。你愿意跟我一起去吗?"

第二十四章

"我们最好直接去邻近的马路，在那里叫一辆出租车。"卢斯勒建议道，"我认为我们没必要原路走回我停车的地方。谁知道呢，没准我们在路上会碰到格鲁尔。"

希波乐同意了他的建议。眼下，只要是能让她快一点见到她老板的建议，她都不会反对。她满脑子想的都是阿希姆·布劳恩斯费尔德，她想象着那个身材高大、满头浓密棕发的男人正坐在那张时髦的办公桌前，硕大的肚子顶着办公桌的边缘。一个小救生圈，他常常这样形容自己的肚子，与此同时，脸上还会浮现出一丝略显害羞的微笑。他是一个会享受的人，永远都有着好心情，而且还很赏识她。如果说现在还有谁能够帮助她的话，那么就只能是阿希姆·布劳恩斯费尔德了。

但不知为何，希波乐脑中关于她老板的回忆突然毫无预兆地消失了，转而被一双紧紧盯着她脸颊的灰蓝色眼睛所替代。那是克里斯蒂安·卢斯勒的眼睛。在他们接过吻之后，他就曾那样目不转睛地看着她。为什么这个吻会出现在这个时候……就好像我没有感到焦头烂额一样。不过,也许正是由于这个原因吧。这样的亲近……至少还有这个人。他是唯一一个不针对我的人,他能够理解我,或者至少能够隐隐约约地明白,在我身上发生了不公平的事情。

他们穿过俾斯麦广场,经过剧院大楼,最后拐到雅各布大街。

"在这儿我们应该很快就能叫到一辆出租车。"卢斯勒说道。

"嗯。"希波乐漫不经心地应了一声。她现在想的是满头红发的罗斯玛丽·温格勒。罗丝,是第一个帮助她的人,也是后来将她出卖给警察的人。但是,她为什么这么做呢?

"卢斯勒,你说为什么罗丝在把我送到艾柯家之后给警察打了电话呢?假如她的确是为拿我做实验的那些人工作的话,那么她就不可能真的希望我被警察逮捕。她应该害怕,我可能会向警方提供某些他们需要的线索,不是吗?即便是我什么线索也不能提供——她这么做又有什么意义呢?"

卢斯勒惊讶地看着她。"问得好。也许她是想……哦,看,来了一辆出租车!"

从他们左边驶来一辆奶黄色的奔驰轿车,车顶立着一个明显的出租车标志。卢斯勒往前迈了一步,举起一条手臂。出租车司机看到了他,将方向盘一打,随着一个急刹车,停在了卢斯勒面前。

车里飘出阵阵极其轻柔的早期德语流行歌曲。出租车司机转头看向他们,并对希波乐微微一笑。她还没见过一个人的双眼周围有这么多细小的皱纹呢。他的头发全白了,看起来应该是六十岁左右的年纪,也没准儿已经六十五岁了。毕竟那双棕色眼睛周围已经布满了无数细小皱纹。

"嘿,年轻的女士,你到底要去普鲁芬宁区的什么地方啊?"

希波乐说出一个地址。在出租车司机把车发动后,她一脸期待地看着卢斯勒。"那么,"她轻声地发问,"你现在到底是怎么想罗丝的行为的?我的意思是,你当时也很确信应该是她给警察打的电话。至于为什么会断定是她,你肯定考虑了很多因素。"

卢斯勒耸了耸肩。"没有,说实话,我还真没有想那么多。我并不知道她为什么会那样做。不过,你必须承认,除了她以外,没有其他的人有嫌疑,是不是?假如警……"他飞快地向前看了一眼。那位出租车司机看起来完全专注于街上的交通状况,并没有分心听他们的谈话内容,除此以外,他还把音乐的声音调得更大了。"这么说吧,假如威特硕雷克说,罗丝是那个告密的人……"他迅速降低了说话的音量。

"可是,他根本没有那样说。他只是说,打电话的是一个女人,而这个女人并没有留下她的姓名。而他只是能确定,这个女人不是艾柯。"

"那么谁还有可能呢,除这个女人以外?"

"没有人。"希波乐不情愿地答道。她将头扭向自己一边的车窗,却并未留意窗外都掠过了一些什么建筑物。

"没有人"这个词还在她的耳边回响。虽然只是一个词,但这个作为答案的词却代表了她所有的渴望，也是她所有疑问的根源。

除了她所熟悉的那些人以外，还有谁会有这样的嫌疑呢？没有人。

她可以向谁去求救，谁又能真正帮助她呢？没有人。

除了她本人以外，有谁会在这个梦魇般的陌生世界里相信她呢？没有人。

也许，还要除了布劳恩斯费尔德。

她抹去眼前挡着的一层水雾，在车窗外一排排的房子中寻找她熟悉的那一栋，但是却什么也没有找到。

而且，既然连警察都说是故意放她走的……她把头转向后面，看到在他们的出租车后面跟着一长串的汽车。在这些车中有没有一辆坐着威特硕雷克，以便能随时掌握她的去向？倘若有的话，那么她下一步还可以采取哪些行动呢？

在剩下的路程中，他们都保持着沉默。出租车终于停了下来，希波乐看到保险公司入口处大门旁边的有机玻璃牌，提起了一口气。卢斯勒递给司机一张钞票，司机在他的大黑钱包中寻找零钱，卢斯勒摆摆手拒绝了。

希波乐走下车来，她的膝盖正在剧烈地颤抖。

假如连布劳恩斯费尔德也认不出我来，那我该怎么办呢？什么办法也没有！他会认出我来的！所有人都联合起来，众口一词地仅仅针对我一个人，这简直是不可能的事情。

"别犹豫了，快走吧。"卢斯勒一边说，一边将他的手放在希波乐的背上。对于这个安慰,希波乐却恍若未觉。她迈步向前走去,而每向前迈进一步,她的心就跳得更快一些。在这栋楼的入口处,她停下脚步,转过头来看向卢斯勒。卢斯勒并没有走在她的身边,而是站在马路旁,倚在一盏路灯的灯柱上,远远地看着她。

"你不跟我一起进来吗?"她问道,然后有些吃惊地看见他摇了摇头。

"我在外面等你。我不想因为我的出现而让那个男人受到更大的困扰。"

那你干吗还跟着我来这里呢,克里斯蒂安·卢斯勒?希波乐终于走完了最后一步,打开了办公室的大门。

阿希姆·布劳恩斯费尔德的办公室被两棵高大的菩提树分割成前后两个部分,他的办公桌放在房间的后半部,他本人此时正坐在办公桌的后面。她刚一出现,他就反射性地站起身来,露出他那庞大的身躯,并在脸上挂上那种她早已熟悉得不能再熟悉的职业式微笑。"您好啊。"他的语气显得非常愉快,"请进啊,您请进来,不用害怕,我已经吃过饭了。哈哈,哈哈……"

希波乐的双腿像生了根一样,定在地上一动也不能动。保持镇定。别慌张。保持镇定,希波乐,保持镇定……她知道自己的容貌发生了比较大的变化,所以也就不奇怪为什么布劳恩斯费尔德没能一眼就认出她来。她慢慢地走向她的老板,眼睛一眨不眨地盯着他。他有没有突然出现灵光一闪的记忆?有没有一丝的表情变化,哪怕是一个小小的征兆,表示她的眼神已经唤起了他的记忆？

不，没有。那只是典型的布劳恩斯费尔德式的推销员笑容。希波乐甚至能够感觉到因巨大怀疑所产生的空洞感又在她的身体中四下蔓延，同时也将她体内所剩不多的力量鲸吞蚕食，一丝不剩地席卷而去。

如果可以选择的话，希波乐简直想干脆躺在地板上再也不动了。这个时候，她真的觉得什么都无所谓了。她竭尽全力在脸上扯出一个根本算不上微笑的微笑。然后她留意到房间中的另一张办公桌。那是她的办公桌。那张总是被她收拾得一尘不染的桌子上现在却堆满了未能及时处理的信件。不仅仅是她特意留出来的"接收信件"的位置，连铺在桌子中间的宽大灰色桌垫上也都是一叠一叠堆得高高的平信、宣传单以及广告册。这些信件的收件人肯定都是希波乐本人，因为如果上面的收件人是公司的话，那么每一封布劳恩斯费尔德都会亲自拆开阅读，在这方面他可是非常严肃认真的。就在希波乐正兀自琢磨着怎么才能接近桌上的那些信件时，布劳恩斯费尔德已经捕捉到了她的目光。"噢，那是我一位雇员的办公桌。她是一位非常优秀的员工，只是非常遗憾，她已经……病了很久了。所以那里才堆了那么高的没来得及处理的信件。不过，现在您来了，那么您就坐下，让我们一起来看看我能够帮助您什么。"

希波乐看着她老板那张圆圆的脸。一位员工的失踪让他在日常工作中有些手忙脚乱。他认不出我了。希波乐·奥利赫失踪了。不是我。不是我。我这样做毫无用处，他认不出我了。

"我……呃，我想了解一下有关养老保险方面的情况。防患于未然，我想把我的退休金都攒起来。也就是说，我不仅仅只是想向您咨询情况，我还想签订合约。而且我认为，一个优秀的保险销售人员是能够为我提供性价比最佳的险种的。因为您并不只代理某一家保险公司的保险。"

毫不意外，他笑得更开心了。希波乐清楚地知道他可以通过推销养老保险赚取到高额的中介费用。她在他办公桌前的一把椅子上坐了下来。

"对了，我还有一个请求。我的男朋友现在正在外面等我，我无法说服他跟我一起进来，对于保险这方面的事情，他总是心怀戒备，可是没有他我又不想买什么保险，因为最终这个保险也有他的一份。也许您能够……我是说，如果您能够说服他，因为毕竟您是专业人士……"

有那么一瞬间，布劳恩斯费尔德吃惊地望着她，不过最终他的笑容又回到了他的脸上。他曾经有一次对希波乐这么说过，如果推销员不能满足客户们某个疯狂的愿望，那么客户就肯定会变得更加疯狂。"当然没问题。我在哪里能找到他呢？"然后他指了指门口，"就在这栋楼外边吗？那您稍等我一下，我们马上就能继续了。"

希波乐目送他走出去，等到门上的弹簧机械装置把门自动合上之后，她一下子从椅子上跳了起来，几大步就冲到了办公桌前。只有半分钟。她尝试着用剧烈颤抖的手指打开最上面的抽屉。当那个抽屉被轻而易举地打开时，她感到一阵轻松。抽屉的最深处有一个很小很窄的夹层，只有将整个抽屉都拉出来的时候才能发现。她将手伸进抽屉中，努力克制着她擂鼓般的心跳，试图够到抽屉的最底部。与此同时，她还密切地关注着房门处的动静。她的手指尖很快就触到了她想寻找的东西。她飞快地将她那把办公室大门的备用钥匙拽出来，并用更快的速度将它藏到了自己的裤子口袋里，然后她关上抽屉，又三步并做两步地跑回刚才的座位上。她刚刚坐好，布劳恩斯费尔德就推门进来了。

"非常抱歉，"他一边走过来，一边说道，"我在外面什么人也没看见，您的男朋友到底在哪儿等着您？"

"啊，"她显得有些惊讶，立刻站起身来，"他没在门口等我吗？也许他在车里……等一下，您让我自己去看看！"

阿希姆·布劳恩斯费尔德不信任地皱起眉头，不过在他做出任何反应之前，希波乐已经大步越过他，走出了办公室。她来到楼外，飞快地环视周围，没有发现克里斯蒂安·卢斯勒的踪迹。他到底去哪里了？他到底为什么又把自己藏了起来？

希波乐向右边拐去，她步子迈得又大又快，却根本没有想过自己到底这是要往哪里去。这是她整个逃亡过程中到现在为止的第一次单独行动，也是直到现在，她才第一次感觉到，有卢斯勒在身边陪伴是多么好的一件事情。

她停了下来。我到底是要做什么？要是他没有看到我，向着相反的方向走了，那我又该怎么办？她猛地转过身去，一声惊叫不可抑制地从希波乐的嘴里发了出来。克里斯蒂安·卢斯勒站在距她仅仅一米的地方，严肃地看着她。

从最初的惊吓平静下来之后,她朝他走过去,并问道:"我的天啊,难道你一定要这么吓我吗?你刚才到底藏到哪里去了?当我需要你的时候,你又在哪里?"

"我就在那里,"他回答道,"我一直都在你附近。"

"但是你为什么藏起来呢?"

"我没有。那个胖男人走出来的时候,我就站在马路对面。一会儿的工夫,你又出来了,然后立即头也不回地拔腿就走。我又不能隔着马路叫你,因为我觉得在目前的情况下,我们最好不要在公共场合引起别人的注意。"说完之后,他对着她微笑。希波乐则对他报以相同的微笑。

"刚才在里面发生了什么事?"

并肩走了几米的距离之后,她用平静的声音告诉他:"我的老板认不出我来了。"

"然后呢?当你告诉他你是谁的时候,他是怎么反应的?"

"我并没有告诉他我是谁。"

卢斯勒停下了脚步,将希波乐紧紧地拥在怀里。"为什么不告诉他呢?我们就是为了这个目的才来这里的啊。"

"我们并没有任何目的。"

她从他的怀中挣脱出来,一边继续向前慢慢走,一边等他再次赶上她。"我看到了他,也确定了他现在认不出我。不过——我拿到了进我办公室的备用钥匙!"

"什么?"

"是的,从我办公桌的抽屉里。"

"那你想拿它做什么呢?"

"现在几点了?"

他一脸疑惑地抬起手看表。"马上就两点了。"

她点点头。"半个小时以后,布劳恩斯费尔德也许会从办公室出去。他总是习惯把跟客户约见的时间定在下午两点半。等他走了以后,我们就可以回去。我必须一个人安安静静地检查一下我的办公桌。"

"你觉得你能在那里找到什么东西?"

"我还不知道。但是我有一本行事日历就放在办公桌的抽屉里,上面记了很多我自己私人的约会。也许我能在那上面找到什么我还没有想起来的细节。"

卢斯勒沉默了一会儿,看起来在思考希波乐的话。然后他开口道:"我觉得这不是个好主意。你为什么要冒这个不必要的险呢,希波乐?那个行事日历上能记录什么你现在根本想不起来的东西呢?"

"我也不知道,但是看一下也不会有什么损失。再说了,我的办公桌上已经积攒了非常多的寄给我个人的邮件。也许在那些邮件里能发现什么线索呢?而且进去看看也没什么危险,毕竟我手里有钥匙。"希波乐说道,这一次是她停下了脚步,"你到底是怎么了,卢斯勒?我以为你也会对这件事感兴趣的,我们也许真的能发现什么有用的东西呢。"

"没错,我是很感兴趣。但是在我姐姐又一次失踪之后,我害怕你也会突然间失踪。不过,你说得的确也有道理。我们不能放过任何一个机会。"

希波乐的身体里蔓延着一股微弱的暖意。这种温暖虽然看似微不足道,若不仔细体会就会被轻易地忽略掉,但毕竟它还是存在的。它是短暂幸福感的一个证据。卢斯勒关心着我。她朝他迈了一步,在他的脸上印下一个吻。这个吻的感觉与几分钟前他的手在她背上安抚的动作完全不同,她一点也不觉得不舒服。

他们在普鲁芬宁的大街小巷中一边散步一边消磨着时间,而她则给他讲述她过去生活中的点点滴滴。当然不是什么惊天动地的大事件,因为那些所谓的事件并未在她的生活中出现过。她讲的不过是一些琐碎的小事,比如说她的婚礼,她跟汉内斯在澳大利亚的旅行……那次旅行真的十分令人难忘。汉内斯一心想乘坐一条西班牙小渔船出海捕鱼。一天早上,凌晨一点半,他就兴冲冲地驾船出海,事实上他也真的得偿所愿,捉到了一条傻乎乎任人宰割的鱼。只是当希波乐在早上六点去码头接他的时候,他的一张脸却冻得发青,看上去好像病入膏肓一样。

当然,希波乐也给卢斯勒讲述了她是如何在前一天逃出那家医院的地下室的,以及逃跑成功后与汉内斯的唯一一次见面,还有她去拜访她婆婆的情况。

希波乐只是一心讲述,根本没有注意他们是沿着什么方向在走。直到他们终于在一条大街前停下脚步,她简直惊呆了。卢斯勒转身看着她。"怎么了?"

"就是这条大街,我是说,呃,我住在这里。我家就在这里。"

他的目光越过那一幢又一幢的居民楼，一直沿着大街的方向看过去。"你想过去看看吗？"

"不，绝对不想。"

"那我们还是赶紧走吧。不然又该有人看到你，然后给警察打电话了。"

希波乐其实很想离开这里，不过听到卢斯勒的话后她又犹豫了。"等一下，谁能够认出我来？显然我的外貌已经发生了巨大的变化。这个变化已经大到根本没有一个人能够认出我来，即使他们曾经与我朝夕相对……"

突然之间，整个世界都倾斜了。希波乐连忙向卢斯勒伸出双手。而对方也在她向地面倒下去之前及时抓住了她，并将她的身体稳稳扶住。"希波乐，你怎么了？"他一边焦急地问道，一边将她紧紧地拥在怀中，"你感觉不好吗？"

她摇了摇头，开始环视周围。所有的房子都不再倾斜，那阵强烈的晕眩感已经过去了。"我的天哪，我……我显然是不能理智地思考了。直到刚才，我都肯定地认为是汉内斯跟艾柯故意将事情搞得扑朔迷离，两个人串通好，先后声称我并不是我。我还以为汉内斯把照片给修改了，而且……"她注意到离她几米远的地方有一道六七十厘米高的矮墙，环绕着一个前庭花园。她走到矮墙前坐了下来。当卢斯勒走到她面前的时候，她抬起手抹了一下自己的前额。"汉内斯和艾柯说得没有错，卢斯勒。我的确不再是以前的我了，这一点我最迟也应该在拜访过布劳恩斯费尔德以后想清楚了。可是，这就表示……"

"这就表示，你之前的猜想基本上是没有根据的。"

"是的，"她用微弱的声音回答，"你说得没错。"

卢斯勒坐到她旁边，将她的一只手放在了自己的手里。"在你讲述的整个过程中，我都快把脑袋想破了。如果只是你丈夫在面对你时做出那样奇怪的反应，那么也许就像你所假设的那样，他是跟你的好朋友艾柯合谋。然而，那些警察手中照片上面的希波乐也都是另外一个女人。还有你遇到的所有以前的熟人，他们都认不出你，甚至是你婆婆的看护人员……这一切放在一起并不合理。"

"但是，这些事情怎么放在一起才算合理呢？你能解释一下吗？你也说过，那些人花了两个月的时间，用了某种奇怪的手段在我的大脑里做了修改，让我以为我有一个根本不存在的孩子。"希波乐的头部感到一阵刺痛。而且她对于这些话语所包含的意义理解得越是深刻，这种刺痛感就越是强烈。这样的感觉让她变得有些虚弱，她费了好大的力气才再一次开口："在这两个月里，我怎么就变得与之前的样子完全不同了呢？甚至我自己的丈夫也不能认出我来？"

卢斯勒并没有立即回答，于是希波乐继续说了下去："还有一个我根本不能理解的问题，当我在镜子中观察自己的时候，为什么一点也不觉得陌生呢？"

第二十五章

汉斯站在他选择的新观察地点已经有半个小时了。亚娜依旧没有出现。不过他根本不担心，这一次也许是医生估计错误。

当他在施塔特埃姆霍夫那幢房子前等了一段时间之后，医生给他打过电话，并对他说，不必在那个地方继续等待了。他应该去吃点东西，休息一下，而他不久以后就会给他下达新的命令。汉斯先去查看了一下情况，在确定他的宝马车上并没有罚单以后，便走到附近的一家比萨店。他在印有某种饮料广告的巨大红色遮阳伞下的露天座位坐了下来。

他刚吃完，医生的电话又打进来了。通话的内容自然是医生的新命令。

现在汉斯在一家保险公司的门口不远处等着亚娜，而她过不了多久就会出现。

他还没等五分钟，她便出现了，身边跟着一个随行的人。她走到了那幢大楼前，那家保险公司就坐落在大楼的一层。她在大楼入口处停了一会儿，跟同来的那个人说了几句话，而后她推开门走进了大楼，而那个男人则转过身，斜穿过马路，走到了对面。

在亚娜走进保险公司之后，汉斯便开始巡视周围。对于他来说，不论感觉有多么安全，他也绝不会不去查看他身处环境的安全性。

在距离他大概一百米远的地方，汉斯注意到了一位妇女。她正专注地盯着一家自行车店的橱窗，似乎在研究里面的陈列品。这样的时刻虽然并不多见，但是现在却真实地出现了：汉斯的嘴角向上弯成了一个微笑的弧度。

站在那家自行车店橱窗前的人正是罗斯玛丽·温格勒。

第二十六章

入口的门被锁上了,布劳恩斯费尔德果然出去了。

希波乐毫不犹豫地将钥匙插进了门上的锁中。门应声而开。她四下巡视着办公室的内部。卢斯勒在之前表示宁愿继续在马路对面等她,同时可以帮她放哨,以防她的老板突然返回。

她在自己办公桌前舒服的皮转椅上坐了下来。在开始寻找未知的线索之前,她将自己深深地靠进转椅的椅背中,扫视那些她这么多年来每一天都会看到的极其熟识的物件。对面墙壁上悬挂的巨大抽象派画作是布劳恩斯费尔德太太在他们新办公室开张时送来的礼物。画的名字叫《童话世界的落日》。正如布劳恩斯费尔德多次提到的那样,他太太的确是花了大价钱才买到的。然而它不过就是一堆令人难以忍受的、眼花缭乱的颜色的堆积。她花了好长的时间才适应这幅时不时就会闯入视野的画作。

或者那个靠在另一边墙上,差不多与墙同宽的放置杂物的柜子。柜子的推拉门是由又窄又长的薄木片一片挨一片组成的。每一块木片都泛着淡淡的银光,当人们打开柜门的时候,那种银光就会消失在柜子里面。她曾经几千次地将这扇门打开又关上;也曾经几千次地将文件夹取出又放回。

希波乐收回自己的目光,将注意力重新集中在她的办公桌上。

她首先将两个月来积攒的信件浏览了一遍。在那些肯定没什么用处的信件都被放在一旁之后,她的面前还剩下两封。这两封信都是作为广告宣传邮件寄来的,一封来自一家移动通信公司,而另一封则来自一家将她作为"精心甄选出来的顾客"的公司,这家公司特别为她提供一套特价的初版银币,并附赠一份带有编号的证书。

她将身体向旁边侧了侧,打开办公桌三个抽屉里中间的那一个。在一叠A4大小的信封下面压着她的黑色皮面行事日历。以前在办公室的时候,她总是将那本行事日历放在那个位置;每当她要下班回家时,她也会将它放回那个位置。家庭活动也会被希波乐写在这个本子里,就像汉内斯将它们写到挂在厨房墙上的大日历上一样。

她将那叠棕色的信封拿起来后,动作便定住了。那本行事日历并不在它应该在的位置。她随手将那些信封扔到办公桌上,接着又让自己深深陷进椅背中。

难道在我去赴艾柯的约会时,我是随身带着它的吗?不,没有。肯定没有。她拉开办公桌上其他的抽屉。最上面的那个抽屉里放着一些还没拆封的新本子、一些她自己制作的便签、一盒圆珠笔、一卷透明胶带，以及其他一些新的文具。而最下面的那个抽屉则是空的，只有……她的行事日历。她长长地出了一口气，同时也在想，她的行事日历是怎么跑到最下面的那个抽屉里去的？她从来没有把它放到过那里。那个抽屉是用来放她每天早晨从面包店给布劳恩斯费尔德和她自己买来的小点心的。每天上午，她都会打开抽屉，拿出她的小点心，咬上一口，再把剩下的放回去。她从来不会想到把她的行事日历放到那里去。绝对不可能。但是是谁放的呢？啊，当然了，很可能是那些警察。他们肯定把我的办公桌彻底检查过一遍了，这本行事日历他们也肯定从头到尾阅读过了，没准儿他们还把它带走了，然后又还给布劳恩斯费尔德，而他则将它放到了那个空着的抽屉里。是的，一定是这么回事。

希波乐将她的行事日历放在面前的办公桌上，用手掌摩挲着它的皮质封面。本子右上角的边缘处探出一个小小的塑料片，上面印有用灰色的字母拼写成的单词"今天"。

她手颤抖着打开做有记号的那一页，当她看到自己写的"20：00，圣托里尼，艾柯"时，她的心脏简直快跳出喉咙了。

她将日历飞快地向前翻去，一直翻到四个星期以前的记录。从那里开始，她重新一页一页地按照正常的顺序向后翻，并仔细阅读她在那个本子上所写下的每一个记录。

17：00　理发店
给梅斯伯格先生打电话，谈签合同的事宜

给医疗保险公司打电话。

16：30　跟艾柯去逛街

跟艾柯的这个约会被画掉了，并被改到接下来的那一天。在原本预定的那天早上，艾柯给她打来电话，用几乎带着哭腔的声音告诉希波乐，她们的约会必须得推迟到明天了，因为在吃早餐的时候，她补牙齿的填充物掉了出来，所以她今天得去看牙医。

希波乐能清楚地记起所有在她行事日历上所记录的事情的前因后果，不过随着这个认识的明确，能够找到有价值线索的希望也变得越来越渺茫了。

去干洗店

18：00　给威希森公司打电话，关于洗衣机的事情
给财政局打电话

15：15　O.库斯医生

O.库斯医生？希波乐抬起眼睛，看着对面那幅色彩斑斓的画作。这件事她一点也不记得了，不过现在她又想了起来。欧拉夫·库斯医生。她曾经因为头疼去过几次他的诊所。第一次去的时候，那个医生就给她做了全套的检查，甚至还有一系列

奇奇怪怪的叫不上名字的检查。在整个检查过程中,她曾不止一次地问过自己,这些都跟头疼有什么关系啊?那个医生曾经用手电筒照着她的瞳孔,要求她在不转动头部的情况下眼睛追着他移动的食指看。她还必须按住一个鼻孔闻不同种类咖啡的味道,以及在将双眉高高抬起的同时鼓起两边的腮帮。那个医生还一连两次将一个压舌板深深地插到她的喉咙中,她几乎当场恶心地吐出来。然后他又仔细询问了她放屁与大便的情况,这搞得她当时尴尬异常。

我第一次去他那里是什么时候——希波乐飞快地将行事日历往前翻。在翻过几页之后,她找到了第一次就诊的记录:5月27日,星期二。

在那次奇怪的检查之后,库斯医生把希波乐转到大学附属医院去做电脑模拟检测——但是与其他所有检查一样毫无结果。在6月10号的那次诊疗中,库斯医生没有给希波乐再做任何奇怪的检查,而是向她提了一大堆奇奇怪怪的问题,因为他想判断她的头疼是否是由于心理作用所导致:她睡得好不好,她是不是在睡觉的时候做很多梦,她与她丈夫之间的关系怎么样……

她与汉内斯之间的关系。一个优秀并且善解人意的丈夫,非常可靠而且充满爱心。更不用提在整个婚姻生活当中,他从来没有一次因为他们的意见不一致而对她拳脚相加。所以,汉内斯肯定不是她头疼的原因。

"那么您有孩子吗?"孩子……当他抛出这个关键词之后,她的头疼立即又回来了。它将利爪再一次伸向她,试图再一次征服她的意志，不过这一次她不会让它得逞。她努力集中自己的注意力。我当时是怎么回答他这个问题的？这部分记忆就在触手可及的地方，但是并非完全清晰，不过她能够感觉得到，整个记忆中只缺少了那么一小部分。快点儿想起来，希波乐·奥利赫，你必须尽快想起这件事情来！

　　希波乐再次努力回忆着当时的整个情形。她回想起那个非常大的、极其现代化的门诊房间，以及那部放在墙边、看起来异常繁琐的超声波仪器。那个医生戴着红框眼镜，满头泛着光泽的金发，他看着她，向她提出这个平常而又简短的问题："您有孩子吗？"

　　"没有。"这是她当时的回答。

　　没有。

　　我当时说的真的是没有。

　　就是这么简单。

　　只是一个词，不过也是她的整个世界。

　　希波乐的一滴眼泪"啪嗒"一声落在她的行事日历上。在这样的时刻，这样的声音对于希波乐来说也显得过大了。她看着眼泪落下去的地方，看见那页纸上一个将字迹化开的深色水印四下渲染开来，纸页也慢慢地起了皱。

　　她将那条记录看了一遍又一遍，仔细地辨别着短句中的每一个字母。"医生（Dr.）"这个词中大写的D字母有着一个大大圆圆的肚子；"库斯（Kuss）"这个词中大写的K字母第二笔被写成斜斜长长的一道。

没有过多的犹豫，希波乐突然将她的行事日历翻到最后记载重要地址与电话号码的通讯录部分。

她用了大约半分钟的时间来等待激烈跳动的心脏渐渐平缓下来。电话响了大概十来声，就在她想放弃的时候，一个年轻的女声传了过来："欧拉夫·库斯医生诊所，我是卡特琳·汉格斯伯格，我能为您效劳吗？"

"嗨，您好，我的名字是希波乐·奥利赫。我能不能跟库斯医生说话？"

"现在不行，库斯医生正有事情。我能帮助您做些什么呢？"

"我不知道。也许……"我到底想知道什么？"我能不能去您那里一趟？这件事情真的是非常紧急。"

"今天？这恐怕不行。我们下午只接待有预约的病人。"

"啊，求求你。"希波乐说。她竭力将她的全部焦虑与疑惑都用她的声音表现出来，不过看来卡特琳·汉格斯伯格对病人的焦虑与疑惑并不敏感。

"真的很抱歉。不过我可以帮您安排在下周四下午四点。"

"谢谢，不用了。我……不用为我预约了。"

希波乐放下了电话。那种被遗弃的感觉渐渐苏醒。不过她不会让它占上风。

她摸到她的行事日历，将它拿起，又看了看办公桌的抽屉。我应该把它放回原来的地方吗，就像原来一样？

不过这又是为了什么呢？

当入口的大门被关上时，等在大楼保安亭对面的卢斯勒从他靠着的路牌杆上站直了身子，并迎着她走了过来。

"怎么样，找到什么有价值的线索没有？"

希波乐将她的行事日历举起来。"没有，找到的不多。我曾经因为剧烈头疼去看过一位神经科的大夫。这件事情我之前完全想不起来了。最后一次去他诊所的时间是我被绑架前的两个星期。"

卢斯勒把他的眉毛高高地挑了起来。"我想不出这两件事情之间有什么关联。你去看的是哪个神经科大夫？"

"库斯医生，欧拉夫·库斯。他的诊所就在多瑙河购物中心的旁边。"

"嗯。那你现在打算怎么做呢？"

"我正在考虑，我是不是应该去跟这位医生谈一谈。也许他并非真正的幕后主使，但是……你在想什么呢？"

卢斯勒看起来正在认真地思考着什么。

"哎，你记不记得你姐姐的情况？有没有可能她也……"

"她也去看过这个大夫？没有，这个我是清楚的。"

希波乐点了点头。"我以为这个没准儿能是我们俩之间的一个共同点呢。不过，我还是想跟那位医生聊聊。"

她决定出发，希望能够像之前一样拥有好运气，并且能尽快拦到一辆出租车。卢斯勒则走在希波乐后面几步远的地方。

"希波乐，说实话，我觉得你这是浪费时间。你觉得那个大夫能告诉你什么有助于你继续查下去的有用信息呢？"

"我们，"她纠正他，"也许他能够帮助我们。或者你已经不在意在你姐姐身上到底发生了什么事情？"

"我当然想知道发生了什么。"他的口气立即弱了下来，"正是由于这个原因，我才认为去找一个好几个星期之前给你看过头疼的大夫没有什么意义。假如我想找到伊莎贝尔，恐怕我们的计划必须是每一个小时都精心计算的，才能抢在他们之前……"

"才能抢在他们在她身上做什么之前，就像他们在我身上所做的那些一样，是不是？"

"难道你不能明白我所承受的巨大焦虑吗？"

"我能，我——"希波乐突然停住了脚步，嘴里再也说不出一个字来。

一张用铁丝固定在路灯灯杆上的海报悬挂在她的眼前。那是一张被画得满满当当、五颜六色的海报，右上角已经有一些破损了。海报的内容是王冠马戏团在慕尼黑表演的广告，上面还注明皮特·马费会在2008年9月4日的那场演出中演奏他的音乐。除了演奏他那些被人耳熟能详的老歌之外，他还会在现场宣传他的新专辑《永远》。

9月4日……新专辑……《永远》。

"我属于你
如果不是永久那么至少是永远
你不在的每一秒对我都是煎熬
如果不是永久那么至少是永远

211

因为在你的身边我能——永生!"

我当时站在离这支乐队非常近的地方,距离卡尔·卡顿大概不到三米远。在几步之外则站着背着他那把专用吉他的马费。他上身穿着一件印有彩色图案的白色衬衫,下面穿一条普通的牛仔裤,衬衫就那么随意地露在裤子外面。由于是短袖衬衫,他小臂上大片的刺青图案肆意地暴露在众人眼前。那张新专辑中的歌曲大都属于摇滚风格,他那天表演了那么多,以至于原定的马戏表演变成了马费的个人演唱会。

如此近距离观看演出的那种感觉真是太棒了。棒得就跟大雨直接淋在背上一样痛快。

有什么东西试图将她从过去的回忆中扯出,她则挣扎着留在幸福的感觉里不肯出来。可是那个不屈不挠的声音最终还是将她带回了这个荒诞的、不真实的世界,带回了雷根斯堡这座城市。那是卢斯勒的声音。

"希波乐!你说话啊,希波乐。你这是怎么了?"

她看向他,花了几秒钟的时间将她刚刚的经历粗略地想明白。然而,就在同一时刻,她突然感觉到脚下的地面变得柔软无比,卢斯勒必须紧紧将她拥在怀中,才能让她保持站立的姿势。

"我刚刚在……"希波乐费了好大的力气才说出话来。

卢斯勒不可思议地看着她。"你刚刚在哪里?"

她指着眼前的那幅海报,直直地看着卢斯勒。

"在慕尼黑,王冠马戏团的表演。我曾经去过那里……卢斯勒,我当时在那场演唱会上!"

就在她说出这一切的时候,她对于这一新情况的认识似乎变得更加深刻,以至于沉重的感觉压上她的胸口,使她喘不上气来。

卢斯勒走近那张海报,一边阅读上面的文字一边思考。"那是不可能的,希波乐。你看,这里,那场演唱会是在九月四号,也就是说,是在大概两周多以前。而你是在七月底的时候被绑架的,昨天才从那间地下室逃脱出来,对不对?"

"我知道。"

"这不就什么都清楚了?"

"虽然如此——但我真的去观看了那场演唱会。我敢肯定。"

卢斯勒摆了摆手,说道:"你没准儿是以前去过马费的演唱会,现在弄混了而已。你将头脑中原有的记忆与这个信息弄混了,这样的事情一点也不奇怪。"

希波乐使劲地摇头。"不,不是的。马费在那场演唱会上向大家介绍了他的新专辑《永远》。而那张专辑在八月底才上市!看,在海报的最下面写着呢。"他并没有读她指给他看的文字,而是再次摆了摆手,并看向了另一个方向。

"我从来没喜欢过马费,但现在我总是能整首整首地想起他所唱过的那些歌曲的歌词。"

现在他终于又回过头来看她了。"也许这些记忆也是他们植入你脑中的,谁知道呢?"

"我知道雷夫莱恩的新歌。"

卢斯勒低下头,重重地喘气。

"好吧。不管到底发生了什么——我们假设,那天晚上你的确在演唱会的现场——那这又能说明什么呢?"

"我还不知道,不过我的确知道我曾经去过那场演唱会,而且我当时还十分享受。你明白吗?我不仅记得我曾作为观众欣赏过那场演唱会,而且还知道那天晚上我跟着乐队一起唱过歌,我感到非常快乐。"

"你是自己去的演唱会吗?"

希波乐努力地回想,但是不论她如何回忆,在她的脑海中,除了她自己以外,周围都是一片灰白,一片浅色的亮斑。

"我不知道。"她必须面对现实。

卢斯勒无语地看着她,可是希波乐却能从他的表情中读出他的想法。"啊,为什么,为什么我的脑海中全是那场演唱会的片段?它是两个星期前才举行的啊?你能不能用让人能够理解的话给我解释清楚呢?"在他给她答复之前,希波乐继续说道,"我曾经去过那场演唱会,卢斯勒,现在终于有了一点线索,能够让我们知道在那两个月里我到底都干了什么。"只是我能够失去的还有什么呢?

希波乐相信她在卢斯勒的眼睛中看到了怀疑。"那么这又说明了什么呢?"

"这就说明了,我必须去一趟慕尼黑。"希波乐希望他没有从她的声音中听出巨大的恐惧。在同一天里,她第二次询问卢斯勒:"你跟我一起去吗?"

第二十七章

"我还是觉得这个主意十分疯狂。"

希波乐并没有对他的判断作出任何回应。她在自动售票机上买了两张到雷根斯堡中央火车站的车票。在他们从布劳恩斯菲尔德的办公室到普鲁芬宁区位于古堡大街上的火车站所行走的整整十五分钟的时间里，卢斯勒不断地尝试说服希波乐，希望她能明白目前她信以为真的事情只是那些人在她的大脑中所植入的幻象。

她将手伸进裤子口袋里，掏出一把皱皱巴巴的钞票，并试图从中找到一张面值比较小的，以便能够在自动售票机上支付那两欧元八十欧分的车票钱。自动售票机的屏幕上还显示了这次车程所需要的时间是五十分钟。

"你是从哪里弄到这么多钱的？"卢斯勒问道。他对希波乐的守口如瓶和在他面前的镇定表现感到十分吃惊。

"从家里，这些都是我平时攒的钱。你为什么要这么问？"

"我就问问。我刚才忘了,你之前已经回过一次家里。你肯定把这些钱收在了一个非常安全隐蔽的地方,对不对?"

"你的问题真奇怪。"她回答道,接着便转向自动售票机。她先是小心翼翼地将一张五欧元的纸币弄平整,然后把它放到机器上的投币口处。

"按我的想象就是——你的丈夫向你解释他不是你的丈夫,尤其是他还提到你所寻找的男孩并不存在。在这之后,你感到非常恐惧。你害怕自己无法摆脱这种孤单的境地,于是拿走了所有的钱,对不对?这……这可是大事。"

希波乐取出火车票,问道:"难道你不相信我?"

卢斯勒微微一笑,表示希波乐对于这件事的反应过于激烈了。"哦,我当然相信你。我认为你在这样的混乱中表现得非常坚强。"

"咱们还是赶快走吧,"希波乐指着双层玻璃门后面的挂钟说道,"离开车就剩四分钟了。"

十六点零八分的时候,他们在经过了一段不长但几乎没有任何交谈的旅程后来到了雷根斯堡火车站。五分钟后他们在问询处得知,下一班开往慕尼黑的火车是一趟城际快车。这趟车将于十六点三十八分在第九车道驶离,并将于十八点十一分到达慕尼黑火车站。

希波乐花四十六欧元六十欧分买了两张火车票,并递给卢斯勒一张。他飞快地把车票塞进衣服口袋,说:"我现在得去一趟卫生间。"

她指了指不远处的一组黄色塑料座椅，说道："我在那里等你。"那些座椅虽然看上去一点也不舒服，但却是唯一能让她坐下来休息的地方。

在这组六个位子的座椅中，只有最外面的椅子上坐了一个嘴里嚼着口香糖的女孩。她大概只有十四岁，一个粉红色的双肩背包放在她的脚下，耳朵里还塞着一对耳机，她的头随着只有她自己能听到的音乐在有节奏地左右摇晃。

在与那个女孩间隔一个位子的地方，希波乐坐了下来。她的动作甚至没有引起那个女孩的注意。

希波乐在坐下后便四处巡视整个候车大厅。她的目光扫过位于大厅正中央的问询处后，停在了那个巨大的火车站购物中心上。她发现自己非常嫉妒那些步履匆匆穿过候车大厅，在购物中心的货架间流连挑选的人。他们应该也有很多烦恼，会对一些莫须有的事情生气，不过他们完全不知道身处真正的困境中是什么感觉。

在希波乐的身后，一个小孩子开始哭闹，她转过头去看。一个年轻的母亲正用一只手吃力地拉着身后一个又大又重的旅行箱，而另一只手还紧紧拉着一个哭闹不止的小男孩。他手脚并用地企图挣脱他母亲的控制。这位母亲的肩膀上还挂着一个装得过满的大挎包，差不多每隔几秒钟就会滑下来一次。那个孩子的脸因为哭喊而变得通红，刚刚还尝试着通过大声叫喊和使劲在地上跺脚，让他妈妈放开紧紧拉着他的手。

卢卡斯还从来没有这样发过脾气呢。

希波乐立即给自己敲响了看不见的警钟。卢卡斯。她的理智告诉她,卢斯勒是对的。几乎没有任何一起例外的事件能反驳,她对自己孩子的记忆全部都是被别人植入到大脑中的。可是每当想到这个孩子是真的在某个地方存在过的时候,她的心还是不能自已地咚咚狂跳,她甚至能感觉到他巨大的恐惧,以及似乎他正焦急地等待着她的救助。

她强迫自己从这种想法中挣脱出来,即使这对于她来说非常困难。她决定继续巡视候车大厅。

卢斯勒直到现在还没有出现。候车大厅中央的问询处上方悬挂的大钟已经指向十六点三十一分。无论如何我也不能错过这趟火车。

希波乐循着候车大厅中的指示牌,穿过整个大厅找到了卫生间的位置。她看到了卢斯勒,他正站在卫生间的门口,拿着一部手机在讲电话。他的表情极为严肃,于是她决定悄悄走近,以便不打扰到他。就在她即将到他身边的时候,他发现了她。与此同时,他脸上的表情顿时发生了天翻地覆的变化。

"我晚一点再给你打电话。"他飞快地说完后,立即将手机从耳边拿开。

"我只是想看看你到底在哪里。"希波乐说道,她甚至没有在第一时间想过稍微掩饰一下她的惊讶,"我压根儿没想到你还要打电话。现在该上车了。你刚才在跟谁通电话呢?"

"呃,那个……"他一边从嘴里发出一些无意义的音节,一边小心地跟希波乐保持距离,直到他将手机放到上衣胸前的口袋中,"只不过是个熟人。我打电话是为了告诉他,我要去慕尼黑一阵子。"

一个熟人?难道他需要特意向一个熟人报告他去慕尼黑的计划吗?无所谓了……"快来,卢斯勒,我们得抓紧时间了!"

仅仅两分钟之后,他们就面对面地坐在了那列开往慕尼黑的火车上。当火车缓缓开出雷根斯堡的火车站时,他们无语地各自透过模糊的玻璃看向窗外。

希波乐小心地看向卢斯勒。她把头稍稍向前倾斜一些,以便她能从眼角处刚好看到他。而他看起来似乎并没有发现她的小伎俩。

你刚才是不是真的去卫生间了,克里斯蒂安·卢斯勒,还是你只是随便找一个理由,仅仅是为了能够背着我给别人打电话?假如这位熟人如此重要的话,那么为什么直到现在你都没有对我提起过他?还有,他为什么不帮你去找你的姐姐呢?

"你是不是非常爱她?"希波乐突然发问,同时大胆地看向他。

"唔,什么?"他应该正沉浸在自己的思绪中,因为他脸上的表情是如此茫然。

"你姐姐。"

"什么?我是不是我的……啊,当然了,我当然爱我姐姐。你怎么突然想起来问这个?"

"也许……也许我真是疯了。事实上我应该感到高兴才对,而不是反问你，不过……你知道吗，我们从头到尾都只是谈论我一个人的情况。我去哪里你就跟着去哪里，你向我提了许多问题，可是却基本上没有提到有关伊莎贝尔的任何情况。就像你对我说过的那样，现在她也许真的身处某种巨大的危险中呢。"

"其实我只是希望……呃，当我尽我所能帮你破解谜团的时候，最终也能借此帮我自己找到伊莎贝尔。"

希波乐再次将目光投向窗外。这列火车在驶出车站后便将速度提了起来，窗外的那些花园与房屋全都只是一闪而过，根本看不清它们的样子。

"你们的家庭是怎么样的呢？肯定还有别的什么人也能照顾她吧。"

"不，我们谈不上有什么家庭。我们的父母都已经去世了，我们两个人也都没有结婚。我们只有彼此而已。"

"你还有那位熟人呢。"

他犹豫了一下，才说："是的。不过他……他跟我们的关系并不是非常近，我还不想让他知道这件事。"

"嗯，不过你们的关系至少亲近到让你在火车站还特意给他打个电话。"

"是的，不过……这又有什么关系呢，他只不过是我的一个熟人罢了。"

他的声音听起来有些生气。

你在骗我，卢斯勒。但这是为什么呢？"是啊，你说得对。这根本没有什么关系。"

希波乐把自己的身体向后靠去，闭上眼睛，想着慕尼黑。那场演唱会，马费……慕尼黑……伊沙河右岸医院，妇产科，布莱斯尤斯医生，卢卡斯……等到了慕尼黑以后，我到底想在那里做什么呢？

她睁开眼睛，看到对面的卢斯勒同样以一个舒适的姿势靠在椅背上。他安静地坐在那里，呼吸缓慢而均匀。

"卢斯勒？"她小声地叫他。

他没有做出任何回答，眼睛始终保持着闭合的状态。她又叫了一次他的名字，这一次用了稍大一点的声音。

还是没有任何反应。看起来他是真的睡着了。

希波乐打量着他，任自己的目光在他的脸上流连。在他的脸颊上，已经冒出了短短的青色胡茬。浓密的深色头发几乎快盖过了他的耳朵，而后温柔地在脖子后面呈波浪形蜿蜒，在快到肩膀的地方则分成左右两部分。他身上的衬衫大大地敞开着。衬衫里面的T恤衫被塞在裤子里，紧紧地绷在身上，凸显出他肌肉发达的胸部和平坦的小腹。在他衬衫上面的口袋里，那部被调成振动状态的手机隐隐约约地探出头来。

她脑中灵光一闪。他的手机。

卢斯勒看起来在睡觉。她需要的只是把这部手机从他的口袋中抽出来，按下重拨键，那么谁是那位与他在火车站通电话的熟人就会水落石出了。或者还可以查看通话记录。但是如果被他发现了呢？他估计会非常生气的。也许他还会认为，她从来就没有信任过他。

那么，我信任他吗？

她将自己的身体向前探去，慢慢地伸出手，向前一点，再向前一点，直到她的手指尖只差几厘米就能触摸到他的衬衫了。

希波乐犹豫了。我这是在干什么呢？再怎么说，他也是想要帮助我的。

她用指尖夹住那部手机上短短的天线，并极其小心地拉着它向上移动。她一边缓慢地从卢斯勒的上衣口袋中抽出那部手机，一边密切地关注着他的脸。在她马上就要成功的时候，卢斯勒轻轻地打了一声鼾，并将自己的身体向边上移动了一下。她来不及收回的小手指触到了他的胸膛。

她僵硬地抬着自己的手臂，一动不动地保持着最后的那个姿势。她僵在那里好几秒钟，直到确定他没有任何反应后，才轻轻地呼出一口气，慢慢地坐了回去。整个过程他都没有发觉，他一直在睡觉。

她还是非常幸运的。因为卢斯勒的手机是折叠式的，并没有设置什么键盘锁。

彩色屏幕上的背景照片是一辆黑色的保时捷汽车，里面还坐着什么人。虽然看不清脸，但是希波乐认为那个男人就是卢斯勒。

嗯，这么豪华的装备看起来跟他一点也不相配。

她按下那个上面印有绿色听筒的通话键，屏幕上出现了一个电话号码，显然也是一个手机号码。她飞快地看了卢斯勒一眼，然后第二次按下了那个按键，接下来，她把手机放在了自己的耳朵边上。

听到电话接通铃声响起的时候,她感觉自己的心脏马上就要跳出喉咙了。铃声响过四遍后,电话被接了起来。

"马丁·威特硕雷克。"

她飞快地将手机从耳朵边放了下来,并按下红色的挂断键。

她的心脏在剧烈地跳动,甚至让她感觉到疼痛。就在那阵悸动快要过去的时候,她听到了卢斯勒的声音:"怎么样?你有没有找到你想知道的答案?"

第二十八章

亚娜再次从那间办公室出来后,行为显得有些异乎寻常。

倘若亚娜的行为越来越频繁地出现异乎寻常的情况,对汉斯来说就意味着,离他该采取行动的时刻也越来越近了。很快就该轮到他出面干预了,而他的行动则代表着改变一系列的事件及其结果。

他的行动有着巨大意义,并具有创造性。当然,不可避免的是,这会将他头脑中的思想搅得更加混乱不堪。他到底是怎么了?他怎么突然对那些毋庸置疑的事情产生怀疑了呢?

在她的陪同者离开他所站的位置,迎面走向她之后,他们先是说了一会儿话,而后在一张彩色的宣传海报前停下脚步。显然,那张海报吸引了亚娜的注意力。在他还对着她滔滔不绝地说着什么的时候,她就眼睛一眨不眨地盯着那张海报看,似乎受到了巨大的震动。

就在她终于将目光从那张花花绿绿的海报上移开时——从汉

斯所处的位置，无法看清上面到底印了些什么——她整个身体开始剧烈摇晃，在她同行者的搀扶下才不至于倒地。有那么一个瞬间，汉斯以为她就要昏倒了，他甚至已经做好采取最后行动的准备。他必须知道到底是什么内容引起了她那么大的反应。他仅仅向前走了几步，就看清了那张海报上用巨大的黄色字母书写的标题。在他朝着那两个站在海报前的人以及那张海报一步一步走近时，海报上的内容他看到得也越来越多，而看到得越多，他也就越清楚，他的任务的确马上就要结束了。为了清清楚楚地记住所有细节，他又向前走了一段。随后他四下环视了一遍，在确定自己距离他们足够远之后，他从口袋里掏出了电话。

医生一语不发地听完了他的报告。最后，汉斯竖起耳朵认真听取了用短小精悍的句子所组成的命令，他感到自己所承受的压力在增加。

在与医生的通话结束之后，他将电话又放回衣服口袋中。他身后的那两个人依旧站在海报前，讨论着什么。

汉斯最后扫了一眼那条马路、那条人行横道以及那些房子，试图确定那个红发女人的位置，不过终究什么也没有发现。

第二十九章

他们相互对视了很长时间。各种各样的想法在希波乐的脑子中就像云霄飞车一样左冲右突。众多的词句像被随意泼洒的颜料，在她的脑子中爆炸，喷溅得到处都是。数不清的情景你方唱罢我登场，她甚至都抓不住一丝细节。她的身体中仿佛有一个冰冷的黑色框架，越收越紧，勒得她喘不上气来。而在头脑中还有一个巨大的深不见底的黑色容器，接连不断地向外释放她混乱的思想，扩大她的怀疑。

希波乐开始哭泣。这是第一次，自从……她想不起来是自从什么时候了。这不是那种会使人上气不接下气的抽泣式的哭泣，这也不是那种在巨大悲伤下的恸哭。她只是安静地流泪。眼泪像开闸的河水不断地涌出，流过她的脸颊，一直到下巴，再在那里汇聚成一股，滴到她的牛仔裤上。她身体中的能量被泪水一丝丝地抽走，同时她也变得越来越困，越来越想睡觉。

那个"熟人"竟是威特硕雷克警官。

克里斯蒂安·卢斯勒，这个男人在我身上下了多么大的功夫啊。我终于相信了他所讲的事情，结果还是发现他说的全都是谎言。

这是她人生中第一次——在这场人生中，在这场她能够回忆起来的人生中——产生了这个想法。其实什么都是徒劳，也许只要她在这个时刻能够立刻死去，那么所有的问题就都解决了。就是这样，在这列城际快车二等车厢的一个靠窗的座位上。

然后，她就什么也不想了。她什么都不愿意想了。

那个在她脑中一直回响的声音停止了。但她的嘴却不受控制地自动张开。"你为什么要欺骗我？"她敢向天起誓，说出这句话绝非她的本意。

"那你呢？为什么偷我的手机？"

"你为什么要欺骗我？"她平静地重复了一遍刚才的问题，手里依旧拿着他的手机。他直接伸手拿回了手机，并将它放回了衬衫口袋。

他没有重复他的问题，只是看着她。

"好吧，"在沉默了很久之后，他才再次开口说道，"我会向你解释所有的事情，不过真相并没有你想象得那么悬念迭出。"

"为什么？"

她只是坐在那里，就像一个置身事外的听众，他所说的一切都没有对她造成一丝一毫的影响。

"我没有姐姐失踪。我向你描述的那个组织在你身上所采取的实验手段，只是……只是我们对真相的猜测。不过这种猜测与事实相符的可能性非常之高。"

"'我们',谁是我们?你是谁?"

"我的名字是克里斯蒂安·卢斯勒。我在州刑侦组工作。我曾经是雷根斯堡市刑侦大队的警探。马丁·威特硕雷克是我在刑侦大队工作时的同事,也是我的好朋友。他私底下请我帮他这个忙。因为他认为,那些人会再次企图绑架你,这样的话,我们就能将他们一网打尽了。"

希波乐的脑海中又浮现了他们在那家医院地下室时的情景。格鲁尔跟房屋管理员站在那个地下室房间的中央,而威特硕雷克从地上捡起了什么东西。一个小小的物证,一段用来将电线固定在她头部的胶带。

所以威特硕雷克是故意这样做的,都是为了接近她。

"威特硕雷克相信你,他相信你跟这些事情没有关系。不过他手中掌握的证据不论是对他还是对你都显得太少。而格鲁尔则认为你是一个有心理疾病的撒谎者。格鲁尔并不知道我现在在你身边。他也不能知道我现在在你身边。因为一旦他知道了,就会把马丁从这起行动中调离。如果真是这样的话,你就处于孤立无援的境地了。格鲁尔是个白痴,假如马丁不再参与这次行动的话,那么真相被揭开的机会基本上就是零。我现在正在休假。所以,严格来说,我现在正在做的事情不仅是非正式的,而且涉嫌犯罪,你明白吗?我不能亲自逮捕任何一个犯罪嫌疑人,即使我有这个机会。如果我现在做的事情被其他人知道,那么马丁和我都得被开除警籍。所以我们现在所做的一切都是需要高度保密的。"

"你们希望那些人尝试再次绑架我？你们把我当成钓大鱼的诱饵？"

"是的。"

就好像整个事件还不够荒谬一样！

"为什么我要相信你的这个故事呢，克里斯蒂安·卢斯勒？"

"因为这是真相。你可以给马丁·威特硕雷克打电话证实我说的话。他会告诉你这一切都是真实的。"

"那你为什么现在才告诉我这一切呢？"

"我刚才不是在尝试着向你解释吗？我们不能确定，一旦我们告诉你这一切都是背着警察局的领导做的，你会对此做出什么样的反应。就像我刚才说的——我们要付出的代价并不仅仅是失去工作这么简单。"

刚才还在希波乐心里堆积着的怀疑，现在正缓慢地土崩瓦解。随着卢斯勒向她解释得越来越详细，她就越是能明白这一切都是为了她。

突然她一下子想起了两件事情。"我在去医院的路上就看到过你，你怎么能知道我们要开车去哪里呢？"

"我事先并不知道。"卢斯勒平静地回答，"我是跟着你们的车一路开去的。在你丈夫打过电话之后，我就一直跟着马丁和他的同事。一路上马丁都能从他的后视镜中看到我。"

"那罗斯玛丽·温格勒又是怎么回事儿？"

"我们想把她从行动中撤出，以便我能取代她待在你身边。"

"那我在艾柯家的时候,是她打电话报的警吗?"

"不是。"

不是罗丝报的警,谢天谢地。她必须承认,早前她认为相互矛盾的事情现在终于被理顺了。不过还不是所有的事情。

"不过,如果不是罗丝给警察打的电话,那么又是谁呢?"

"是我。我当时就在你附近,当然是因为我跟着你们一起去了你朋友的住所。我给马丁打了电话,并告诉他你当时所处的位置。而他后来告诉格鲁尔的那个版本跟他在电话中告诉你的一样:一个匿名的女人打来举报电话。这样也可以使你彻底放弃罗斯玛丽,从而让我在你身边帮助你。我们料到你肯定会逃跑,因此马丁选择站在唯一一条逃生道路上。"

"你还说过,罗丝跟那些坏人是一伙的,这也是你们的谎话,是不是?"

卢斯勒摇了摇头。"我们认为这样的情形非常奇怪,每当你需要帮助的时候,她总是能够在第一时间出现在你的身旁。除此以外,还有一些别的线索能够证明,她与这整个事件有着密切的联系。"

"可她是我从医院逃出后唯一信赖的人啊!她从来也没怀疑过我有一个儿子。她还想帮我找到我的儿子,而且……"

卢斯勒的表情变了变。希波乐不由得接着说道:"你是想说,这恰好是证明她属于那帮人的证据,是不是?"

"诚实地面对你自己吧,希波乐!所有人从一开始都不相信你的故事,所有证据都说明你从来没有过一个儿子。而偏偏只有这个女人，虽然她才认识你几个小时，但是她不但毫无保留地相信你，而且还要帮助你找出这个儿子。你自己怎么认为？"

希波乐把所有的信息在脑子里想了又想。从这个警察的角度看来，基于无论如何也要将那些坏人绳之以法的目的，他的确是正确的。不过她还是不愿意与他再继续关于罗丝的讨论。"那么汉内斯呢？还有艾柯？你们是怎么想他们的？"

"他们并不在我们的嫌疑人范围之内。你看起来的确跟马丁给我看的所有照片中的希波乐·奥利赫都不一样。所以，我们相信这两个人。绑架你的那些人很可能在这两个月中运用了什么技术手段，从而在你身上做出这样的易容手术，并且收到如此的效果。不过请你尝试站在你丈夫的角度看待这整个事件：他的妻子失踪了两个月之久，在这么长的时间内完全找不到任何线索，而且也从来没有人以绑架的形式来勒索赎金。警方也找不到任何她可能滞留的迹象。这么长的时间过去之后，他已经放弃了能够再次活着见到他妻子的希望。所有的证据都表明希波乐·奥利赫已被残忍杀害，不再活在这个世上了。"

不再活在这个世上……

"然后呢，突然冒出来一个完全陌生的女人。她熟悉希波乐·奥利赫生活中所有的事情，哪怕是最微小的细节，但是她却有着与希波乐完全不同的外貌，而且还坚持认为自己有一个孩子，而希波乐·奥利赫是绝对没有孩子的。面对这样的情况，如果你是他，你会做出怎样的反应？"

希波乐若有所思地点了点头。"我明白你的意思。可是对于一个陌生人来说，即便是用两个月的时间，也不能将这所有的细节都植入到大脑中。"

"是的，你说得不错。这就像……就像谁也不能在两个月的时间里突然有一个六岁的孩子一样。"

"你说过，威特硕雷克警官相信我。他是怎么想我的呢？他真的认为我是希波乐·奥利赫吗？"

卢斯勒立即点了点头，就好像他一直在等待这个问题一样。"我觉得我应该向你慢慢解释为什么我认为你没有去过那场演唱会，还有为什么我认为我们现在去慕尼黑实在是个愚蠢的主意。前一阵子发生了几起失踪案，几天后那些人被找到了，却讲述了一些其他人完全不知所云，而他们自己却坚信不疑的事情。其中绝大多数人描述的是一些并不属于他们的东西——比如说昂贵的汽车，或者是豪华游艇，再或者是奢侈品，这些都是以他们的经济能力绝对买不起的。举个例子来说，有个年轻人刚开始时一心要找到他失窃的保时捷汽车。但连他自己也渐渐发现事情有些不对劲了。他开始能够回忆起一些穿着白大褂的人。他们把他绑在一张椅子上，往他的身体里注射药液。再往后，他还能回忆起一部毫不停歇地在他眼前播放的电影。而这部电影讲的正是有关一部保时捷汽车的故事。不论他们往实验对象身体里注射了什么药剂，这一次他们的用量显然是太小了一点。"卢斯勒凝视着希波乐，"就在他向我们讲述了这些事情的几个小时以后，他就死去了。被人谋杀。他的尸体是在多瑙河岸边一处隐秘的地方被人偶然发现的。"

"被人谋杀?因为……因为他能回忆起那些事情来?但是,他们怎么能够这么快就发现呢?这就说明他还将这些事情告诉过你们以外的人。"

"不一定。"

"你的意思是说,他们也许在警方有内线?"

卢斯勒的脸绷得像一张面具,所有的肌肉没有一丝动作。

"等一下……你是不是在想格鲁尔?"

他并没有直接回答她的这个问题。"如果你想知道马丁的猜测是什么的话——他希望能够证明,你就是希波乐·奥利赫。这个实验是一个非常有效的洗脑过程,而且需要花费大量的经费。这些经费都是由秘密活动基金组织所提供,在很多国家都存在类似的活动。假如你所经历的恰好也属于这一范畴的话……"

"就我现在所了解到的层面来看,已经属于这一范畴了。"希波乐说道。

"不管怎么样,就目前的情况来看,这个秘密活动的实验阶段已经结束,他们已经掌握成熟的技术。我们担心的是,你……你是他们最后一件用来检验成果的实验品。因为直到现在,能够被如此成功洗脑的人我们还没有遇见过。如果我们的设想正确的话,那么你能成功逃跑也是这个实验中一个预先设计好的环节,因为他们想实地观察他们的实验到底能对一个人真实的生活起到什么样的影响。"

一个人真实的生活。真实的……

"而现在我要说的正是你不应该知道的那一部分,不过也无所谓了。你肯定不会喜欢这一部分。你真的愿意听我继续讲下去吗？"

希波乐扯出了一个笑容。但这个笑容却显得那么缥缈，跟高兴简直没有任何一丝一毫的关联。

"我当然愿意。事情已经不可能更坏了。"

卢斯勒长长地叹了一口气。"那好吧。我们猜测，罗斯玛丽·温格勒是他们派遣到你身边，作为实验成果检测者的工作人员。而且也正是由于她的存在，他们才会允许你逃跑。"希波乐一下子颓然地瘫在座位上。难道就没完了吗？难道事情的真相一定要这样不断地向更坏的地步发展下去？

"罗丝。"她喃喃道。然后只听她说道："不好意思。"

她向前挪挪身子，站了起来。她转过头，看到了一个标着卫生间的指示牌。透过分隔车厢的玻璃门，她看到了卫生间所在的位置。

她觉得头晕目眩，就好像他们正坐在海里行驶的轮船上一样。在卢斯勒背后的那组座椅上，坐着一个年纪不明的男人。他留着极短的金发，眼睛也是一种极浅的颜色，眼球像是用玻璃做成的。有那么一瞬间，她觉得似乎在哪里见到过这双眼睛。

第三十章

汉斯看着亚娜的眼睛，好奇地等待着她接下来会出现的反应。又一次，她与他之间的距离这样近，而上一次他们之间距离这么近的时候，还是她被他们抓住时。她认为他的眼睛中充满了魔力。

似乎有那么一瞬间，她已经快要认出他来了，不过，这个机会到底还是在他的眼皮下溜走了。她将目光从他的脸上收了回去，继续向前走，她应该是要去卫生间。汉斯略感奇怪地将自己靠回座椅的椅背上。

他不愿意去思考他即将面对的现实是什么。他问自己，如果他们到了慕尼黑，事情又该如何继续发展呢？他想象不到医生接下来会如何决定，给他下什么样的命令。不过这并不是汉斯的任务。对全局的态势做出思考，并做出正确的行动决策，是那些领导官员们的工作。他的医生领导就做出决定，让亚娜坐火车去慕尼黑，看她会在那里做什么，又能够找出什么。

刚才在火车站售票处那样接近亚娜对于他来说可并不容易，尤其是当他知道她要去哪里的时候。现在他坐在亚娜跟她同行者后面一排的位置，只要车厢中其他乘客不发出太大噪声的话，他就能够听清他们两个人说话的全部内容。

每一次亚娜开口说话的时候，他都希望她能再大声一点。不过非常遗憾的是，她突然中断了他们的谈话，起身去了卫生间。

汉斯也站起身来，却朝着相反的方向走去。他想查看一下，到底还有什么人也混迹在这列火车的乘客中。就在他走过下一组座位的时候，他的目光定住了，久久不能移开。

第三十一章

希波乐坐在马桶盖子上面,弯下腰,将脸痛苦地埋在双手中,让自己的呼吸将脸包围。

我是多么想从这里逃离啊,去一个我不认识,也没人认识我的地方。这样对大家都公平。随便哪里。也许就是慕尼黑?也许在那里我可以把一切烦恼都抛在脑后,重新开始新的生活。重新开始?我是警察的通缉犯,没有能够证明身份的证件,就连我自己也不知道我是谁。还有我脑子里的记忆,哪些是真的,哪些是假的?

真的没有孩子吗?

她的理智告诉她,那个叫卢卡斯的孩子根本就不存在。至少在她真实的生活中不存在。可她的内心还是不断地渴望着那个孩子。这是一种疼痛,比她所经历过的任何疼痛都要严重,因为她真的不知道要如何接受在生命中完全没有孩子的现实。无论她怎么思考也找不到一个解决办法。

卢斯勒从一开始就在欺骗她——作为一名警员,把她当成诱饵,而且还因为帮助她而非逮捕她,把自己弄得也有被逮捕的危险。

不过话说回来,比起那个满心疑虑、毫无头绪地寻找自己姐姐的克里斯蒂安·卢斯勒来说,希波乐倒是更喜欢作为警察的克里斯蒂安·卢斯勒。虽然他这一次不能算是执行警方指派的任务,但是有一个随时与威特硕雷克警官保持联络的警官在身边陪伴,能够让她获得些许安慰。而且,得知威特硕雷克警官对她的信任,也使她莫名地感到开心。这怎么也算是一点安全感,至少是有那么一点。

假如卢斯勒这次没有骗我的话。

其实想证明这一点还是非常容易的。她可以让他把手机给她,给威特硕雷克警官打个电话问问就可以了。

希波乐把双手从眼前拿开,用力眨了几次眼,试图让由于手掌按压而在眼前产生的条纹状阴影消失。然后她盯着面前那扇薄薄的木门。但是……罗丝?人们还能对一个人失望更多吗?希波乐尝试为罗丝找一个做出那些行为的理由,以证明她并非自愿,即使罗丝对她说的谎话也许比其他所有人都要多得多。她家的客厅里没有任何一张照片,一旦涉及她的先生或者孩子,她便会采取怪异的应对方式……还有,什么样的女人才会觉得为某些人当间谍是一件可以接受的事呢?将真实的自己隐藏起来,而且……希波乐必须承认,她一开始是那么喜欢这个女人。

希波乐使劲甩了甩头，从马桶上站了起来。接着她在那个小得不能再小的洗手盆里洗了洗手，结果却找不到可以擦手的纸巾，只能在自己的牛仔裤上蹭干了双手。最后她鼓足勇气，走出了卫生间。

卢斯勒正看着窗外。当希波乐站在他的身边时，他收回目光转过头来。"嗨。"他微笑着看向她。

希波乐坐了下来。"卢斯勒，我可以再用一下你的手机吗？"

"当然可以。你要给谁打电话呢？马丁·威特硕雷克吗？"他将手机递到她的面前，她伸手接过，"你只要按一下重拨键就可以了。"他平静地说道。

希波乐按了一下绿色的通话键后，看了看显示屏上显示的一连串最近拨打过的电话号码。最上面的那个号码被高亮显示着。下面还附有一行简短的详情：今天，17点04分。

她犹豫了一下。

"现在几点了？"她问卢斯勒，眼睛却仍旧盯着显示屏。

"刚好17点10分。"他微笑着回答，"是的，刚刚你去卫生间的时候，我又给马丁打了一个电话。我告诉他我对你讲出了真相。希望你能够理解，他必须知道我们的进展情况。"

"是的，我能理解。"她有些尴尬地回答，"请原谅我。"

卢斯勒扯出一个勉强的笑容。

威特硕雷克在电话响过两声之后接了起来。

"您好，"希波乐一边说，一边发觉自己的声音又尖又细，"我是希波乐·奥利赫。"

"您好，奥利赫女士。卢斯勒已经跟我说过了，您可能会亲自给我打电话。他对您讲的一切都是真的。是因为我的个人请求，他才会这样做的。"

"其实，我从一开始就是相信您的，只不过……"

"谁要是撒过一次谎……我明白的，但我还是想请您千万不要跟任何人提起这件事。这件事实在是太机密了，完全不属于官方的行动，一旦被什么人发现的话，对我和他都会产生严重的后果。"

"我明白。"希波乐说道，"但是……我想，您大可不必有这样的担心，我又能跟谁说起这件事呢？"

威特硕雷克没有回答，而希波乐自己也不知道应该再说些什么，两个人中间出现了一小段沉默。

"那我挂了。"终于还是她打破了僵局。

"奥利赫女士，再见。"他挂上了电话。

希波乐将手机还给了卢斯勒，而后闭上了眼睛。

"我想知道，你是否有勇气去看她脸上的恐惧；
假如你摔倒，就站起来继续往前走。"

那场在王冠马戏团的演唱会。我要在那个陌生的城市，根据他们在我大脑里植入的信息找寻什么样的线索呢？我甚至都不知道我应该去寻找什么。我应该怎样做？什么都是黑漆漆的……而且——雪花屏。

有那么一瞬间，希波乐有了不一样的感受。她的眼前是一片穿过闭合眼睑的阳光，红彤彤的颜色，就像是有什么在剧烈地燃烧。她仿佛受到惊吓，一下子睁开了眼睛，然而却又不得不立即使劲闭上，因为突然出现的强光让她的眼睛有种被烧灼般的疼痛。

"她逃脱了吗？"希波乐听到一个低沉沙哑的男声问道。

"请您再等几分钟，然后我们就能开始了。"属于另一个人的声音，并没有第一个那么低沉。

她尝试着再一次睁开眼睛，这次她不必像刚才那样急着闭上了。要么是她已经适应了那种强烈的光线，要么是光线不像刚才那样强烈了。她似乎正以一种类似花园折叠椅的姿势斜躺在什么地方。她的周围被一圈脑袋围得严严实实，每个脑袋上的眼睛都充满好奇地盯着她看。那些嘴都在无声地一张一合，其中一张还流出长长的一道口水，就险险地悬在几乎碰到她脸的地方。那些人全都戴着绿色的面罩，她仔细看才发现是口罩，就像是医院里做手术的大夫们戴的那种。可是，她怎么感觉她看到了他们口罩下阴险的笑容呢？还有，那道口水是如何在口罩遮挡下流下来的？

她还在被这些问题所困扰，那些脑袋突然都向她压了下来。她没有一丝向后躲闪的空间，千钧一发之际，那些脑袋却一眨眼全都消失了，甚至连她头顶上悬挂的那盏灯也消失了。四周又一下子陷入了黑暗。"也许这样她就能逃跑了。"又是那个低沉沙哑的声音。接下来仿佛有什么东西刺穿了她的脑子，难以言表的炫目，熔岩般的灼热，它的速度好似闪电一般，然而却给她带来无以名状、难以忍受的痛苦。她甚至觉得她是被闪电击中了。虽然在这无边无际的黑暗中没有什么来干扰她，但她还是感到强烈的头晕目眩。就好像她坐着的这张歪歪斜斜的椅子正以某个看不见的东西为轴，越来越快、越来越快地旋转。她觉得她马上就要呕吐了，而且她也真的忍不住吐了，可奇怪的是，她却没感觉到嘴里存在过任何呕吐物。那种低沉沙哑的声音出现得更频繁了，相互交织，高低叠加，不但听起来异常可怕，而且还让她的疼痛感更加强烈。最后，所有的声音终于汇聚到一起，它们叫喊的内容也开始清晰可辨。有人突然用双臂将她抱紧，不断地叫着她的名字。她再也不能忍受了，终于在某一次叫喊之后睁开双眼……映入眼帘的却是卢斯勒充满焦急的脸。

"希波乐！你怎么了？"

"呃……"她疑惑地看了看四周。车厢的另一边，与她相对的位置坐着一位上了年纪的妇女，正毫不掩饰地盯着她看。

希波乐将目光转回卢斯勒的脸上，说道："我觉得，我刚刚做了一个噩梦。"

"你梦见什么了？"

那个梦简直太混乱了，她根本不想再提起。"我不太记得了，一堆人，他们好像想对我做些什么。还有一道极其炫目的闪电击中了我。"

"除此以外，你还能记起什么？"

她摇摇头。"没有了，什么也没有了。我……我只记得那种恐怖的感觉。"希波乐又看了一眼那个女人的方向,她还在直勾勾地盯着这边,于是希波乐转而问卢斯勒:"我是不是大叫来着,还是……"

"是的。刚开始你只是断断续续地呻吟,我最后叫醒你那会儿,你的确大叫了一声。声音特别大,我估计连列车司机都听到了。"

他露齿而笑。希波乐受到了感染,也禁不住微笑了。

车窗外是常见的列车沿途风景。飞驰而过的田野、偶尔一闪而过的电线杆,以及牛群。

"我刚才睡了多长时间?"

卢斯勒看了一眼他的手表说道:"大概四十五分钟的样子。"

"呃……那么我们应该马上就到了,是不是?"

"是的,还有二十分钟左右。"

希波乐抬手擦了一下自己的前额,发现她刚才出了不少的汗。卢斯勒将身子向前探过来,并把一只手放到她的小臂上,问道:"你怎么样,还好吗?"

"嗯,还好。我记得,我最后一次做噩梦的时候还只是个小孩子。"

"如果人们知道你前两天经历了什么样的痛苦的话,那么对你做噩梦这件事就一点也不会感到奇怪了。"

"这倒是实话。"她说。可她真希望自己从来没有经历过那样可怕的事情。

第三十二章

火车驶入慕尼黑火车站，轨道截止在候车大厅中央，轨道的尽头有两个巨大的弹簧，防止火车撞到站台边缘。再往前一些，便是一排又一排的商店、杂志报刊亭，以及小吃与饮料售货摊。

下车后，他们沿着铁轨朝火车站出口方向走去，经过了一个吸烟室。这个吸烟室与其他吸烟室看起来差不太多，只不过地上有一个用黄色颜料画的直径四五米的大圆圈。圆圈中间有一张高脚桌。桌子上有一个非常大的烟灰缸，上面写着"吸烟区"。

希波乐看到高脚桌边上站着的那些人贪婪地将手指间的小细纸卷放进嘴里，并大肆吞云吐雾，突然感到自己的身体发出了相同的渴望。她也想从包里掏出一盒香烟，加入那群吸烟的人。

她停下脚步，盯着那个烟灰缸看。

"怎么了？"卢斯勒已经走出了好几米，现在又不得不退回来问她。

"我……我是抽烟的。"

"什么？"

"我得说，实际上我是一个……一个烟瘾很大的人。"希波乐说道。一说完，她又将目光投回到那个烟灰缸上。

卢斯勒摇了摇头，用一只手抓住她的一条手臂往前拉，说道："那只不过是一种精神上的依赖。"

希波乐把他的手晃了下去，坚持站在原地不动。

"这个我知道。可是我从昨天早晨到现在，一根烟也没吸过，甚至根本没动过这样的念头。这怎么可能呢？即便是现在，我明明知道自己是一个烟瘾很大的人，可是我想，要是让我再次开始吸烟的话，我还需要仔细考虑考虑。因为我觉得那个味道让我恶心。这样的情况难道很常见吗？"

卢斯勒摆了摆手。"你觉得香烟让你恶心，这样的情况不但一点也不少见，而且非常多的人都有这种感觉。现在我们能继续走了吗？"希波乐不情愿地开始向前移动脚步。卢斯勒接着说道："已经快六点半了。我们最好还是先找到一家能过夜的旅馆。"

"不，我必须先去王冠马戏团。无论如何我都需要弄到一份那天的观众名单。然后我们再做别的事情。"

这时他们已经离开了火车轨道区域，差不多要走到火车大厅边上的出口位置了。

"希波乐，我并不是想给你泼冷水，"卢斯勒说道，"只是我并不认为会有那样的名单。"

"可我还是想试一试。"

"王冠马戏团的负责人到底应该从哪里弄到那样一份名单

呢？即使人们是在网上订购的入场券，并且在订购时输入了自己的姓名地址，我也不认为这些信息会被转到马戏团负责人那里。"

卢斯勒说得完全正确，这一点希波乐自己也非常清楚。可我是怎么得到入场券的呢？在网上订购的？我到底是否曾经在网上买过什么东西？

他们终于走到了火车站出口，来到了大街上。一个巨大的电子显示屏悬挂在他们对面的墙上，交替显示着时间与气温。屏幕上显示的温度是二十一摄氏度，可是希波乐却在想，到了晚上，她身上的短袖T恤跟薄针织衫一定不够抵御寒冷。

在他们左边有标记的区域停着一排出租车。大多数司机都让车窗大开，独自坐在车里看书或看报，也有一些司机聚在一起，聊天大笑。

希波乐目不斜视地走到停在这一排最前面的一辆出租车前，打开了后面的车门，坐到了里边的位子上。那位出租车司机则不紧不慢地将他手中的《南德日报》整整齐齐地叠好，又在卢斯勒坐到希波乐旁边时将它放在了副驾驶位置上。

"去王冠马戏团。"在司机向他们询问以前，希波乐就简明地报出了目的地。这位司机好笑地转过身来，看着他们说道："去王冠马戏团？那里距离这儿还不到一千米，走路顶多也就需要十分钟吧。您真的想让我开车把您送到那里去吗？"

"是的。我们现在能走了吗？麻烦您快一点。"

这个男人做了一个无所谓的表情，好像在说"随便，只要您愿意，反正那是您的钱"。

只用了三四分钟的时间,他们就站在王冠马戏团的主入场处了。涂着蓝色油漆的金属柱子撑起巨大的棚顶,入口处还有一大块长长伸出来的遮雨布,这样,观众们在天气不好的时候也能不受任何干扰地观看演出了。由大大的红色金属字母组成的马戏团名字在棚顶边缘围成了半个圆弧。下车前,希波乐随手给了那位司机一张十欧元的纸币,并听到卢斯勒对司机说,他应该在这里等几分钟,他们很可能马上就会坐车离开这里。

除了他们以外,没有人把车停在过夜的区域。希波乐站在原地,仔细辨认着周围的景物。

她能认出周围的景物。她甚至还知道,当许多人一起站在这里的时候,这里又是什么样的景象。她记得演唱会那天,外面人山人海,她感觉自己像一个十足的外乡人,有生以来第一次来到这种地方。

手背被什么东西轻轻地划了一下,希波乐吓得跳了起来。卢斯勒站在她身边,用眼神示意她进行下一步的行动。

入口处的门是关着的。可以想象这扇门的另一边一定黑漆漆的,他们即使进去也不会遇到什么人。可是即便如此,希波乐还是走到紧闭的大门前,伸手去拉那个巨大的门把手。门是锁着的。

"来看这里。"卢斯勒一边唤起希波乐的注意,一边用手指着一个挂在入口门边墙上与他视线等高的牌子。那上面写着,4月到11月马戏团巡演的这段时间,该建筑会在每天上午十点到下午五点,以及有表演的晚间开放。

希波乐放弃了之前的想法,也明白今天晚上是做不成什么事了,可是她对这样的事实却并不满意。她一边用手接连拍了好几次大门上的玻璃,一边还喊了好几声:"有人在吗?"

卢斯勒则站在距离入口大门几米远的地方,就那样袖手旁观地看着希波乐徒劳无功地折腾了好长时间。可是就在她要转身离开之时,门里面却亮起了灯。有人从里面把灯打开了。几秒钟后出现了一个身材瘦小、满头紫色大波浪卷发的老太太。她一脸的不高兴,眉头拧成了一个川字,大声地问道:"是谁在外面?你们大吵大叫地要做什么?"

一时间希波乐激动得几乎说不出话。"您好,我必须……必须跟您谈谈,请您将门打开。"

她一定是声音太小了,因为那个老太太正隔着门板和玻璃一脸茫然地看着她。希波乐清晰地大声重复了她刚才所说的话,这一次还加上了一句:"这件事非常重要。"

"明天早上十点钟。"老太太的声音听起来钝钝的。

"不,请您现在就开门。这件事非常重要!这是关于……麻烦您了,我的孩子失踪了,我需要您的帮助。"

希波乐几乎是在喊叫。她是那么大声,估计一百米以外的人也能清清楚楚地听到她所说的每一个字。现在她将自己的前额抵在冰凉的玻璃上,直直地看着门后那个突然站住脚的老太太。她能感觉到眼泪正沿着自己的脸颊向下流。好。眼泪来得正好。从她斜后方传来卢斯勒的声音:"你在说什么呢?难道你还在相信……"在听到那个老太太从门后边开锁的声音后,他停了下来。

希波乐并没有立即回答他的问话,而是向后退了一步,等待着。直到门从里面被打开,那个老太太终于站在了她的面前。

"您刚才在外边嚷嚷什么呢?"她呼噜呼噜地喘着气,皱着那本来已经布满皱纹的前额,这样看来,她眉间的沟壑似乎又深了一些。

"谢谢您能够出来听我说话!"希波乐飞快地擦掉脸上的泪水,"我急需一份两周前马费在这里开演唱会那晚的观众名单。"那个老太太就像看外星人一样看着希波乐,希波乐则急急地补充道:"这件事关系到我的儿子,卢卡斯。他失踪了。而那份观众名单或许能帮我找到他。您现在明白那份名单对于我来说有多么重要了吧?"

老太太先是把目光转向了一动不动站着的卢斯勒,而后又将目光调转回来看着希波乐。

"一份观众名单?那场演唱会的观众名单?想得倒挺好,可是我怎么才能弄出这样一份名单呢?说真的,从来就没有什么观众名单。"

老太太左右摇晃着她那满头紫色大波浪的脑袋。然后她一边从嘴里不停地发出啧啧声,一边转回身走了进去并在身后关上了大门。

希波乐觉得全身的力气都被抽光了,然而她并未表现出来。那个微弱的希望被残忍地撕裂成碎片,如同被大风吹散的纸牌屋。

249

她转向卢斯勒，朝他走了过去，将自己的脸埋在他的肩头，紧紧地闭上了双眼。

在这一刻，没有什么是她能够做的。也没有任何东西可以成为她的希望。

什么都没有。

她只感到无边无际的疲惫。

卢斯勒温柔地抚摸着希波乐的头发，并用肩膀将她稍稍顶离自己一些。"我们去找家旅馆吧。我想躺下睡觉了。"

重新坐上等在外面的那辆出租车后，卢斯勒跟司机交换了几句关于旅馆的信息，不过希波乐几乎什么也没听明白。她再一次闭上双眼，将自己的大脑彻底放空。

"明天咱们就回雷根斯堡，然后一起去拜访你的丈夫。我相信，真相一定会水落石出的。"卢斯勒看向希波乐，脸上挂着一个充满信心的微笑。然而在希波乐怀疑的目光下，他渐渐变得不那么自信了。

"好的。"她回答道，同时发觉这两个字所传达的信息很可能给对方带来了误解。

希波乐能明确地感到，慕尼黑这个城市在整场阴谋中有着至关重要的地位，她还不想这么早就离开这里，不过这个想法她是不会告诉卢斯勒的。她首先要做的事情是睡觉。

出租车司机把他们带到一家外观看起来维护得很好的旅馆。当他们在与大堂面积相比显得过大的前台登记入住时，希波乐任由卢斯勒与那些工作人员交谈，而她自己只是默默地站着。卢斯勒面带微笑地对站在接待台后的漂亮女士说:"晚上好。我们想订一个双人间,您这里还有空闲的吗?"

听到这句话,希波乐一下子清醒过来。"对不起,"她说,"我们要订两个单人间。"

前台那位小姐的脸上闪过一丝困惑不解的表情,不过基于职业素养,这个表情只是一闪而过,便立即被友好的职业微笑取代。"没问题,"她说道,"请稍等一下,我查一下系统。"

涂着红色指甲油的修长十指在电脑键盘上噼噼啪啪地敲了一通。短短几秒钟后,这位女士就告诉他们,旅馆中恰好还有两个空闲的单间。它们在同一层楼上,但是并不相邻。

"这没关系,我们就要这两个房间。"希波乐抢先回答道。卢斯勒无语地向后退了一步。

"好的。能请您填一下这张表格吗?"那位女士在接待台上放了一支圆珠笔跟一张表格。

希波乐飞快地填写着那张表格,但没有填那些身份证号的小方格。她把卢斯勒作为同行者填在表格中后,把那张纸又推了回去,她希望那位女士能对她所填写的内容感到满意。接着她说道:"我现在就付房费。"

根本没有顾及卢斯勒的反应,希波乐抢过账单,用现金付了房费,并附带一笔数目极其可观的小费。

十分钟后,希波乐叹息着将自己重重地摔在旅馆房间里的床上。疲惫的感觉在她的全身蔓延,并且缓缓地将她拖入睡梦的边缘。

她不能这么快就睡着，因为她跟卢斯勒说好了，在睡之前要去一下他的房间。他们两个人的房间之间还隔着三个其他的房间。

就在睡意越来越浓地包裹住希波乐的时候，她猛地睁开双眼，用强大的意志力强迫自己从床上起身。

这个房间布置得明亮又温馨。浅黄色与淡橘色相间的窗帘搭配浅金色的墙壁，使得整个房间显得充满阳光，甚至给人一种身处地中海的感觉。

希波乐深吸了一口气，然后一鼓作气地站了起来。

在浴室里，她匆匆看了一眼镜子，然后惊讶地发现镜中的那个人竟是如此陌生。

她不施脂粉的苍白脸庞就像是很多天没有睡过觉一样。毫无光泽的头发像枯草一样从头顶乱糟糟地垂下来。就连脖子上也显现出特别明显的皱纹。

希波乐拧开水龙头，将身体探到洗手池上方，用手接了些冷水抹在脸上。这一招倒是挺管用的，至少在短时间内能让她清醒一些。

她敲了一会儿门后，卢斯勒才过来开门。也许他刚刚在浴室里，或者又在给什么人打电话。

他将身体闪到一侧，说道："进来吧。"

希波乐打量着他的房间。这里的布置跟她的房间一模一样。张望了一圈之后，她选择坐到那张位于床与窗户之间、斜斜地放置在小圆桌旁边的舒适沙发椅上。

"我要在慕尼黑多待几天。"她不容置疑地对坐在床边的卢斯勒说道。

"可这又是为什么呢？你还想留在这里做什么？"

"这个我还不能告诉你，因为我自己也不是很清楚。这只是……一种感觉。我相信在这里，在慕尼黑，一定能发现一些与我的遭遇有关的线索。"

卢斯勒将身体又往前探了探，把手肘支撑在大腿上。

"那么你打算到哪里找呢？确切地说，你又打算找什么呢？你的想法简直太疯狂、太不切实际了。"

"你真的这么认为？我的想法有多疯狂？跟在我脑子里植入一个根本不存在的孩子一样疯狂吗？跟我自己的丈夫报警让警察来抓我一样疯狂吗？跟一个根本不认识我却信任我，还把他的同事派来保护我帮助我的警官一样疯狂吗？难道比一个凭空出现的老太太假装是来帮助我寻找那个根本不存在的孩子，其实却是什么秘密组织派来监视我的更疯狂吗？你真的认为这个想法比所有这些事情都疯狂吗？真的吗？你真的这样认为吗？"

卢斯勒重新坐直身体。希波乐知道，对于她要继续留在慕尼黑这件事，他感到非常不舒服。

"那么你想从哪里开始着手寻找呢？"

她耸了耸肩。"我还不确定，不过我能确定的是，我曾经去过在王冠马戏团举办的那场演唱会。而这就意味着，我并没有在某一个地方被连续囚禁了两个月之久，你明白我的意思吗？"

"你怎么能保证你明天就能突然回忆起你现在想不起的某些重要事情呢？"

"以我们在雷根斯堡看到的那张宣传海报为例怎么样？我也是在看到它之后，才想起我曾经去过马费的演唱会。"

他站起身来，来来回回地踱步，直到最终他的肩膀颓然地垂下，不得不用右手指尖不停地按压前额。

"好吧。"他看着她，"我不会让你一个人留在这里。我们一起留下来。"

"谢谢你。"

"好了。你想不想喝点什么？那个小冰箱里有好多饮品。"

"嗯，好的。"

希波乐看着他从冰箱里拿出一些小小的瓶子和几个迷你可乐罐，再将其中的液体倒在两个玻璃杯中混合起来。

然后，他将其中一个玻璃杯递给她。她把杯子放到鼻子底下闻了闻。一股浓烈的酒精味扑面而来。"这是什么？"

"可乐和一点干邑酒。"

希波乐不想喝酒。于是她别过脸去，想把那杯酒还给他。

"不，谢谢了。我更想要一杯不含酒精的饮料或者就是一杯水。"

卢斯勒把手放在杯子上，又将它递回希波乐面前。"你应该喝了它。里面只有一点点的干邑酒。不过却能让你安安稳稳地睡上几个小时的觉。明天我们肯定还有很多事要做。而你则需要睡眠来帮助你恢复体力。所以说，乖乖地喝了它吧。"

希波乐盯着那杯透明的棕色液体，努力回忆着，她最后一次喝酒是什么时候呢？跟艾柯去希腊餐厅吃饭的那一次，餐厅赠送的茴香酒……雪花屏。

卢斯勒依旧举着那个玻璃杯，同时还向她点点头以示鼓励，最后终于将杯子放回到她的手里。倘若喝酒的话，她一定会立即就困得不行，不过几个小时安稳的睡眠的确对她有好处。

卢斯勒微笑着举起他的那杯饮料，说道："预祝我们明天能够取得新的进展。"

希波乐把杯子放在嘴边，喝了一大口。一开始液体流进嘴里的强烈味道让她非常不舒服，但是酒精在食道中一路留下的灼烧感所带来的余韵又让她感到通体舒泰。她甚至感觉这种混合饮品非但没有让她困倦，反而让她变得更加清醒了。

卢斯勒把自己的杯子放在大腿上。

"好了，除了那场演唱会以外，你还能回忆起在慕尼黑发生的什么事情呢？"

希波乐聚精会神地看着漂浮在液体中的那个小小的气泡，一直到它最终破碎。

"我不知道。除了在这个城市里四处转一转外，我还没想到什么特别好的办法。也许我能看到什么可以帮我回忆起一些事情的东西，就像那张演唱会的宣传海报。"

"你心里清楚我是怎么看待你关于那场演唱会的记忆的。你并没有去过现场，你的记忆不过是你的想象罢了。"

"我知道。不过我的确去过那场演唱会的现场。"她反驳道。同时她自己也清楚,这样的口气让她听起来完全就像是一个跟大人顶嘴的十岁孩子。接连三大口,希波乐喝光了杯子中的饮料,酒精在食道中引起的灼痛感使得泪水充满她的眼眶。她把杯子递回卢斯勒的面前。

"能再帮我调一杯这种饮品吗?以便确保我真的能睡个好觉,而不是又想起什么被他们植入记忆的事情,怎么样?"卢斯勒没有反驳她,干脆地做了两杯同样的混合饮品。他递给希波乐一杯,接着坐回原来的位置,无语地碰了碰她的杯子。而她却无视他的忍让,继续挑衅道:"也许你真的应该回雷根斯堡。因为你认为我根本没在慕尼黑做过什么,我对慕尼黑的所有印象不过都是他们给我植入的幻觉罢了。你觉得这里反正不会出现什么能够真正让你,一个警察——哦,对不起,我是说,一个小小的非正式的兼职警察——产生兴趣的事。"

希波乐把玻璃杯放在嘴边,仰头喝掉了里面一半的饮料。几乎在饮料顺着她的喉咙滑下去的一刹那,酒精便开始发挥作用了。她觉得身体变得越来越轻松,思维变得越来越活跃,试图挣脱惯常逻辑的束缚。最关键的是这种感觉非常舒服,尤其是她能够感觉到在她的头脑中所发生的变化:在酒精的作用下,她忘记了那些所谓的良知,而发生在她身上那些无比荒谬的事情也没有那么难以忍受了。

"希波乐,我能够理解,你现在非常失望,但是……"

"我并不相信你能够真正理解我的感受。"希波乐直接打断他的话,"你也许知道如何利用那些陷入困境的人来达到你自己的目的。为了让职业生涯能够平步青云，你跟威特硕雷克警官，你们两个利用了我。正如你刚才的行为所证明的，你们根本不在乎我到底是怎么想的。"

"你这么说不公平。"

"不公平？你居然说我不公平？那你们对我又有多公平呢？"她的声音十分大，不过她根本不在乎，"你先是通过撒谎跟我搭上话，等你发现我对你根本不感兴趣后，就跟你的警官朋友里应外合地导演了一幕抓捕我的闹剧，当然你们还设计了让我逃脱的部分。但最后你告诉我，你对我讲述的关于你姐姐失踪的感人故事根本就是一个天大的谎言！现在你居然还敢跟我说什么公平？谢谢了，这样的公平我不稀罕，警察先生。"

希波乐怒气冲冲地站起身来，卢斯勒也同时站了起来。就在她想伸手推开他的时候，他抓住了她的胳膊。"别走！事实并不像你描述的那样。"

她刚刚说的不过都是气头上的话，说出来也是为了发泄。她尝试着将他的手从自己胳膊上甩开，在发现不能成功之后，她开始打他。

钳在她手臂上的手所施的力道越来越大。卢斯勒努力避开她的击打，不过她的巴掌还是响亮地落在了他的脸颊上。他闷哼一声，把另一只空着的手也伸向她，愤怒地将她拉向自己。一阵天旋地转之后，她感觉自己重重地撞到了他胸前硬邦邦的骨头上。她想叫喊，可是刚一张嘴，便有一对嘴唇落在了她的唇上。她死死地闭住自己的嘴，努力想将自己的胳膊从钳制中解放出来。可

257

他将她紧紧地禁锢在自己胸前,使得她根本没有任何得手的机会。终于,他的嘴唇离开了她的,他将自己的头向后仰了一些,距离恰好可以让他们望进对方的眼睛里。

"这是什么意思?"她气喘吁吁地责问,"马上放开我。"

卢斯勒笑了笑,然后他的嘴又一次压了下来,不过这一次他显得小心翼翼。希波乐想向后退,但是他的手臂将她抓得如此之紧,就好像一个巨大的钳子将她牢牢地固定在了那里。

就在他的唇还有几厘米就碰到她的时,希波乐放弃了挣脱出他怀抱的行为。当他的唇落在她的上面时,她屈服了,张开了自己的嘴。下一秒钟,她已经想不起来为什么刚才自己要那样反抗。

她闭上眼睛,就在那一刻,她心里的愤怒、恐惧以及怀疑都消失了。陌生温暖的呼吸像羽毛一样刷过她的脸颊。这一刻的感觉是如此奇妙,如此幸福,仿佛她之前未曾经历过任何不幸。

可突然间,希波乐的脑中闪现出一幅让她感到异常恐惧的画面——汉内斯……

希波乐猛地向后仰了一下头,挣脱出卢斯勒的怀抱。显然他完全没有料到她这突如其来的举动,以至于没能一下子抓住她。

"别这样,"她气息不稳地说道,"我们不能这么做。我已经结婚了。"

卢斯勒难以置信地看着她。"难道你愿意放弃余生所有的幸福快乐,就为了你那个不肯承认你身份的丈夫?"

希波乐觉得她一定是听错了。她希望她是听错了。"你刚才说什么？一个不肯承认我身份的丈夫？你到底是什么意思，卢斯勒？"

他喘息着从她面前走开一点，双手无力地垂在身体两侧。"我还能有什么意思，"他对着希波乐旁边的空气说道，就好像在她的旁边还站着一个人，"你的丈夫不想要你了，就因为你看起来跟他的希波乐完全不一样。他打了报警电话，希望把你关进监狱或者是疯人院。"说到这里，他将目光重新调到直视她的角度。"你认为你对这样的男人还要负什么责任？而在你面前却站着一个男人，一个……一个想要你的男人？"

希波乐本想对他怒吼。但是，他的回答似乎抽走了她全身的力气。"原来你是这么想的。"她轻轻地吐出了这句话。

她径自朝门口走去，在经过他身边的时候，她怕他再次将她抓住，便做好了反抗的准备，但他只是静静地站在那里。就在她要抓住门把手的时候，他突然在她背后闷闷地说："对不起，希波乐。我希望明天还能继续陪在你身边，好不好？"

她仿佛被定在了原地，一动都不能动。过了好一会儿，她抬手抹去了脸上的泪水。

她太累了。

第三十三章

汉斯得到了旅馆中的最后一个单人间。他房间所在的楼层比那两个人的高两层。

他在前台直接用现金把房费结清了。他本来应该向那个年轻的接待员解释，由于他明天一大早就要离开，所以需要事先结清房费，但他并没有这么做。除了医生以外，他从来不向任何人解释为什么他会做某件事情。而每一次当他需要报告的时候，就表示又有什么突发的不寻常事件发生了……

现在他坐在椅子上，斜斜地舒展开上身，将电话举在耳边。他正在聆听指令。

打完电话之后，他脱下了鞋，坐在床上。他把右边的裤腿卷上去，从绑在小腿上的一个皮质刀套中抽出一把匕首。他把匕首放在手掌上，欣赏着刀身反射到屋顶上的亮光。

这把匕首已经陪伴他很多年了。在他所拥有的一切都被夺走以后，它仍然留在他身边，就像是已植入他的身体一般不可分离。

就在前不久,他还在重伤的情况下,用它手刃了两个敌人。当时,他倒地的时候,这把刀掉转了方向,笔直地插进了他的腰部。就是那一次他负了非常严重的伤,以至于他的身体受到了不可治愈的严重伤害。从那以后,他再也不能享受肉体上的欢愉了。

正是由于这把匕首如此彻底地改变了他的人生,他才会选择在所有能改变他命运的时刻都使用这把匕首。

一幅画面在他的脑海中浮现出来。那是亚娜的脸。它显得那样的……轻薄易碎。汉斯能够如此清晰地看到她,就好像她本人站在他的眼前一样。他仿佛看到了她柔软的头发,还有她光滑细腻、瓷器一般的肌肤。

他满脑子都想着,她跟那个男人一同住在下面的楼层。虽然她要了两个房间,但是如果他……

为了找到匕首上的毛刺,汉斯将它的侧面在下半个手掌上蹭来蹭去,还用拇指的指甲检验刀锋是否依旧锋利。直到他终于确定这把匕首完全保持着平滑锋利的状态,才又将其插回到右小腿上的皮质刀套里,然后仰面躺在床上。

明天将是对亚娜·多伊进行实验的最后一天,医生刚才那样说。汉斯将见机行事,他有权决定事情发展的方向。

不,亚娜将决定……他该如何行动。因为对于医生来说,她的存在便昭示着一种危险。

第三十四章

她第一次醒来时，是凌晨两点钟。她是被一阵来源不明的噪音吵醒的，可是那种噪音在她醒来以后就消失了。虽然她很快便再度睡着，但是每隔半个小时，她就会被惊醒一次，而大多数时候都满身的冷汗，就像刚刚洗过澡一样。熬到快七点钟的时候，她索性起了床。

昨天晚上从卢斯勒的房间回来后，她只是从浴室中的一个草编小筐里，在针线包、牙膏、沐浴液、肥皂等众多东西中拣出来一把印有用花体字母拼写的旅馆名字的牙刷，草草地刷了牙齿之后就上床睡觉了。几乎头刚沾到枕头，她就睡着了。

此刻，在浴室中，她打开了水龙头。冷水哗哗地流进她拢成碗形的双手，她把脸深深地埋了进去。冰冷的水温让她完全清醒了，不过她看起来仍然十分糟糕。双眼下严重的黑眼圈以及苍白如纸的脸色不仅让她看起来比实际年龄大很多岁，而且还显出一副恹恹病容。除此以外，她的头疼得好像有一把锤子在里面用力地敲，不用问，这一定是昨夜饮酒过度的缘故。

在离开浴室前，希波乐又用冷水洗了两遍脸。穿好衣服后，她突然觉得，一件新T恤应该会让她看起来好一些。

她站在窗边，将厚重的窗帘稍稍往边上拨开了一条缝，透过窗玻璃查看大街上的情况。

随着秋天的脚步越来越近，天亮得也越来越晚了。不过她还是能够确定，这个早上的天气是阴云密布。一片阴沉沉、雾蒙蒙的感觉让街上房子的前庭都染上了一股凄凉惨淡的味道。那景象就像是做灰效果的电影镜头，或者像是人们在一幅草图轮廓中填涂了太多的色彩，以至于它们相互叠加，最终变成一片脏兮兮的灰色。

这色调跟她的心情倒是十分相符。

好吧，那么你现在想做什么呢？希波乐·奥利赫，想做什么？

什么都不想？

她什么都做不了，除了在这座城市里像只无头苍蝇一样盲目地穿行，并且希望看到什么能够帮她回忆起关键线索的东西，就像她在雷根斯堡看到的那张马费演唱会的宣传海报。但是，再次发生这类事件的可能性到底有多大？还有，她的确曾亲自到场观看那场演唱会的可能性有多大？她心中对此事早已不像前一天那样确定无疑了。

也许卢斯勒说得没错。也许她真该回到她所熟悉的地方，回到雷根斯堡，至少在那里她有可能找到一些线索。

倘若可以说服卢斯勒和威特硕雷克警官,请他们一同设法向汉内斯和艾柯证明她的身份,那么她找出真相的机会就增加了很多。老天爷啊,这一时冲动来慕尼黑的主意是多么愚蠢啊!

她现在主意已定,卢斯勒一定会为这个决定大大地松一口气。她转身离开窗边,看了一眼时间。他肯定还在睡觉。

卢斯勒,你昨天晚上究竟在想什么?你到底是什么人?

希波乐的目光落到房间里一台固定在墙上的小电视机上。遥控器就在电视机下方的五斗柜上,跟旅馆的宣传单和信纸放在一起。

她打开了电视,一个频道接一个频道地换着。其中一个频道播放的是含有慕尼黑当地新闻的早间节目。她手里拿着遥控器坐回床上,背靠着床头,并将双腿蜷缩到胸前的位置。

那位女播音员正在报道,一个醉酒的慕尼黑人失足落入地铁轨道,被一辆正在行驶的地铁列车撞成重伤。这个年仅二十九岁的伤者是否是从啤酒节回来后又在哪家酒馆继续喝酒才醉成如此模样,警方并没有说明。该人出事后的血液酒精含量居然高达千分之二。他是今天早上五点在弗劳恩霍费尔大街站等地铁的时候失足掉下去的。下一条新闻。

背景画面中是一个光头男子,他双手握着麦克风,把脸皱在一起的样子就好像刚刚咬了一口极其酸的柠檬。女播音员说这个男子是来自R.E.M乐队的米夏埃尔·史蒂普,他曾在奥林匹亚体育馆开过演唱会。这次他作为特邀嘉宾在慕尼黑啤酒节上表演节目。

她将遥控器对准电视机,正准备再换一个频道,一个新的画面切入进来。画面上有三个男人,其中两个穿着白大褂,而中间的那个则穿着一件红色的Polo衫。他有一头灰白色的头发,笑得志得意满。

这张照片还有一个大标题:人脑研究的重大突破。

她放下遥控器,聚精会神地听着电视里的新闻报道。那是一家名叫克莱伯迈德的慕尼黑微型系统公司。这家公司专门生产制造高科技医疗器械。最近他们成功地研发出一种能够治疗创伤性心理疾病的方法。该研究小组由戈尔哈德·哈斯教授——照片中间的那位——率领,研制出了一种前所未有的、通过有选择地帮助病人屏蔽头脑中的部分记忆来治愈疾病的尖端技术。

女播音员继续报道,在一个治疗案例中,小组研究成员成功地将一个人在幼年时期由于一场事故而失去双亲的记忆在其大脑中屏蔽掉了。慕尼黑大学附属医院神经科主任哈斯教授采用了克莱伯迈德微型系统公司所研制出的医疗设备为其治疗之后,那个几乎沉默了二十年的人终于再次开口说话了,而且他的整个身体状况也开始出现好转的迹象。

一条视频短片穿插了进来。一位女记者站在一幢玻璃大楼前报道。这家由著名神经学家哈斯教授所成立的公司,在多年前就与慕尼黑大学附属医院联合,专门研究治疗创伤性心理疾病的办法,并在最新阶段取得了标志性的巨大成功。

简单地说,就是大脑中某一种负责长期记忆的酶被惰化。通过使用克莱伯迈德公司研制生产的一种精密仪器,可以断开这种酶与大脑神经之间的联系，从而使得这些记忆不能再被唤起。

在这位女播音员报道的过程中，很多男男女女经过她的身边走进那幢大楼，他们中的大多数都好奇地看向那些来自电视台的人。就在这时，一个瘦瘦的男人透过电视机的屏幕看向希波乐。

希波乐惊呆了。

她坚信，她的心脏在那一刻停止了跳动。

那个男人，那个刚刚出现在电视机屏幕上又立即消失的男人，是……穆尔豪斯医生。

怎么会这样？

她揣着擂鼓般跳动的心脏从床上滑了下来，遥控器也掉在了地板上，她却根本没有精力再去注意这些。她的双手颤抖得那样厉害，以至于不得不费了好大的力气才将放在信纸旁边的铅笔拿在手里。在歪歪斜斜地写下克莱伯迈德公司、哈斯教授后，她再次看向电视机，可是有关那则新闻的报道已经结束了，现在女播音员所报道的是关于州议会选举的新闻。

有那么一小段时间，希波乐无助地站在原地，任由混乱的思绪毫无章法地在她的头脑中炸开，然后她冲出了自己的房间，冲向几米外卢斯勒的房间。在到达房间门口的时候，她收住了脚步，大口大口地喘气，并且用手掌用力地拍门。一阵噪声，一阵闷闷的拍打声，却非常之响，不过无所谓了。毕竟，终于……终于一个真正的线索出现了！"卢斯勒？"

她把一只耳朵贴在门上，但是房间里面什么动静也没有。她又敲了敲门，这一次是用攥紧的拳头。但卢斯勒的房门依旧紧闭，然而隔壁房间的门却开了。一个上身仅着背心，下身穿着西裤的胖男人，一脸肥皂沫站在他房间的门口，含糊不清地对她说："您这是折腾什么呢？能不能动静小点儿？"

在她能够说什么之前，那扇门就又关上了。

希波乐有点儿掌握不好尺度了。那个男人抱怨的时候怎么好像底气不足？

她又看到了穆尔豪斯，卢斯勒必须马上醒来。

她再一次擂鼓般地捶着房间的门，同时嘴里还叫着他的名字。房间里面还是没有任何动静，她转过身来，背靠着门板，改用脚跟踢门。她甚至在心里算计着，随着她每踢一下门，隔壁屋里的那个胖男人一定会更生气一些。不过那个男人并没有再次现身，取而代之的是从楼下上来了一位女士。她大步朝希波乐的方向走了过来。这时希波乐才看清，那位女士穿着一条绿裙子和一件白衬衫，大概跟她差不多大，从她的着装可以看出，她是旅馆的工作人员。她满脸不解地停在了希波乐面前。

"非常抱歉制造了这些噪音，"希波乐飞快地说道，"但是我非常担心，也许我的朋友卢斯勒先生出了什么事情。能不能请您帮我打开这个房间的门？"

那位女士一边用手来回搓着脑门，一边盯着紧闭的房门，好像这样就能看到门后发生的事情一样。

"您不能在这个时间弄出这么大的噪音。这里还有想继续睡觉的客人。您怎么能够确定卢斯勒先生出什么事情了呢？"

"我根本就叫不醒他。"

267

"那就说明他睡得很沉。"那位女士不耐烦地说。

"但是……他病了,"她反驳道,"他有时会突然……生病。非常危险。请您帮我打开门,我必须马上查看他的情况。"

这一说法终于起作用了。那位女士睁大眼睛看了她一会儿后,点了点头,说道:"请您稍微等一下。"

几分钟后,那位旅馆的女工作人员拿着一把拴有一个黄色塑料牌的钥匙回来了,她打开卢斯勒的房间后,往旁边跨了一步。

希波乐毫不犹豫地冲进房间,而后立即惊呆了。床上明显有被人睡过的痕迹,但是已经空了。她把脚迈向浴室。浴室的门开着一道宽缝,里面黑漆漆的。"卢斯勒?"她一边叫着,一边将浴室的灯打开。根本没有人在——可是这么早他会去哪里呢?

"您就没想到您的朋友根本不在这里?"那位旅馆女工作人员多此一举地问。

"您要相信,倘若我能想到他已经不在这里的话,怎么还会这么疯狂地敲门,以至于几乎要吵醒旅馆里一半的客人?"她盯着那张被弄得乱七八糟的床说道,"也许他是睡不着,出去走走了呢。"

"是的,很有可能,"那位女士说,"我想我们现在可以从这个房间出去了。"

"我很愿意就在这里等卢斯勒先生回来。"

"非常抱歉,这不行。我之所以打开房间的门,是因为您说……好像房间里面发生了紧急的情况。请您跟我出来。"

"请稍等一下。"希波乐说完便抓起一支笔,在旅馆的信纸上写道：

请立即来找我。我在电视上看到了那个绑架我的男人。
克莱伯迈德微型系统公司。

希波乐

回到她自己的房间后，希波乐给雷根斯堡的刑侦大队打了电话，请他们为她接通威特硕雷克警官，可是却被告知，八点到九点之间他必须在所辖的领域巡逻。

接下来的半个小时，她开始不断地在众多电视节目之间来回切换，希望能够再有机会看到关于克莱伯迈德微型系统公司的报道，但是却一无所获。

七点半刚过，她便拿起了放在五斗柜上的钥匙，又摸了摸裤子口袋中被揉得皱皱巴巴的钞票，离开了房间。

前台坐着那位给她打开卢斯勒房间门的女士。她现在看起来友善了许多。"您的朋友回来了没有？"

"没有，他还没回来。我能不能给他留个口信？"

"当然。"她低头打开一个抽屉，并从中拿出一本便笺簿，希波乐则从前台桌子边上的一个小筐中拿出一张写有旅馆名字和地址的卡片，并把它装进了衣服口袋里。然后她接过前台那位女士递过来的便笺簿、圆珠笔以及一个小信封，又问道："我还有一个问题，您是否刚好知道克莱伯迈德微型系统公司在哪里？"

"克莱伯迈德？"这位女士看起来在努力思考，"嗯，这个名字我好像在哪里听说过。我可以帮您找出这家公司的地址。"

"它好像在奥宾区,在博登湖大街上。您还是帮我叫一辆出租车吧。"

奥宾区?在博登湖大街?你是从哪里知道这些的?从那条电视新闻中!可是……他们并没有说那家公司的地址啊……无所谓了,我必须去那里看一看!

她一边哀叹,一边用笔在纸上写道:

卢斯勒,我正在去奥宾区的路上,我要去找克莱伯迈德微型系统公司。我在那里看到了那个男人。我晚一些的时候再试试给威特硕雷特打电话。请尽快来找我。

希波乐

她把折好的纸条放进小信封中,又将小信封封好,最后用大写字母在信封上写下克里斯蒂安·卢斯勒的名字。就在希波乐将这些东西递给前台的那位女工作人员时,她对希波乐说:"您要的出租车两分钟后就到。您说得对,克莱伯迈德微型系统公司的确在奥宾区。"

五六分钟以后,出租车到了,而这段时间对于希波乐来说显得无比漫长。

时间流逝得如此之慢,在她就要排除最后一个障碍、揭开真相的时候。

第三十五章

能够再次单独行动，汉斯非常高兴。他一点都不喜欢协同作战，也不喜欢商讨，更不要提跟那些自以为是总是对他指手画脚的人一起了。不过医生说过，他必须跟罗伯一起工作，好吧，那么他就那样做，即便他对那个家伙难以忍受，单单是他明明叫罗伯特，却让人们叫他罗伯这一点就难以忍受。

刚刚早上七点，他就站在汉斯房间门前报告事件的进展了，其中包括汉斯已经知道和不必知道的细节。

汉斯非常想问问他到底有没有碰亚娜，不过最终没有那么做。倘若得到的回答是肯定的，那他该怎么办？

现在罗伯肯定正坐在他的房间里跟医生通电话。汉斯完全无法理解，为什么医生会信任罗伯这个家伙。当然，客观存在的原因他是知道的，但即便是在理解的基础上接受那个原因，他也做不到。

他抬手看了一眼内嵌LED灯光显示功能的手表。差十八分钟八点。八点整的时候医生会给他打电话。

又有人在敲那扇门了,这次是一连好多下,声音又大又没有耐心。

汉斯打开门,罗伯再一次站在他的面前。他把一张纸条举到他的眼前,从他脸上的表情就知道不是什么好消息。

"她进了我的房间。谁知道她是怎么进去的。看看这个。"

汉斯接过那张纸条,读着上面手写的句子。他再次抬起眼睛的时候,罗伯说道:"她不在她的房间里。我能够想象她现在到底要做什么。"

汉斯把那张纸条还给他,平静地问道:"你通知医生了吗?"

"通知了。我一发现她不在她房间里,就给医生打电话了。"他用自己的手指拢着头上的长发。汉斯发现,这个平时爱摆酷的罗伯现在显得非常紧张。不过他完全有理由紧张。就在他在楼上跟他商讨的时候,亚娜·多伊逃跑了。

"倘若她认出什么来的话,我们就有麻烦了,罗伯。医生说什么了?"

"我们应该把她制伏。你应该把她制伏。"

汉斯点了点头。是时候了。

第三十六章

她必须穿过整个慕尼黑,可若想在上班高峰期完成这件事,却需要耗费更多时间。她所乘坐的出租车每次只能以步行的速度走上五十米,最多一百米,就又得停下来,等上好几分钟后才能往前继续行驶。然而,每过一分钟,希波乐就会更加紧张一些。她手里连一部手机都没有。这样的话,她就不能在需要的时候联系威特硕雷克。现在剩下的唯一希望便是卢斯勒能看到她留给他的字条。除非——

"对不起,"她对出租车司机开口道,"我有一个请求。我有非常紧急的事情,必须马上给一个朋友打电话。可我忘带手机了。您能不能将您的手机借我用一下呢?我可以多付给您十欧元。"

那个司机从后视镜中吃惊地望着她,不过,那十欧元显然对他构成了诱惑。

"当然,"他说道,"只要是德国境内的电话,而您打的时间也不是很长的话。"说罢,他从方向盘旁边的小储物柜中拿出了自己的手机，并将它递给希波乐。希波乐谢过他以后，将身子侧了过来，以便能在裤子后面的口袋中掏出那张写有电话号码的纸条。

两分钟后，她将那部手机以及一张皱皱巴巴的十欧元递给了出租车司机。她在电话中得知，威特硕雷克警官仍旧未回警局。

出租车又行驶了半个小时以后，终于拐进了一个立着印有"克莱伯迈德"字样的深蓝色牌子的停车场。希波乐付过车资后，揣着一颗怦怦乱跳的心走下车来。

那幢建筑是一座非常长的三层大楼。除了个别的几处是用混凝土建造的墙质结构以外，整幢大楼都是用玻璃围成的。天空依旧阴沉沉的，楼里面只有一些橙蓝两色相间的百叶窗半拉下来。

整幢大楼给人的感觉是气度不凡又不失细腻，但是当人们盯着它看的时候，却依旧不免心生恐惧。在大楼的入口处，是一扇巨大的玻璃自动门。这扇门希波乐在电视新闻中已经见过了。她强迫自己走进那扇就像一张大笑的嘴一样向两边自动打开的门，这时有两个女人一边激烈地讨论着什么，一边从门里走了出来。

一种奇特的感觉在希波乐的身体中蔓延开来，有什么东西就像一层薄雾般将她的感官与外界隔离开来。就像昨天……就像——回家——的感觉。

她不由做好了随时都会有认识她的人从那扇门后走出来的心理准备。也许是艾柯？或者是汉内斯？汉内斯没准儿跟克莱伯迈德有什么关系呢！

胡思乱想！现在别把什么都搞得一团糟。

她转过身来，发现那辆出租车转眼间便从停车场消失了。她的脑袋里突然冒出一个奇怪的念头，她隐隐觉得这里马上还会出现一辆出租车，而卢斯勒就坐在里面。她应该等他吗？

可是，她凭什么确定他一定会出现呢？假如还要一个小时以后，他才会回到旅馆，并看到我的留言，我又该怎么办？不，不，这么长的时间我可等不了。我现在就自己一个人进去，不需要你陪伴，克里斯蒂安·卢斯勒。

正如希波乐所预料的那样，大楼的前厅十分宽敞，面积至少有两百平方米。内嵌金粉的大理石地面气势磅礴地一直延伸到门口。上面那两层楼每一层楼道的尽头都有一个画廊。每一个画廊内都有一大片用上等木板镶包而成的墙壁。在每一面木质墙壁上又都嵌有一面巨大的镜子。因此阳光在这个空间里被来来回回多次反射，以致即便是在这样阴沉沉的天气里，这里依旧充满了柔和的光线。大楼最下面一层同样有这样一面巨大的木质墙壁，入口处的那两扇自动门就安装在这面墙壁上。

密码是53798，她想，并且在下一个时刻质问自己，她的理智是不是终于开始一块一块地碎裂了。密码是53798？

她再次转过身来，发现那个坐在接待处宽大桌子后面的男人正一边打电话一边盯着她看。他看起来大概快五十岁了，身上穿着一件白衬衫，戴着一条蓝领带。金色或者是浅黄色的短发在他窄长的头上根根向上竖起，就像是刺猬背上的尖刺一样。这头发染得真是失败啊。

他看向她的方式一点也不友好，绝对不是那种"我能为您做什么"的询问式眼光,准确地说倒像是一种评判的眼光。这让她感觉非常不舒服。不过最终她还是决定迎着那个男人的目光走到前面,并尽量摆出一副友好的笑容。就在她快要走到他面前的时候,他挂上了手中的电话。当她直直地站在接待处的桌子前,距离近得甚至能看清他脸上的所有细节时,他一脸期待地望向她。难道他这个表情是想说,他似乎觉得他认识我——又或是,他期待我能够认出他来?

"我能为您做什么吗?"这时他用标准的接待员口吻问她。

"也许。"她希望他看不出她的紧张。

"我偶然在电视上看到了关于克莱伯迈德公司的报道。在那则报道中,我认出了一个人,他前些时候曾经给过我非常大的帮助。我还没有机会向他表示感谢。等我找到他之后,便会向他补上我的谢意。遗憾的是,我并不知道他的名字。他大概五十岁左右,头发是黑色的,很可能是这里的一名工作人员。"她又考虑了一下还有什么是能够向这个男人讲的,"啊,对了,他非常瘦。"

"呃……"这个金头发的男人说道,"这可不容易。这里有很多工作人员。而一位来访者……"

他突然停了下来,越过她看向入口处。在她准备转身并随着他的视线一同看过去之前,她听到有人正在背后叫她名字。那个声音她十分熟悉。希波乐猛地转身,当她看到卢斯勒大步向她走来的时候,她恨不得大叫,以表达自己终于松了一口气的兴奋。

"谢天谢地,你能够赶来真是太好了!可是你早上到底去哪里了?"

卢斯勒在希波乐与前台接待处的那个男人之间来来回回看了好几眼之后,把手放在她的胳膊上,说道:"早上咱们前后脚错过了。现在咱们先从这里出去吧。"

"但是……"她刚开口,却又在他恳求的目光下收回了要说的话。

他对着前台接待处的男人略微点了下头,说:"请您原谅。"然后就把希波乐拉了出去。

她必须极力控制自己才能保持安静。

在他们距离那扇玻璃门还有几米的时候,它就打开了。这时一个年轻的女人从外面走了进来,看到希波乐的那一刻,她大声地叫起来:"丹妮?丹妮,你是不是丹妮?"

希波乐糊涂了。她根本不认识这个女人。为什么她把我叫丹妮?"不,我的名字是希波乐。希波乐·奥利赫。对不起,我想您是认错——"

"是的,您肯定是认错人了。"卢斯勒烦躁地打断她,并用手推着希波乐的背,催促希波乐继续向前走。

"非常抱歉。"希波乐对那位年轻的女士说道,眼睁睁地看着她脸上的表情从激动变成失望。

没有再多说一个字,希波乐便随着卢斯勒走出了那幢大楼。在入口处的自动玻璃门随着电流声在他们身后缓缓合上以前,希波乐就向卢斯勒开火了。"天哪,你今天早晨到底到哪里去了?那个男人在这里工作,这一点我能保证。我在电视节目里看到他了！咱们得马上再进去。真好，你现在到底还是赶来了。我自己一个人的话也许根本没有机会。你跟你的同事汇报过了吗？我在过来的路上曾给警局打过电话，但是他不在办公室里。你能不能现在直接给他打个电话？卢斯勒？"

"马上。咱们再往前走几步再说。"

她不耐烦地跟在他的身后。他们经过停车场，然后他又带她绕过了这幢大楼的侧面。"我想看看这栋楼的背面是什么样子，"他解释道，"为了以防万一。"

背面？他们每向前多走一步，希波乐就觉得情况变得更奇怪一些。"卢斯勒，请你现在就告诉我，你今天早上到底去了哪里？"

卢斯勒脸上的表情变了变，希波乐却一点也不喜欢他这样的表情。他的嘴咧出一个近似无耻的笑容，说道："我去见了一个人，他马上就会来这里帮你解决所有的问题。"

他所说的话，希波乐一个字也听不懂。不过她心里却隐隐地升起一股恐惧的感觉。

"但是，怎么……我的意思是，到底谁能解决我所有的问题呢？又是从哪里——"

"早上他跟我在一起。"一个令她遍体生寒的声音从她背后传来，打断了她的话。她转过身去，盯着那个声音的来源。她看到了一双没有感情的眼睛，而那正是她在通往慕尼黑的城际列车上就已经见过的那双眼睛。她与这个男人之间的距离最多只有一米。他只比她高出几厘米，现在正用那双眼睛一眨不眨地盯着她。希波乐想大叫，但是在这样的时刻，她根本张不开嘴。一种从这个男人身边逃跑的冲动瞬间占据了她的全身，可是眼下她的腿却根本不听大脑的指挥。

他张开那张薄薄的嘴唇，说道："你好，我的名字叫汉斯。现在我们可以一起进去。有人正在里面等着你。而你最好不要做出什么反抗的行为。"

为了强调他刚刚说的话，他举起右手中的一把刀，并且用手指在刀刃上弄出令人毛骨悚然的声响。在看到这个凶器后，她终于放弃与他对视，并不由自主地向后退了一大步。但后退的这一步使她撞到了卢斯勒，她飞快地向他转过身去。他依旧保持着刚才的笑容。"卢斯勒。"她向前迈了一步，就在她说出他名字的这一刻，她终于完全明白了现在的情况到底意味着什么。

"你？"她的腿不听她的使唤，不过她并不在乎。

在她倒地前，他一把抓住了她的胳膊。那个令她恐惧的声音又在她的背后说了些什么，不过她一个字也没有听清。但她不在乎。现在她什么都不在乎了。这两个男人正把她架在他们中间，向前拖着走。

她紧张地四下张望了半天，但周围的一切与眼下正在发生的事情并没有任何关联。

不知什么时候，他们终于停了下来，而她则闭上了双眼。

一只手放在了她的下巴处，强迫她抬起头来。

"我们现在要放开手了。"一个声音说道。她想，这应该是卢斯勒。

"你吻过我,"她说,"你吻过我两次。为什么你要这样对我?你怎么能够这样对我?"

"我还能做更多事呢。"他回答道,"我的意思是,要是你当时不那么扭扭捏捏的话。"看起来这件事情让他觉得十分有趣。

"我已经……结婚了。"她说,就好像她必须在眼下这个荒谬的时刻在那个男人面前撇清什么一样。

"傻死了,你!"他大笑着说道。

希波乐的身体紧缩到一起。"傻死了?这话到底是什么意思,卢斯勒?"

"医生还等着呢。"那个有着一双死鱼般眼睛的男人在她身后说道,并再次将她挟持在他的胳膊下面。不过他并没有使劲,这样他的钳制便不至于弄疼她。希波乐感觉自己的力气又逐渐回到了身体中,叫嚣着挣脱那个人。但是卢斯勒却在另一边也紧抓着她的胳膊。这就使她什么也做不了,最终还是放弃了。

他们在这幢大楼的角落处拐了个弯,又沿着楼后面走了一段距离。然后他们经过一扇无论宽度还是高度都能通过一辆大货车的大门,最后停在了一个窄窄的小门前。卢斯勒将一把钥匙插进门上的锁孔,但并没有拧动。他又向前走了一步,抓紧那把钥匙左右拧了又拧,可是那扇门却依旧纹丝不动地紧闭着。

"这到底是怎么回事?"他喘着粗气,一遍遍地用力拍着门板,"哪个白痴从里面把钥匙插在门锁里了?人都跑哪儿去了?"

他转过身,对那个死鱼眼男人说:"你从前面进去,再把门从里面打开。"

"为什么我去前面？你去。我会在这段时间看着亚娜的。"

"亚娜？"希波乐问道。她从来没像现在这样觉得事情还能够荒谬到如此程度。"为什么是亚娜？"

没有人注意她。

"我来看着她，"卢斯勒恐吓道，"不能让她像今天早晨那样，又偷偷地溜走了。"

他的声音变得又高又尖，汉斯却依旧不紧不慢地用沉静的声音回答道："你可是跟她住在同一层。"

"但我的任务只是观察她，而你才是那个负责让她不做出什么傻事的人，难道不是吗？"

他的脸变得通红。突然，他从背后抽出一把手枪。在他将枪口指向她的腹部时，希波乐尖叫出声。

好几秒钟的时间里，两个男人只是互相看着对方。最后汉斯开口道："你是知道的，医生还需要她。假如你对她做出什么出格的事情，我就杀了你。"

他说完后，便转身走了。站在原地的两个人一直看着他的背影，直到他在大楼的转角处消失不见，希波乐才转向卢斯勒，看着他那张面无表情的脸。显然，他对那个人的威胁感到害怕。

"为什么他叫我亚娜？"

"哼，亚娜·多伊。"他好像回过神来了，因为那种下流的笑容又出现了，"别跟我说你从没听说过这个名字。在美国，他们对无法确定身份的女性尸体都这么叫。"

女性尸体。希波乐感觉自己的膝盖又软了，可是她并没有对此多加关注。倘若昏倒的话，她就会倒在地上。不过那又怎么样？

"你对我讲的那些事情里，有没有哪一件是真的？"她问道。卢斯勒又冷笑了几声，说道："哪一件是真的，让我好好想想……呃，对了，我对你讲的事情中，关于我们对你所做的那些事情，绝对是远远不符合事实的，不过我们的确对你的大脑施加了影响。我们到底具体是怎样——"

旁边斜蹿出一道影子，停在了卢斯勒的身后。一只手猛地从后面打向卢斯勒的脑袋，他大叫出声。一个东西马上抵在他的后脑上，用力向下压去。"别动！"一个声音严厉地说道，"只要稍微动一动，我就不客气了，王八蛋。"一个熟悉的声音。希波乐感到一阵晕眩。她只能看到那个人身上的一小部分衣服，以及一块带白色图案的绿色头巾。罗丝！

卢斯勒像被钉住般站在原地，动也不敢动一下，直到一只布满雀斑的手从他身后绕到前面来，小心翼翼地取走了他手里的枪。

就在那个武器不再指向她的第一时间，希波乐飞快地向后撤了一大步。这时另一只抓着一截树枝的手出现了。那个人现在将树枝扔到一旁，换作用卢斯勒的手枪顶着他的脑袋，接着飞快地扯下头上的围巾，露出里面的满头红发，跟希波乐第一次看到时一样。

"罗丝，"她喃喃道，"你是怎么……"

"我的孩子，"罗丝说道，"你真的以为我会对你的安危置之不理吗？"

"但是……"

罗丝摆了摆手。"以后再说。先说说——你儿子怎么样了？"

"我的……我根本没有儿子。"希波乐一边说，一边感觉眼泪迅速地充满了眼眶。

"什么？"罗丝惊讶地睁大双眼，"你真的确定？"

希波乐犹豫了一下，最终还是肯定地点了点头。

"这都是怎么回事啊？你必须详详细细地讲给我听。不过咱们眼下必须得在那个'僵尸'回来之前先离开这儿。地上的这个家伙咱们带上。"

罗丝把那把手枪从卢斯勒的头上拿开，改为顶着他的后背。由于罗丝的动作一点也不温柔，希波乐能够看到他脸上由于疼痛而扭曲的表情。

"把你手里的武器拿开！你们根本连一公里都走不掉！汉斯肯定会挥着他的匕首，一边享受，一边把你们切成一片一片。"

"你知道我正在好奇什么事情吗，王八蛋？"罗丝不为所动地回敬，"你话说得这么大声，怎么浑身哆嗦得跟筛糠似的。难道你觉得冷吗？"

希波乐依旧没有明白到底都发生了什么事情。她脑子里短路的那根弦还没有完全接上。

"罗丝，我以为，你已经……噢，我的天哪。罗丝，我……我真对不起你。"

罗丝摇了摇头，又用闲着的那只手使劲打了卢斯勒的肩膀一下，然后指了指停车场边上那辆黑色的雷诺小汽车。

"去那边！赶紧走，快点儿。"

希波乐恍恍惚惚地跟着这两个人。就在他们走近那辆车的时候，罗丝把车钥匙交给卢斯勒，说道："你来开车。我就坐在你后边，用这把枪指着你的脖子。我明明白白告诉你，对于那种跟女人动手的混球我已经忍够了。我一点也不在乎往你的脑袋里射一颗子弹进去会有什么后果，因为你就是个坏人。倘若我打死一个坏人，我所做的不过是自卫而已。听明白了没有？"

第三十七章

汉斯愤怒了。

你吻过我,亚娜说。而罗伯说他还会做更多的事情,假如她不是那么扭扭捏捏的话。她拒绝了他。

轻薄易碎。这样的想法在汉斯脑中一闪而过。仅仅是一瞬间的事情,接着他重新想到罗伯。

不仅仅是因为他曾想侮辱亚娜,还因为他在她面前对他的不尊重。

罗伯把由于自己无能而犯下的过失归结到汉斯身上,埋怨汉斯只顾在他房间待着,根本没发现亚娜离开了旅馆,而事实上,是他的任务让他不得不在自己的房间里待着。

而且罗伯还把他从头到脚评论个遍,可他根本不是他的上司。

汉斯发怒的时候,从来不会在脸上表现出来。他也从来不会让内心的怒火不断上升蔓延。当人们对什么人产生愤怒的情感时，通常是因为不能对他愚蠢无耻的行径加以惩处。一旦可以施加惩处，那么人们心中的愤怒也就会相应地终止了。但愿人们内心共有的良知会让他们对自己的恶行感到内疚并赔罪。

汉斯快步走过大厅的接待处。他注意到那个黄头发的家伙只是看了他一眼，除此以外没有做出什么别的反应，他知道，他不会拦着他。每次看到这个家伙时，他都恨不得将自己的匕首从皮套里抽出来，把他削成一片一片的。

汉斯在一扇门旁边墙上的密码器上按下一组五位数字的密码，53798，门应声而开。

他看着这条宽阔的主走廊，在它两边又延伸出很多条细小的过道。那些过道里面都是克莱伯迈德管理部门的办公室。

他飞快的脚步声被办公区地板上的深棕色厚地毯吸了进去。汉斯拐进右边的一条小过道，向前走了几米之后，他停在一扇门前。要打开这扇门也必须输入密码。不过与第一扇门不同的地方是，在这个密码锁的旁边还有一个光滑的灰色区域。汉斯从裤袋里掏出他的钱包，抽出一张塑料卡片，并将其放在那个灰色区域的前方。一声尖锐的哔声后，汉斯在密码锁上输入了他的个人密码，接着传来同样尖锐的一声哔声——门终于打开了。

门后是一段总共有十七级台阶的楼梯。每次汉斯去下面的实验室时，都会数这些台阶。其实在他上或者下其他楼梯的时候，并不会在意它们到底是由多少级台阶组成的。只有在走这道楼梯的时候，他一级一级地数了这些台阶的总数，然后自然而然地在下一次又数了一次，因为他不记得这里到底有多少级台阶了。再往后，一边走一边数台阶便成了他走这道楼梯的习惯。不过只是走这道楼梯。只是在这里。

现在他走在一条由氖气灯管照明的通道里。向左边拐去的时候，他已经不再愤怒了。他认为惩罚那个男人的必要性已经被储存起来了，事实上根本没必要在这件事上没完没了地纠结。考虑如何惩处罗伯，在那上千种可能性中选择一种最解恨的，倒是一件有意思的事，不过现在不是想这些的时候。

一种因掌控权力而带来的神圣感在他体内变得愈加强烈。他总会产生这样的感觉，特别是当他能够通过自己的行为改变别人命运的时候。

一个身穿白大褂的男人迎面走过来，并向他点头致意。汉斯也向对方点头回礼。汉斯认得他，他也是研究小组中的一名工作人员。汉斯跟这些工作人员没有什么联系，只是偶尔会在医生的办公室里见到一两个。他们是管理实验品的工作人员。然而他们具体是如何工作的，汉斯并不是很清楚，只是知道涉及他的个别环节。比如他现在正在处理的亚娜·多伊一案。

在那个穿白大褂的人走出来的铁门前几米处，汉斯应该拐弯。他要进的这扇门比其他所有门都控制得更严格。要进入这扇门，除了输入密码以外，并不需要那张塑料门卡，而是需要一个拇指的指纹。

汉斯没有进入这扇门后面那些房间的权限。至少他不能独自进入。可是他曾经跟医生一起多次进入过那些房间。那里是一些非官方的实验室，与克莱伯迈德大楼二层的人所做的研究项目不同。二层所出的研究成果会经常被报纸杂志或电视台所报道，而这里所做的研究只有少数几个被医生完全信任的人参加。

汉斯在一面制成架子的墙前思考。在那后面就是一段直接通进地下室的楼梯。

通进记忆的迷宫。

没有人能够找到记忆迷宫的入口，倘若他不清楚他必须做什么的话。

那些实验品的房间就在下面，汉斯一直搞不明白的问题是，他们要房间有什么用处。除此以外，在那里还有几间实验室，以及一个大厅似的巨大房间。在那个大房间里摆放着一个巨大的复杂机器，还有一些其他的机器组合。那些机器组合是他们做提取工作时——医生是这么称呼这项工作的——所需要的。

汉斯尽量不让自己去想那些实验品。他愿意尽一切所能不让那些实验品的脸在他眼前浮现。

在他的生命中，他已经见过太多可怕的东西。对于那些可怕却又不能被避免的东西，他已感觉麻木。然而每次看到那些实验品的时候，他的后背都会汗如雨下。这世上并没有太多东西能让汉斯害怕，但他们却让他感到深深的恐惧。

沿途他又拐了两次弯，这回他谁也没有碰到，然后他到了那个狭窄的出口。那两个人正在出口的另一边等待着他。

门锁里面果然插着一把钥匙。汉斯把它拔了出来，放在门边的一个小筐里，然后打开门。他无法置信地使劲眨了眨眼，那两个人已经不在了。他捡起一块小石头，将它放在门框边，以便门不会合上,然后他走了出去。

在外面找了两分钟后,汉斯返回了大楼。

他必须向医生报告,现在他们有麻烦了。

第三十八章

罗丝押着卢斯勒去了停车场，并命令他把车开到火车站。

坐进车里后，罗丝没再用那把手枪抵着他的脖子，而是靠着椅背，将小臂放在自己的腿上。端着手枪走的这一路，使她的肩膀有一点倾斜。

罗丝的从天而降让希波乐重新获得一些新的力量。她向前探身，从侧面注视卢斯勒。"你是谁？"她问道，"你们到底对我做了什么？"

"你从我这里得不到一个字。"他闷闷地回答，"等汉斯追上我们后，我会告诉你所有的事情。你绝对不会喜欢事情的真相。"

"别理他，"罗丝说道，"他现在只需要给咱们开车。剩下的事，咱们以后再说。"

希波乐想反驳她的观点。她想说，她现在想知道那些人到底对她做了什么事。不过，罗丝看出了她的心思，轻轻地摇了摇头，又说了一遍："以后再说。"

希波乐沉默了一会儿，然后说道："你是怎么知道能在这里找到我的呢，罗丝？"

罗丝大笑出声。"那可是不折不扣的冒险经历。不过我们现在还有一点时间，王八蛋先生也可以跟着一起听。事情是这样的，你还在你好朋友家时，突然她的房子前面冒出一大群警察。我料到，他们肯定只能跟你的事情有关。当他们中的一个走到我的车前，自我介绍说他是高级警探格鲁尔的时候——就像你对我讲的一样——我便非常确定了。他问我，我在那里想做什么。我告诉他，因为我想打一个电话，而且作为一个遵纪守法的公民，我知道一边开车一边打电话是不允许的，所以便把汽车停在这里了。他对我说，我应该立即离开那里，而我也照着他的话做了——作为一个遵纪守法的公民。"她笑了笑，"我打算在那个小区里转个圈，把车停在什么别的地方，然后再走回去，看看能不能找个机会给你通风报信。这么决定之后，我就开到右边的那条马路上去了。结果不知哪个笨蛋把一辆邮局的包裹运输车停在了马路中间，我被堵在了那里，只能在原地等他先把车开走。等到那辆包裹运输车又瘦又小的司机终于出现以后，我才能继续往右边开。结果你猜怎么着，我刚开了两百米就看见什么了？我就看见这个让人恶心的王八蛋，他前一天刚在我住处附近撒谎，后一天就又缠着我可爱的希波乐在那些房子中间走来走去。"

卢斯勒转过头，恶狠狠地瞥了一眼罗丝。不过罗丝根本没有放在心上，她接着讲她的。

"在你们的斜对面还站着一个人，不仔细看，根本想不到他也是一个警察。我当时想,糟糕,这下他们要抓住你了。但是那位警察先生根本没有做出任何阻拦你或者类似的行为,这虽然让我觉得十分惊讶,但是我想起你曾告诉过我,他们中曾经有一个就是这样放你走的。"

"是的,那是威特硕雷克警官。"希波乐解释道。

"我把我的车停在那里,然后下了车,在你们的不远处一直跟着。孩子,我觉得自己简直就像侦探马普尔小姐[1]!"

她向外瞥了一眼,然后朝着前面说道:"我希望你选择的是到火车站最短的那条路,王八蛋。"接着,她又转向希波乐,继续刚才的讲述,"看你跟着他走进雷根斯堡的那家小旅馆,我非常担心你会和他做出什么不理智的行为。不过我马上就看到他一边打电话一边又从那里出来了,终于稍稍放下了一点心。"

希波乐看向前面。"那位警官跟你们也是一伙儿的,而你根本就不是警察,是不是?"

"我是警察?"他大笑起来,然后通过后视镜看着希波乐,"那是马丁的主意。这简直让人笑掉大牙。我们反正也说到这里了,顺便提一下,我不叫卢斯勒,我叫罗伯特。不过你可以叫我罗伯。"他非常努力地克制着被罗丝散发出的强大气场所震慑住的心理,继续说道,"没错,你猜得很对。那个好警官马丁·威特硕雷克跟我们是一伙儿的。我们早就把他成功收买了。"

就在希波乐面对巨大的失望与怀疑大声叫喊的时候,他再一次大笑出声。这场荒谬永远不会结束吗?

---

1 英国作家阿加莎·克里斯蒂小说中的一位侦探。

罗丝摇了摇已经快被他们搞得思维混乱的脑袋，问道："那个威特硕雷克是怎么回事？"

希波乐深深地吸了一口气，回答道："是这样的。这个家伙——卢斯勒还是罗伯特还是什么别的都无所谓了——之前曾经跟威特硕雷克通过几次电话。在他的行为被我发现后，他对我撒谎说，他也是警察中的一员，他跟威特硕雷克想联合起来，背着格鲁尔查找真相，因为格鲁尔很可能跟那些坏人是一伙儿的。而威特硕雷克在电话里向我证实了他的说法。"她低下头去，"所有的人都在撒谎，所有的事情不过都是谎言而已。这一切到底都是为了什么？"

罗丝又向前面投去了一瞥，然后摇了摇头，说道："这真是完全疯了。"

"是啊，我从前天就一直这么想。"希波乐答道。

"那么那位高级警官格鲁尔呢？"罗丝想知道更多的情况，可是她提问的方式让希波乐感到非常不舒服。

"我不知道。"希波乐答道，"为什么这么问？"

罗丝看着她，仿佛是在看一个不知父母用心良苦的孩子。"等我们到了，我就立刻告诉你。"希波乐表示理解地点了点头。

"在前面，火车站的前面，右拐。"为了强调自己的命令，罗丝用力地拍了两下驾驶座的靠背，而后才又转向希波乐，说道："我刚才说到哪里了？啊，对了。我跟着你们穿过了整个雷根斯堡城。幸运的是，我花了五十欧元就说服了一个开着一辆破车的男孩一路跟着你们坐的出租车。当你们再次回到那家保险公司的时候，我才第一次发现，那个'僵尸'也在一路跟着你们。我相信他也看到我了。最晚也是在他横穿整列火车的时候就看到我了，当时我根本没有藏身的机会。我是在火车站买的这条围巾。我头发的颜色实在太过显眼了。在慕尼黑跟着你们并不困难，而且当我向那位出租车司机解释说，我是一名私家侦探，王八蛋先生的妻子雇我跟踪她的丈夫，因为他跟他的秘书——就是你啊，希波乐——有奸情时，他觉得我简直酷死了。"希波乐简直不知道，在过去的十五分钟里，她对罗斯玛丽·温格勒的讲述摇了多少次头。"话说回来，我到底没敢跟你们和那个'僵尸'住在同一家旅馆。所以我在你们旅馆附近又找了一家旅馆，并且租了一辆汽车代步。今天早上，我差一点就错过了所有的事情。我来到你们旅馆的时候，你已经离开了，我根本没想到你会那么早就出去。"

"我在电视里看到了一条关于那家公司的新闻，关于克莱伯迈德的新闻。"希波乐解释道，"在地方新闻里看到的。在那条新闻里，那个把我关在地下室的医生出现了。"

罗丝点了点头，表示理解。"我到你过夜的旅馆还没几分钟，就看见这个王八蛋跟那个'僵尸'两个人愤怒地一起上了一辆出租车。不用问，你肯定已经离开了那家旅馆，所以我就跟着他俩来到了这里。我在停车场看见他们兵分两路，这个王八蛋走进大楼里，而那个'僵尸'则藏在外面。剩下的事情你都知道了。对了，只是除了那个我马上就会告诉你的小细节。"

"哎，你能不能别再那么称呼我了。"罗伯特在前面抗议道。

而罗丝也毫不客气地回应："那我又应该怎么称呼一个王八蛋才合适呢？希波乐，你没跟他睡过觉吧？"

希波乐使劲地摇头。"没有，我没有。"

在接下来的时间里，罗丝除了指挥罗伯特开车以外，一直保持着安静。他们又开过四五条街以后，停在了一家宏伟的酒店前面。

雷诺汽车刚刚在那栋大楼前停稳，罗丝就把身体探到驾驶座的椅背上，说道："为了帮你搞清状况，罗伯，我事先警告你，假如你做出什么不理智的事情，我一点也不在乎在酒店大堂里就把你崩了。我有半辈子的时间都被一个酒鬼家暴，所以在精神上受到了一定程度的损害，一旦看到有人使用暴力的话，我可不知道自己会做出什么样的反应。假如是由于杀了你这样一个人渣，导致我的余生必须在监狱里度过的话，那么我会高兴地欢呼跟歌唱的。你明白我的意思了吗，罗伯？"

希波乐的眼睛一眨不眨地盯着罗丝。没有照片，没有一张她丈夫的照片。

"你能把我副驾驶座位上的提包也拿上吗？"罗丝转头问希波乐。"不过先等一下，等我跟他都下去了你再动。"她用食指戳了戳罗伯特的肩膀，"开门，下车。"

等他们两个都下了车，希波乐才去拿罗丝的提包。提包是用深色的皮质材料制成，形状好似一个小双肩包。

在穿过酒店大堂的整个过程中，罗丝都走在罗伯特后面。她把那条宽大的围巾围在自己身上，胳膊跟手都裹在围巾里面，这样她就能把那把手枪也藏在围巾底下了。"

希波乐不时地向罗丝投上一瞥。多年的家暴?

她好奇地猜想,假如罗伯特试图逃跑,罗丝会不会真的开枪。老天哪。她根本无从知晓,不过,谢天谢地,并没出现什么突发情况,让罗丝必须做出任何危险的举动。

酒店一共有四部电梯,他们乘坐其中一部来到了位于七楼的一个房间。那个房间布置得非常现代。里面有一张用两张单人床拼成的大床。在进门处,门边的墙上有一个小匣子,罗丝把一张塑料卡片插进去,房间里的灯顿时都亮了起来,液晶电视里也传来阵阵轻柔的音乐。

罗丝扯下围巾,并将罗伯特推进了那个房间。她把他拖到一张椅子前面,按着他的肩膀强迫他坐了下来。他刚一坐下,罗丝就向后退了一步,说道:"希波乐,你看看四周,能不能找到什么东西来绑住我们的王八蛋先生。"

希波乐在房间里面找了一圈,什么适合的东西也没有。然后她走进那间大得出奇的浴室,仍旧一无所获。

浴室门对面的墙上有一个白色的两开门柜子。这是希波乐唯一没有查看过的地方。

她打开柜门。柜子里的一个隔板上放着一个白色的清洗袋。人们可以把需要清洗的衣物装在里面交给酒店。这个袋子是通过抽紧边缘上一根长长的带子来封口的。

"你有没有随身带着剪子?"希波乐一边问,一边去拿那个袋子。罗丝果然在她的提包里装着一把剪指甲的小剪子。一分钟后，希波乐把清洗袋上面的那根带子递给了她。罗丝看了那根带子一眼，说道："非常好。你觉得你能把他绑牢，让他挣脱不了吗？"

希波乐犹豫了。"我还从来没干过这种事呢。"

"我也没干过——不过，无所谓了，给我那根带子。拿着这个，你看着他，我来绑。"

她将那把手枪递到希波乐面前，希波乐吓得举起双手。"不，那个——"

"希波乐，这个王八蛋是怎么对你的，难道你忘了吗？他欺骗你，利用你，这些你都忘了吗？"

希波乐不再犹豫，接过那把手枪，直直地指向罗伯特的胸口。只是她的手在剧烈地颤抖。

几分钟后，罗伯特因为疼痛大叫了几声，而他的手已经牢牢地被那根带子与椅背绑在一起了。罗丝拿回希波乐手里的枪，拇指轻巧地在一个小铁栓上拨动了一下，就把枪上的保险弄好了。但为什么这个女人能如此熟练地操作枪支呢？

"好了，我的孩子，现在你可以告诉我，你的儿子到底是怎么了，为什么突然变成应该没有他这个人了？"

"你捆得我血液都不能流通了，"罗伯特突然大叫道，"我的两只手都要坏死了。你必须把那根带子弄松点儿。"

"没有我必须要做的事。"罗丝平静地回答道，"如果你现在不闭嘴的话，我就把那根带子绑得更紧一些。"

希波乐看向罗伯特，恨不得现在就扇他几个大嘴巴。"我现在知道，关于卢卡斯的记忆是被人为地植入大脑的，罗丝。不过每当想到这里我还是非常难受，好像有人的确从我身边把我的孩子带走了一样，你能够理解吗？他们显然是用了某种特殊手段，把有关一个孩子的整个生活情景灌输到我的记忆当中去了。"

罗丝惊讶地瞪着她。"灌输？"

"是的。"希波乐答道，并且简短地向罗丝讲述了她所知道的一切。罗丝一边听她讲述，一边不时地瞥上罗伯特一眼。她看他的眼光绝不友善，因为在希波乐讲述的时候，他始终一言不发。

讲完以后，希波乐起身走进浴室。她坐在马桶盖子上，把脸深深地埋进手心里，哭得一塌糊涂。

没过一会儿，罗丝就来浴室找她了。罗丝站在希波乐身旁，把她的头温柔地按向自己柔软的腹部，同时抚弄着她的头发。

"嗨，孩子。那真是一个可怕的故事。不过你现在不再是一个人了。老罗丝来帮助你。我也是已经死过好几次的人了。"

希波乐慢慢地放下捂住脸的双手，抬头看向罗丝。希波乐的眼里还含着不曾流尽的泪水，以至于有那么几秒钟的时间，她只能透过光亮的水雾看到一团烈火一般的云彩。

"你还要给我讲点什么呢，罗丝？"

"啊，对啊。我不知道那是不是一个错误，可是……当我看到那个男人在那栋大楼前威胁你的时候，我给格鲁尔警官打了电话。当时我完全不知道我应该怎么做。我的意思是，如果我给慕尼黑的警察打电话的话，谁知道他们会对这件事做出什么反应！我只是想，假如我把这一切向格鲁尔报告的话，他一定会将警力往这个方向调动。希望我没有犯错误。"

希波乐想了想，说道："我也不确定，不过我想应该不会有什么大问题吧。幸亏你是给格鲁尔打的电话，而不是给威特硕雷克。假如慕尼黑的高级警官也能知道这件事的话，那就更好了。威特硕雷克反正知道我现在人在这里。所以不用担心，你没有做错什么。"

罗丝那张圆圆的脸上露出了一种如释重负的表情。

"那么，你丈夫到底是……是怎么回事，罗丝？"

"哎呀，那个现在一点也不重要。咱们得好好想想该拿外面的那个男人怎么办。"

"告诉我吧。"希波乐请求道。

罗丝起身飞快地向房间里看了一眼，转身回来的时候，她把房门虚掩上，并坐在了浴缸边上，犹疑不定地看向希波乐。

"我们曾经做了好几年的努力，希望有一个属于我们的孩子，但是却没有成功。看过的医生都对我们说，我们两个人的身体都十分健康，我们不应该给自己压力，孩子自然而然就会有的。可是无论我们怎么努力，就是不行。慢慢地，我们完全放弃了希望。我丈夫一直习惯在吃饭的时候喝上一杯啤酒，可是随着时间的推移，这个习惯渐渐演变成酗酒。刚开始，每次从酒馆回来，他都会责骂我。直到有一天，我抱怨他又喝得醉醺醺的才回家，他便一掌打到我的脸上。后来……我想跟他离婚，恰恰在这个时候，我发现自己怀孕了。我以为这件事能够拯救我们的婚姻，也能让他停止酗酒，但事实并未如我所愿。他不但一点也没有表现出喜悦,反而一言不发地离开了家。两天之后,当他再次回来的时候,他已经醉得神志不清,扬言那个孩子不是他的,因为他根本就无法让女人怀上孩子。我当然反驳他,他所说的完全是一派胡言。不过在当时的状态下,他当然什么也听不进去。他说我是妓女,对丈夫不忠的女人,当然他也照旧殴打了我。当我发现他根本停不下手时,我也想让他尝尝疼痛的滋味。于是我对着他那张紫红发胀、满是酒气的脸说,他完全正确,在他夜夜流连酒馆的时候,我跟无数的男人睡过觉。那些男人多得简直数也数不清,我甚至不知道,这个孩子的父亲到底是哪一个。"罗丝闭紧双眼,深深地吸了一口气,"然后他一脚就踢在我的肚子上。不是一下,而是无数下,直到我倒地不起。他把我们的孩子从我的肚子里踢了出去。"她停了下来,并将头深深地低了下去。

"哦,我的天哪。"希波乐感叹道,在这个时候,她完全忘记了自己的处境。

"在医院里,他们告诉我,我不会再有孩子了。当他们问我发生了什么事的时候,我说了大概上千个跟我有相同经历的女人都说过的谎话,我说我从楼梯上摔了下来。"

"但是为什么?为什么你不去法院告那个混蛋呢?"

希波乐看到罗丝的眼睛里全是眼泪。这个女人饱含热泪的景象实在是让人触目惊心。

"因为那是我的责任。"她哽咽着说道,"假如我没有故意气他的话,他也就不会那样做了。是我把我孩子的生命当儿戏了。我的孩子在这场游戏里被打败了。"

"但这还是……"希波乐看向她,感觉现在再说什么都没有意义了,"那么……你还是留在他身边了。"

罗丝点了点头,说道:"是的,又留了二十三年的时间。"

"那么……他还继续打你吗?"

"是的。又打了二十三年。因为我孩子的死,我惩罚了自己二十三年,直到他因为酗酒毁了自己的肝脏,终于死了为止。"

希波乐不知道她还应该说些什么。

当罗丝往自己的大腿上使劲打了一下,并借力站起来的时候,希波乐着实吓了一跳。"行了,别再讨论我的过去了。不过现在你至少知道了,为什么我从一开始就想尽力帮助你找到你的孩子。现在我们得想想该怎么打发剩下的时间。其中一种可能性就是,我们把外面那个男的交给警察,并向他们讲述整个事件的经过。连同那个受贿的警官威硕……他叫什么名字来着?"

"马丁·威特硕雷克。"希波乐回答,"我不知道,罗丝。我们应该向警察讲什么呢?我从雷根斯堡跑了出来,因为那里再也没有人愿意认我?当地警方甚至把我当成重要逃犯来通缉?还有关于威特硕雷克——我们又该如何证明呢?我反正是不再相信任何人的任何话了。还有那个假冒的穆尔豪斯医生。即便是我能在那些工作人员中找出他来——我又该如何证明他对我所做的一切?不,罗丝,我觉得,那么做没有任何意义。"

亚娜·多伊,罗伯特是这么叫她的。难道他叫得没有道理吗?难道我不就是跟一个死人一样吗?亚娜·多伊。身份不明的女性尸体。

"你能这么想就太好了。"罗丝说道,"事实上我也是这么想。警察很可能根本不能拿他们怎么样。那些人只要雇一个优秀的律师,那么两个小时以后,他们就又能自由行动了。我认为,其实我们只有一个选择,就是我们自己去查找真相,查出那个公司到底是做什么的。"

她把一只手放在希波乐的肩膀上,问道:"你怎么想?"

虽然希波乐表示自己还没有想过这个问题,但罗丝还是拍拍双手,用激励人心的语调说道:"快点儿,站起来!那帮人绑架了你,虐待你,还把你的整个人生都改变了,希波乐!他们应该逃脱惩罚吗?他们有权利对下一个女性也这样做吗,希波乐?"

希波乐看着这位亲身经历过许多苦难的女人。那么多的痛苦,身体上的,更多的是精神上的。她失去了她的孩子。

那个失去了孩子的女人……

"好的。"她说,她也觉得罗丝的提议是正确的。

"那就赶快行动吧。至少我们还有一个坐在外面的俘虏,也许能从他身上得到一些线索。先看看能从他嘴里套出些什么吧。"她说完便转身出了浴室。希波乐也跟着出来了。

罗伯特原样不动地坐在那儿,双手仍旧被绑在身后的椅子背上。虽然如此,罗丝还是绕着他走了一圈,查看那根带子是不是还完好地绑在他的手上。希波乐则坐在床边,看着他。

"告诉我,你们为什么要毁掉我的整个人生?我到底对你们做了什么?你们肯定不只是把关于卢卡斯的记忆植入我的大脑中。汉内斯跟艾柯又是怎么回事?为什么我看起来跟以前不一样了?我是不是……我到底是不是希波乐·奥利赫?"

他一边使劲摇头,一边嘎嘎大笑。就眼下的情况来看,他这样的反应太过疯狂,让希波乐的后背不禁冒出一层冷汗。但下一刻,他就停止了怪笑,直勾勾地盯着希波乐看。"假如你知道,我是非常想对你讲,但是,可惜的是……"他用舌头在嘴里发出声响,就像人们想唤起宠物狗对他们的注意一样,"可惜的是,不行。"

"算了吧,希波乐。"罗丝插话说,"我反正不认为这个王八蛋先生能知道多少内情。他只不过是一个小卒子,只能知道些他必须知道的事情。他的智商也就够骗骗女人的。难道你不知道一块抹布到底是做什么用的吗?"

罗伯特脸上的笑容消失了。他拼命想从捆绑他的带子中挣脱出来,动作激烈得甚至都快把椅子弄翻了。

"我会亲自动手收拾你的,假如你还能活到那个时候的话,你这个红头发的老巫婆。"他又使劲把手往外面抽了好几次,然后终于力气用尽,气喘吁吁地重新坐了下去。

罗丝看着希波乐,说道:"我就说嘛。"

她最后查看了一次那根带子,看它是否仍紧紧地把罗伯特的手跟椅子绑在一起,然后,她像电影里的杀手那样,冷酷地从身后抽出手枪,打开保险后,把枪举到希波乐面前。"拿着这个,小心别让他做出什么傻事来。我到楼下大堂上网查点东西,顺便看看那家公司到底是做什么的。"

希波乐刚想接过手枪,罗丝又把手收了回去,说道:"还有,假如他表示,你可以一枪结果了他。千万不要着急开枪,你可以这样做,看到了吗……"她往后退了一小步,用手枪的枪托抵住罗伯特的后脑,随后猛地向下一压。罗伯特的头先是仰向后方,然后又偏向了侧面,最后歪在了肩膀上。希波乐没有料到这一情况,惊叫出声。罗丝则非常戏剧化地用手捂住嘴。"哦,天哪,"她说,"我原本只想轻轻地……可能我用的力气还是比我想象的大了一些。"

她伸出手想碰碰他。还没碰到,他的头突然又竖了起来,并睁开眼睛。他甩了甩头,龇牙咧嘴地咆哮道:"你个婊子养的。"

罗丝把手枪交给希波乐。

"就像我教你的那样做。只是下手再狠一点。"

第三十九章

"简直是白痴!"在听了汉斯汇报的当前情况后,医生破口大骂。他用手重重地捶着面前的办公桌,气愤地说:"有时候,我真是不能相信,他的确……"他没有继续说下去,却依旧使劲地摇头。

他没把那句话说完,完全是因为我还站在这里,汉斯想。这是第一次,医生当着汉斯的面批评罗伯,汉斯发现,这其实是医生对他的一种变相称赞。

除去其他乱七八糟的小失误,罗伯还犯了几个巨大的错误。第一个错误就是,使亚娜·多伊获得生命。事实上,这一举动采取得过早了。

"把她找回来,汉斯。你必须尽快找到她。"医生用锐利的目光看着他,"你还得记住,不能让亚娜伤到一根头发。我需要她完好无损、清醒明白,这样我才能准确无误地进行分析。至于之后……"他的话停在了这里。

"遵命。"汉斯答道。

"你认为,到底会发生什么事情?"

"我不认为罗伯是自愿逃跑的。而独自劫持他逃跑,我也不认为亚娜有这个能力。"

医生同意地点了点头。"罗斯玛丽·温格勒?"

"在火车上看到她一次之后,我就再没见过她了。不过很可能她藏在了什么地方。"

"如果是她找到他们的,那么一定是她把罗伯劫持了,而且她还很可能去报警。或者他们会做出更加难以预料的事。不过无论是什么情况,我们目前都只能等待。"

汉斯点点头,表示同意。

"我现在简直太好奇亚娜的反应了,"医生说道,汉斯从他的语气上判断,这并不是什么给他的命令,"非常好奇。"

第四十章

大约过了二十分钟，罗丝回来了。

罗丝刚一离开，罗伯特便开始施展他的如簧巧舌，想让希波乐帮他松一松绑手的带子。当他发现希波乐不为所动的时候，便开始使用威胁的手段。希波乐站起身来，走进浴室，先是上了卫生间，然后花很长的时间洗手，最后在脸上拍了一些水。整个过程中那把手枪都不曾离开过她。

看到罗丝回来后，他又继续刚才的那一套。"用不了多久，汉斯就能找到我们。他可曾经在一支驻扎国外的精英军队服役多年。他在那里扛过枪负过伤。我告诉你们，很快他就能找到这家酒店。他一定会非常享受地慢慢扭断你们两个的脖子。如果你们放开我，那么就什么也不会发生。我绝不会把你们怎么样，我只想离开这里。嘿，希波乐，我根本没对你做过什么啊。汉斯才是那个想伤害你的人。怎么样，你怎么想？"

然后他安静了下来。

再次踏进房间的时候,罗丝来回扇着手里的几页纸,嘿嘿笑着。"你知道我找到什么了?幸运之神终于来到我们这边了。"

她仰面躺到床上,挑衅般地对罗伯特挤挤眼睛,那只没有拿东西的手则拍着身边的被子。

"过来坐到我旁边,希波乐。你一定得看看这个。"

希波乐做的第一件事则是将那把手枪放到罗丝怀里。终于不用再拿着那个东西了,这让她大大地松了一口气。然后她好奇地看着罗丝手里的那几页纸。

"你看,这里写着,克莱伯迈德微型系统公司成立于1996年。公司的所有者是戈尔哈德·哈斯教授。网上有很多关于他们的文章跟照片。你根本不能想象他都跟谁拍过合照。这个人在社交界的知名度简直不亚于市长。除此以外,他还在大学领导一个教研室,在大学附属医院里面也是领导阶层的人物。不管怎么样吧,克莱伯迈德生产研制脑部外科手术以及脑部研究所需的仪器装置。当然他们还有一个药物研制部门,用我非常不专业的语言总结起来就是,他们研制用于修复大脑损伤的药物。到目前为止,他们取得了一些成就……"

"对不起,罗丝,你刚说的这些事情我已经知道了。你说的幸运之神来到我们这边是什么意思?"

罗丝瞪大双眼,就好像希波乐正把一份惊喜大礼送到她面前一样。她把最下面的那张纸抽出来,放在最上面。那是一篇包含三幅彩色照片的文章,每张照片下面都有一个小标题。照片上有一大群三三两两站着的人,大多数人的手里都拿着酒杯。

"这篇文章报道的是他们公司成立十周年的庆典。"罗丝解释道,"很多社会名流都出席了,不过这就不用说了,但你仔细看看这群人。"她指着最下面的那张照片。希波乐把头向前探过去,并眯起眼睛,试图看清照片上的每一个细节。在这张四个男人笑得志得意满的照片下面有一行小字,写的是:

G. 哈斯教授,U. 希灵,州长克莱恩博士以及R. 哈斯

R. 哈斯?就在希波乐仔细辨别右边男人的那张脸时,她突然明白了罗丝到底是什么意思。那个男人,那个照片上的男人,正坐在旁边的椅子上,被反绑着双手。

"怎么样,你现在准备怎么做,孩子?我们的王八蛋先生竟然是老板的儿子。这对我们来说当然是幸运,你说是不是啊?"

希波乐非常惊讶,一边点头一边说:"是的,这还真可以说是幸运。"

她又一次把那张照片举到眼前,仔细地观察。罗伯特并不是在最右边的人。在他旁边还有一个被拍到一半的人。经过辨认之后,希波乐也认出了他,他就是那个有着一双死鱼眼的男人,那个汉斯。照片中,他穿着一件短袖T恤,右臂自然垂下。有什么东西在他的小臂上,就好像印刷的时候颜料在这个位置上花掉了一样。或者,就好像……

她的手突然颤抖起来,以至于她必须强迫自己高度集中精力才能看清纸上的内容。不过尽管如此,她还是能够判断,汉斯小臂上的那些东西并非印花的颜料,而是一大片蓝色的文身。那片文身覆盖了整条小臂,一直延伸到手背上。

希波乐一动不动地盯着那张照片。在这段时间里,她的整个头脑似乎都变成真空的了,到最后,她甚至觉得自己的头盖骨都被吸得向内弯曲。她周围的一切都开始旋转,她的头疼得厉害,简直快要了她的命,直到……直到它们都化成了一阵阵压抑的叫喊。

那张纸从她手中飘然落下。她直勾勾地盯着前方,直到罗丝一脸担心地出现在她的视线内。

"……告诉我,你到底是怎么了?"希波乐听到有人这样说。

"那片蓝色的文身。"她咽了咽口水,以便平复嗓子里的刺痛。"罗丝,这个人就是……那个汉斯……他绑架了我的儿子。"

她的目光投向那个双手被反绑、斜着身子坐在椅子上的男人。有种无比灼热的东西在她身体里游走,仿佛跳着狂野的舞蹈。

她不知道罗丝在说些什么,或是在喊些什么。不过都无所谓了。她突然感觉整个房间变成了一个旋涡,不论什么东西都被卷到了旋涡当中去。她惊跳起来,用不可思议的声调尖叫着:"你是王八蛋!"

她不知道自己在这中间是不是还走了一步,还是一下子就整个人扑到了他的身上,以至于他们两个连同椅子一起向后翻了过去。做出这个激烈的反应时,她根本没有感觉到疼痛。而罗伯特却疼得大叫起来。他的嘴就在她的耳朵边上。他叫得是那么大声,震得她的脑袋突突地跳着疼,也正是这种疼痛,让她又恢复了一丝理智。

她不知道她是按着他身体的哪个部位支起自己来的,最后她坐在他的胸口上,背靠着他依旧架在椅子上的腿。过了一会儿,她看着眼前的这张脸,双手不禁攥成拳,疯狂地捶打这个无耻的魔鬼。

"你这个王八蛋、人渣!"她破口大骂,拳头如雨点般落下,"你们到底把我的孩子怎么了?"

接下来的一拳狠狠地落在他的嘴上。"你从一开始就是在骗我。你个王八蛋、人渣!"

然后,她便不再说话,只是不住地哭泣、大叫,并不断地打他。一遍又一遍。他开始流血。

她不知道自己到底打了他多少下。直到她的胳膊被什么东西钳住了,拳头再也落不到他的脸上。

"住手,"罗丝的声音在她耳边响起,"咱们还需要他呢。"

希波乐感觉自己已经把所有的力气都耗尽了,几乎不能再直起上身。她满头大汗地勉强支起身来,手脚在罗伯特的身体两侧同时着地,她居高临下地看了他一会儿,才最终站起身来。她朝罗丝迈了一步,然后靠着她倒了下来。

卢卡斯,希波乐不停地想着这个名字。卢卡斯,卢卡斯,卢卡斯!

"我的孩子……"她突然想到,"罗丝,我真的有一个孩子!我一直都能感觉到他的存在。这群人渣把我的孩子绑架了。"

希波乐的身体颤抖得像秋风中的枯叶。她把自己的脸深深地埋在罗丝的肩头,任痛苦蔓延。罗丝则只是把她的手放在希波乐头上，沉默着。希波乐就这样待了一段时间，闻着罗丝毛衣上已经变淡的香水味道，满脑子想的却都是那条有文身的胳膊将她儿子扯进那辆汽车再关上车门的画面。还有她在汽车后面追着跑，却最终不得不因为体力不支而放弃的情景。可是，后来发生了什么事呢？在那辆汽车拐弯之后，她肯定是在原地站住了，但是在那之后发生的事，对她来说就像是隐藏在一片黑色的帷幕后，无论怎样，她就是无法拉开那层帷幕。

她们身后的那个男人一边在地板上扭动着身体，一边不停地骂骂咧咧。希波尔想到，罗伯特也曾参与了绑架她儿子的行动，而且肯定知道她儿子现在在什么地方，以及是不是一切都好。她感觉到，有什么东西已经改变了。她感觉到身体里燃起的愤怒是如此冰冷，如此强烈，这是她从来没经历过的感受。这种冰冷的愤怒像一个越转越快的旋涡，旋涡的中心正是她儿子渴求援助的面孔。她能看到他眼中的惊慌失措，还有那双强壮有力的带有蓝色文身的手臂，它们正紧紧地抓着他。

有那么一段时间，她闭上双眼，让这种感觉在她的大脑中肆意驰骋。当她再次睁开眼睛的时候，她发现自己要找的东西正放在床中央。她拿起那把手枪，走向依旧仰面躺在地板上的罗伯特。仅用一个大拇指，她就打开了手枪的保险，然后将枪口对准了罗伯特·哈斯的脑袋。她的手指尖在颤抖。可我还是可以命中目标的。

"我的儿子在哪里？"她尖声问道，"要是让我数到三，你就死定了。"她可没有在开玩笑，这一点不论是罗伯特还是罗丝都感觉到了。

"希波乐。"罗丝轻轻地叫她,可是她并没有做出任何反应。

"希波乐,请不要这样。"

"一。"希波乐轻若无声地说道。

罗伯特瞪大双眼,沉默地盯着他面前的枪口。

"你会被关进监狱的,希波乐,为了这个人渣一点也不值得。"罗丝试图对她晓以利害。

"一。"

罗丝着急地大声说道:"让我来,我可以让他开口。求求你。"

"三……"

"不,不要开枪!"罗伯特大叫道,"别开枪。他就在克莱伯迈德公司,在那个大楼里边。他很好。我说的都是实话。"

"你们都对他做了什么?"手枪的枪口依旧指着罗伯特的脸。

"什么都没有,真的。他现在很好。"他语速飞快地说道,"你倒是把这个破玩意从我眼前拿开啊。"

"你们为什么要绑架他?"拿着手枪的手并没有移动分毫。

"那是……我的天哪,因为他……他看到了不该看到的东西。"

"他看到什么了?"

他扭过脸。"一些东西,一些……呃,一个跟医生的研究……有关的东西。"

"医生?哪个医生?"

"那个医生,他……他是我的父亲。"

希波乐把枪口朝他的脸挪得更近了一些。现在枪口的金属边缘还差几厘米就能碰到他的前额。

"卢卡斯跟你父亲搞的那些东西有什么关系?现在快点说!"

罗伯特快速地连续呼吸了两三次,紧接着又做了一次深呼吸,最后他才冲着希波乐大喊道:"你在那里工作过,你这个白痴!"

她的眼睛一眨不眨地盯着他,试图理解他这句话的意思。在克莱伯迈德工作过?我?"这是什么天方夜谭?"她一边说,一边把枪口直接顶在了他的前额上。我在慕尼黑?我已经好长好长时间没来过慕尼黑了。"现在告诉我真相,你个瘪三。我要去找我的儿子。而且我向你发誓,如果你骗我,我现在就一枪崩了你。"

"就在一个星期前,你还在我们那里工作呢,然后你儿子在公司里看到了一些他不应该看到的东西。故事结束。行了,你现在就开枪吧。如果我再对你多说一个字,医生一样会杀了我的。"

希波乐手中的枪终于垂了下来,她站起身。

"你刚才是不是说,就在一个星期前,你这个人渣?"罗丝追问道。

罗伯特拒绝回答这样的发问。他把头转向一边,并闭上了双眼。

"一个星期前。"希波乐重复着这句话,倒在了床上,"他们是在一个星期前绑架卢卡斯的?我也是同样。"

"是的,可是……我以为你是两个月前失踪的?"罗丝说。

汉内斯、艾柯、雷根斯堡……这些词语,幻灯片一样在她的脑中交替出现。

希波乐点了点头。"我自己也是这样以为的,罗丝。这件事我们稍后再弄清楚。现在我必须找到卢卡斯。"

"我们应该报警吗?"

"对,赶快报警,然后那个小子就可以死了。"罗伯特说道,"只要一有警察在克莱伯迈德出现,汉斯就知道他该做什么了。"

假如卢卡斯真的看到了什么让他遭到绑架的事情,那么这就绝不仅仅是一个威胁。赶快思考,你得想出什么主意来!

"我们为什么不做一个人质交换呢?"罗丝提议道。当希波乐一脸迷惑地看向她的时候,罗丝用手指了指罗伯特。"他们手里有你儿子。咱们手里有老板的儿子。我们可以交换这两个人质。"

罗伯特露出了一个让人费解的笑容。"倘若你们认为他们会用你的儿子来交换我的话……你们根本不知道这件事都涉及了什么!你们尽可以现在就打电话,跟他们说你们的要求。用不了五分钟,汉斯就会把你的儿子解决了。"

罗丝看着希波乐,询问道:"你怎么看?"

"我觉得,虽然这个王八蛋先生已经对我撒过这么多的谎,而我也已经完全不相信他所说的任何一句话了,不过这一次他所说的，听起来倒是有理有据。"

"嗯。"

希波乐把身体挪到床边上，又看向罗伯特。"我给你提一个建议，你帮助我们解救我儿子，之后我们就放了你。至于你怎么跟你那个奇怪的医生父亲解释，那是你的事情。"

"要是我不愿意呢？"

她在他的身边跪了下来，把脸探到他的鼻子尖前面。"你们反正已经毁了我的生活。如果现在我的孩子再出什么事情的话，我会毫不犹豫地弄死你的。而且我不会一枪就杀了你，而是一刀一刀地剐了你。你觉得怎么样？"

第四十一章

整个路程中罗伯特始终一言不发，即便是在罗丝的哄骗下，他也什么都不肯说。

希波乐在出发前曾用枪指着他的头，让他去浴室洗了把脸。他的T恤边缘上还残留着一点血迹，但是并不显眼，没有人会注意到。不过那肿得高高的嘴唇却让人无法忽视。

这一次交通情况好多了，他们只用了二十多分钟便抵达了克莱伯迈德公司的大楼前。他们直接把车开过停车场，又经过大楼的侧面。那里已经没有人了。

"嘿，现在我们该开始了。"罗丝说道。罗伯特似笑非笑，使劲把肚子鼓向前又把肩膀向后收。显然，顶在他后背的那把枪让他觉得十分不舒服。

如果那把钥匙仍然插在门背后的锁孔中，那我们就有麻烦了。在他们朝那扇门走过去的路上，希波乐想。

然后他们停下了脚步。罗伯特用手指从裤子口袋里摸出钥匙。门打开了。

出现在他们眼前的是一条狭长的走廊。靠两边墙壁立着的都是架子。架子上面满满地堆放着贴着白色标签的箱子。

"我们应该去哪里?"希波乐问道。

罗伯特指了指正前方,说道:"一直往前,然后左拐。"希波乐盯着他看,试图从他脸上找出她所期待的某些东西,不过最终还是什么都没有找到。

他们拐进下一条通道,随即停在一扇门前。罗伯特在门边墙上的一个键盘上输入密码之后,一切就都结束了。

罗伯特把门打开后,在他们对面两米以外的地方,正站着那个长着一双死鱼眼睛的家伙。他显然正在恭候他们的到来。

哎!她们早该事先想到这个可能性的!

罗丝马上举起枪,指着罗伯特的脑袋。

汉斯的眼睛直勾勾地盯着希波乐。在这样的注视下,希波乐胳膊上的汗毛根根直立。她想着卢卡斯,想着他作为一个孩子,在面对这个家伙时,心里会产生多么大的恐惧。

"我要马上见到我儿子。"她说,"他到底在哪里?"

"他就在这附近。"汉斯回答,然后终于将他的目光从希波乐脸上移开。他看了一眼罗丝和她手里的枪,淡淡地说:"拿开你的武器。"

罗丝扯出一个满不在乎的笑容,说道:"我今天就要当一次坏人!走,带我们去找那个男孩,不然我一枪崩了你的少东家。我可不清楚你的老板,那个医生先生,会不会因此而感到开心。"

"你们马上就会见到医生本人的。"汉斯说道,脸上的表情仍旧没有一丝变化。然后他自顾自地转过身在前面带路。走了几步之后,他才头也不回地又加了一句:"你们跟上。"后面的三个人排成一列跟着汉斯,最前面是希波乐,然后是罗伯特,罗丝走在最后。

"放下你手里的武器!"希波乐听到身后突然传来一个声音。她转过身。罗丝后面站着一个穿着白大褂的男人。他正用枪指着罗丝的头。他比罗丝要高出一截,看起来五十岁左右,非常瘦。他脸上戴着一副金边眼镜,镜片后的眼睛闪着精光,头上的金发十分暗淡,没有一丝光泽。

"还是你放下枪吧,不然我就开枪打死你们的少东家。"罗丝用明显拔高的声音回应道。

希波乐抱紧自己的双臂。然而她眼角余光看到的一个景象吸引了她的注意力。在汉斯背后出现了一个小小的黑影,一个一直萦绕在她心头的声音软软地叫道:"妈咪,妈咪!"

卢卡斯!距离她只有几米远的地方,在那个长着一双死鱼眼睛的家伙背后,她看到了她儿子长满金发的小脑袋。她的眼睛里顿时充满泪水,卢卡斯!卢卡斯!她的满腔柔情在一瞬间爆发了。她想大叫也想温柔地低语,她想发自心底地大笑也想肆无忌惮地大哭。她想不顾一切地张开双臂奔向他,可是当她的理智苏醒时,她却只能站在原地一动不动。

在卢卡斯身后站着一个满头银发的男人,她从之前看到的照片上知道,他正是戈尔哈德·哈斯教授。他的一只手正放在她儿子的肩膀上，而另一只手则垂在身边，并且攥着一把左轮手枪。

"妈咪！"这时卢卡斯又喊了一声，并将身体转向医生，对他说道："放开我，我要去找我妈妈！"

哈斯看向他对面的罗伯特、罗丝以及用手枪指着罗丝头的那个家伙。他一脸平静无波地说："请您放开罗伯特。"

他示威似的稍稍举起了那只握有左轮手枪的手，同时看向卢卡斯。

罗丝犹豫了一下。显然她并不知道下一步到底应该怎么做。

"求求你，放开他。"希波乐说道。她相信这帮人什么事都做得出来。虽然她很清楚放了罗伯特后接下来会发生什么，但是卢卡斯的安危比什么都重要。

"你确定？"罗丝问道。希波乐点点头。罗丝终于垂下了那只握着枪的手。

罗伯特立即从罗丝面前跳开一大步，毫不犹豫地伸着手走向汉斯。"把你的刀给我。"他命令道，"我要亲手把这个红发女巫的喉咙刺穿。快给我！"

汉斯并没有立即执行他的命令，而是转过头去看向教授。教授摇了摇头。罗伯特低声咒骂了一句后，肩膀泄气地塌了下来。

"你把自己弄伤了。"哈斯对他说，"你真是太不小心了。"

希波乐再一次将目光投向她的儿子。"教授先生，"她直接对着那个大个子说道，"我不知道卢卡斯看到了什么，不过我保证，他绝对不会向任何人说一个字的。是不是，卢卡斯？"

那个男孩乖巧地点头。

"求求您，放他走吧。我不知道我是怎么了。我也不知道我为什么忘了我到底是谁。如果你需要人帮助您完成实验的话，那么我自愿当实验品。不论那是什么样的实验都无所谓。只要您能放过我的儿子。您会放了他吧，求求您了！"

有好几秒钟的时间，他隔着两人之间的距离——大概五米左右——看进她的眼睛。而她却一直没有放弃那个希望，那就是他能够考虑她的建议。他依旧盯着她。"实验，您这么称呼它？我在您身上实现了一种类似造物主般的可能性。把它只是称为实验，简直是愚昧无知的表现。您马上就得向我汇报您这几天所经历的一切，详细到最微小的细节。"

"求求您，"希波乐说道，"请您放了我的儿子吧。"

"您早就应该好好看住您的孩子。现在一切都太晚了。不过也有好的一面。正因如此，您才成了我在神经腱研究领域所取得成果的活体证明。"

"神经腱研究？"罗丝突然插嘴问道，"这又是什么玩意儿？"

哈斯就像看着一只大昆虫一样看着罗丝。"神经腱研究是神的杰作，是能够改变世界的力量。在短短几小时内，就可以把恶魔变成人类的朋友，把一个白痴变成一个数学天才，还可以把一个精神病患者彻底变成一个正常的人。我要是现在一下子就把所有的可能性都说出来，您那可怜的小脑袋极其有限的脑容量根本不可能理解这些信息。您还是跟我来吧，我将亲自给您展示神经腱研究。"

他转过身往前走，并拉上了卢卡斯。

"极其有限的脑容量？"罗丝气得鼻子直打哼。

汉斯等待着，直到希波乐走到他的身旁，才与她并肩，跟在哈斯和那个男孩子的后面，走出这个房间。将卢卡斯保护在自己羽翼之下的强烈愿望在希波乐的身体内叫嚣着。

在他们拐进一条比较宽敞的过道后，希波乐环视自己的周围。罗丝和罗伯特两个人紧紧跟在她的身后。罗伯特的脸就像块冷硬的石头，没有一丝表情。他简直要恨死罗丝了。说不定他是恨死我了，希波乐想。

哈斯停在一扇铁门前，在一个小小的键盘上飞快地按下一组密码。这之后他还需要将拇指在旁边一个灰色的小正方形区域上按几秒钟。但是哈斯伸出手后，又在半空中停了下来，然后飞快地转过身去。即便是希波乐也听到了他犹豫的原因。

在他们身后传来一阵闷雷似的低沉响声。哈斯朝汉斯与罗伯特微微点了点头，两人飞快地朝着声音的方向跑了过去。

希波乐的脑海中闪过一道灵光，可是当她向着卢卡斯飞快地投过一瞥后，她必须承认，她根本没有任何机会。哈斯把他的手枪从身后重新拿了出来，并抵在卢卡斯的头上。

过了好长一段时间，希波乐听到过道那边传来一阵由远及近的急促脚步声。几秒钟之后，高级警官格鲁尔在拐角处出现了。希波乐的整颗心都绷紧了。格鲁尔脸上的表情显得非常紧张。原因是他身后的马丁·威特硕雷克正用一把手枪抵着他的后背。而走在威特硕雷克身后的则是汉斯和罗伯特。希波乐与罗丝两人快速地交换了一个纳闷的眼神。

"您在这里做什么?"哈斯转向威特硕雷克粗暴无礼地问道,"还有,您为什么把他也带到这儿来了?"

他用头示意高级警探所站的方向。

"非常抱歉,教授先生,"威特硕雷克一边回答,一边把高级警探向旁边推了推,"比较麻烦的是,这一次亲爱的温格勒女士是给我搭档打的电话,并向他报告说,她的好朋友希波乐·奥利赫正处于危险之中。而他则向慕尼黑的同事们发出了警报,并且决定我们应该立即来这里。除了跟他来以外,我别无选择。否则他就会带其他人跟他来这里。看起来,您已经有过访客了?"

哈斯点点头,说道:"他们来过了。我必须得亲自给警察局局长打电话,让他对这件事做出解释。这当然是一次非常令人厌烦的对话。我希望,这样的失误能够在今后的工作中得以避免。"

要是可能的话,希波乐真想大叫。现在她觉得像她们这样头脑一热就不加考虑地闯进克莱伯迈德公司简直是个天大的错误。不过,无所谓了。只是不要放弃,不要放弃!尤其是在经过了昨天那样疯狂的一天以后,在她犯过曾经对"卢卡斯仅仅是她脑海中的幻象"这一说法信以为真的错误以后,她决定,在今天,只要她还有一根手指头能动,就不会放弃。

"既然您已经来了,那么您也该看看,我们出钱到底是请您为我们做什么事。现在请您跟我走吧。"

哈斯重复刚才他在那扇密码门前做的事情。

门打开了。在他们眼前呈现的房间大概有一百平方米大小。一尘不染的白色墙壁散发着医院的气息。地板则全部被深灰色的薄地毯所覆盖。房间里面有三组拼在一起的桌子，每一组桌子的四周又分别有四把椅子。在一个角落里还有一台电视机。左边靠墙的地方则满满当当地被高达天花板的白色架子占据。而所有架子上面几乎都没有摆放什么东西。

"我们的病人都在下面那层，"哈斯简短地为大家解释道，"我们称这个区域为迷宫。请你们跟我继续向前走。"

他两大步跨到一个架子的前面，并将上面一个与他胸部等高的箱子向旁边挪了挪。箱子后面的墙上有一个类似老式计算器的设备。哈斯在那个东西上按了几下。希波乐看见他再次输入刚才他在铁门前输入的那个密码。紧接着几个架子开始缓慢无声地向后方移动，直到露出一个跟普通门一样宽窄的空间后才向旁边隐去。

那个空间一露出来，哈斯就率先走了进去。希波乐则紧跟着他。他们沿着一条用氖气灯管照明的狭窄楼梯向下走了一层。然后他们面前出现了一条又宽又长的走廊。这条走廊两边有好多的门。

在走廊的中间，哈斯停在一扇双开门前。他转身对罗伯特说道："现在带奥利赫女士过去。"

希波乐全身肌肉绷紧，看向她的儿子。一旦那个家伙试图强行将她带离，她的双手跟双脚就都会进行自卫反击。但是罗伯特并没有像希波乐想象中的那样用行动强制她，而只是对她点了点头，就走进走廊右边的一扇门中。哈斯则用手推开那个没有上锁的双开门，带着卢卡斯走了进去。

就在希波乐正不明所以、拖拖拉拉地向那个房间走去的时候，有一只手放在了她的后背上，轻轻地向前推了推她。希波乐转过身去，一下子就看到汉斯那双死鱼般的眼睛。"请快一点。"他用少见的听起来略显笨拙的方式说道。希波乐刻意忽视皮肤上掠过的那一阵寒战，继续向前走去。

这个房间的墙壁全都用长木板从上到下紧密地覆盖着。走了几米之后，希波乐惊讶地站住了脚。房间里每隔一段相同的距离都有一个小小的隔间，隔间里的灯都被遮挡住一部分，以造成一种昏暗柔和的光线。房间中央有一组设备发着幽幽的亮光，它是由一个材质轻薄的黑色躺椅和中间一根粗粗的支撑杆所组成，看起来就像是一家现代化牙医诊所中的诊疗椅。在头部的位置则由一些复杂的仪器以及一个监视器围成半圆的形状。大概两米以外的地方，立着一个亮闪闪的黑色柜子。一根有成人胳膊粗细的电线在地上蜿蜒逶迤，两端连接着那组仪器和这个柜子。简直像是在科幻电影里看到的道具。希波乐认为，最可怕的莫过于一个从支架上垂挂下来的、正好悬在躺椅上方的网状头盔样的东西。

"这——就是我们的神经腱研究！"哈斯教授介绍道。希波乐第一次从他的声音里听出了感情。那是一种自豪感。

"鉴于我们将进行两个全新的实验项目，所以我认为完全有必要向您介绍这两个实验，以便您能更好地选择，您到底想参加哪一个。"

在他们身后响起了一阵噪音，哈斯教授的目光从他们脸上掠过，说道："这就是她了。亚娜，我可以向您介绍希波乐·奥利赫吗？"

她觉得这句话似乎并不是对她说的。但是当罗丝在她身后惊叫之时，她猛地转过身去，而后，一下子惊呆了。

在她对面几米以外的地方站着一个东西，看起来就像是从恐怖电影里面跑出来的僵尸。那个女人形容枯槁。一件白色的睡袍松松垮垮地挂在她瘦骨嶙峋的身体上。那张脸简直像蜡制的一样，脸上所有的肌肉看起来都好像都死了。她的嘴巴张成一道宽宽的缝，一丝口水从一侧的嘴角上流了下来。两侧的颌骨顶着薄薄的灰白色皮肤奋力向外伸展着，让人不得不担心它们随时都会破皮而出。她的头发乱糟糟的，有一绺直直地垂挂到脸上。

这一幕看得希波乐心惊肉跳。不过最为恐怖的还是她的眼睛。它们是那样不自然地大大睁开着，眼珠不曾转动过。这样的眼睛只有在人们突然看到什么异常恐惧的景象后，吓得三魂丢了五魄的时候才会出现。

"您这是装什么妖魔鬼怪呢？"希波乐听见格鲁尔高级警探问道。

她听到一声叹息。她猜测的部分要比她已经知道的部分多得多，可是她的猜想却吓了自己一大跳。她认得这张脸，即便它已经瘦得走了形。她清清楚楚地记得这张脸。

在她面前的这个怪物，就是那张结婚照片上站在汉内斯身边的女人。

第四十二章

看到真正的希波乐·奥利赫的那一幕简直太恐怖了，尽管她很难将其从记忆中抹去，不过最后还是强迫自己不去想这件事。

当她再度将目光向哈斯投去的时候，眼中浮起的泪水模糊了他的轮廓。

"您怎么可以这么没有人性呢？"她大叫着，"您到底对这个可怜的女人做了什么？"

"我发明了一种仪器。它能够在治疗人类精神疾病的同时为他们创造一种全新的人生观和价值观。而这仅仅是神经腱研究所能做到的所有事情中非常微小的一部分。正是由于我们处于起步阶段，所以可以明白地跟你们每一个人说，我们还需要大量的人类作为我们的实验品。也许我们很快就能够成功地做到……在不伤害实验品的前提下达到目前的成果。"

"实验品？不伤害？这都是什么意思？"

他摆了摆手，说道："少安毋躁，亚娜。我会慢慢解释的。"

"您别再叫我亚娜了。请您告诉我,我到底叫什么名字?我到底是谁?"

"可是,妈咪,你叫丹妮艾拉啊!"卢卡斯一脚踢在哈斯教授的腿上,趁着他吃痛松手的空当朝她跑过来。

希波乐飞快地弯下身子,把卢卡斯紧紧地抱在怀里。她的双臂感受着他身上的温度,鼻间呼吸着他皮肤散发出来的甜香,这让她又一次热泪盈眶。

她害怕马上会有人再次把儿子从她身边带走,所以紧紧地将他拥在怀里,以至于他疼得呻吟了出来。

一只手放在了她的肩膀上,轻轻地捏了两下。她终于放松了紧箍着卢卡斯的双臂,将注意力转移到那只手上,并朝着手的主人扬起头。

汉斯看着她,把头微微地朝教授的方向歪了歪。她一下子生气了,继续把儿子紧紧地拥在自己怀里。

丹妮艾拉?那个在克莱伯迈德大楼大堂里遇到的女人把我叫丹妮来着。

"您的真名是丹妮艾拉·兰德施塔特。您曾经在我们这里工作过。其余的一切都不重要。"

她的思绪不能停息。丹妮艾拉。丹妮艾拉·兰德施塔特。她对这个名字非常熟悉。就好像是一位认识多年的好朋友,非常亲密的好朋友。一位她很久没有想起的好朋友。卢卡斯·兰德施塔特。我的儿子!

"请您告诉我,我曾经了解您进行的这个实验项目吗?我曾经参与过这个……神经腱研究吗?"

"没有。您只是曾经在行政管理部门工作过。这里的研究只有少数经过精挑细选的研究人员才有资格参加,而丹妮艾拉·兰德施塔特根本不符合这样的要求。"

她的心里感到一阵轻松,不过大脑中同时又浮现出成千上万个问题。"但是,为什么……"

"停。"哈斯像交通警察那样举起一只手,突然说道。

"不要再问多余的问题。希波乐·奥利赫只是我们实验中的一个记忆捐献者,而您,则与她正相反,是记忆的接收者。就像现在站在我们面前的这两位一样。"

他先看了一眼格鲁尔,然后又将目光转向了罗丝。"作为记忆捐献者,显然他们两个都不适合了,因为他们已经知道了太多关于我们研究项目的事情。所以,并不难决定他们将在这项实验中扮演哪个角色。而您,奥利赫女士,为了帮助您做好与我共同工作的准备,我想,您需要在接下来的几天里,回答我提出的所有哪怕是最小的细节方面的问题。我们还从来没有尝试过将一个记忆接收者再次用作记忆捐献者。不过这回,我们要第一次进行这种非常有意思的尝试了。"

哈斯冲着他的儿子点了点头,那个一直站在对面的可怜女人——真正的希波乐·奥利赫——背后的家伙,在她的肩上使劲拧了一下,使她掉转了方向,之后便一直在后面推着她向前走。而那个身体就像一具没有灵魂的躯壳,完全对罗伯特唯命是从。

"现在请各位听一个关于神经腱研究的简短报告,了解一下在这个研究中我们都有能力实现什么。"哈斯大声说道,把众人的注意力重新引回到他的身上,"我们所开创的神经腱领域的研究具有划时代的意义。即便是你们当中的两位马上就会不再记得我所说过的话,但它至少能引起亚娜您的兴趣。您将了解您是如何变成亚娜·多伊的。"他停下来,看向威特硕雷克,然后继续说道:"即便是您,警官先生,我希望,听到我的这些讲解之后,您最终不会令我失望。"

不等威特硕雷克做出什么反应,他便又将目光投向了丹妮艾拉。

"假如您知道我都在您身上做了什么的话,那么您一定能理解,为什么我想知道过去两天在您身上发生的全部事情。现在请大家都向我走近一步。"

丹妮艾拉,这个不久前还认为自己叫希波乐的女人,向前走了两步,并把卢卡斯紧紧地拉在自己身边。"妈咪,我不想再在这里待着了。"他抱怨道。而他的这句话,几乎要把她的心都拧痛了。她温柔地抚摸着他的头发,轻轻地把他的脸揽向自己,希望能够让他得到些许安慰。

"我将尽量在我的解说中使用通俗易懂的语言。"哈斯开始了他的演说,"自人类医学产生的那一天起,科学家们就不断地尝试研究我们人类的大脑,尤其是我们的记忆是如何工作的。'记忆到底是什么?我们用什么来记住事情?我们的记忆具有什么样的力量?我们的记忆从何处而来?'大哲学家西塞罗早在公元一世纪就提出了这些问题。人们曾经想象过人类是如何以及在哪里记住知识的，后来他们将其想象为记忆的植入。很多年来，大量的科学家都在神经腱领域留下了一些他们的研究成果，在他们研究的基础上，后来的研究者们能够设想出人类的记忆是如何工作的，但其程度也只是模模糊糊。与之相反的是，现在我已经破解了人类大脑的记忆之谜。"

哈斯稍稍停顿了一下，环视了一遍在场所有的人。

"就像我们想起一只狗，我们的头脑中其实并不存在这只狗的图片，而是这只狗的信息存储于我们人体的整个神经细胞所组成的网络之中，诸如动物、毛、叫声、如何大小便、狗叼来的小东西、爱吃骨头等等，这一切信息的总和组成了我们的记忆。在这些神经细胞之间，有许许多多异常微小的神经腱。每一个神经细胞大概包含了一万条神经腱。每当我们经历、学习或者看到什么新事物时，我们以为自己是在大脑中记住了一幅画面，事实上，它们会被我们的大脑按照其特征属性分解为众多的信息元，而这些信息元会被大脑中分管不同领域的神经细胞所储存，这些神经细胞会按照需要，再度被组合在一起。我们看到某只狗的次数越多，这些细胞间的连接被调用得就越频繁，我们对这只狗的记忆也就越深刻。而这样的过程也是我们形成一个长久记忆的过程。假如到这里您都能够理解的话，那么您便能马上理解我下面所要讲的神经腱研究的原理。"

他又做了一次短暂的停顿，就好像只有这样才能将他所讲的内容推向一个新的高潮。

"在我们大脑中所有的神经元之间都流动着一股电流。在哪两个神经腱之间有连接的桥梁，这股电流就能在哪里通过，否则就停止。而如果能控制一股电流流遍人类大脑中所有神经腱之间的桥梁的话，那么我们就能控制记忆。我们通过我们的神经腱研究成果——那个头盔——从一个人的大脑中复制一个电流通路，再利用它在另一个人的大脑中制作出一个包含这千百万、甚至上亿上百亿连接的一模一样的神经腱连接通路。这样我们就能获得一个与原来那个大脑中的记忆丝毫不差的复制品。一份杰作。"

这时他又一次停了下来，环视他的听众们，就像是在等待他们的掌声。

"取得的这个记忆模板可以被存储，参加实验的人会被罩上一个头盔。我们用某一个人的大脑做毛坯，如果谁愿意的话，我们可以将他大脑中神经腱的连接，也就是说他的记忆，全部输入到您的大脑中，以代替您现有的记忆。用最简单的话来说就是，我可以将一个神父的记忆进行复制，再将其输入到一个恶贯满盈者的大脑中。或者换句话来说，以我们目前的实验为例，我将一份记忆从一个非常普通的女人大脑中提取——我们可以把她叫作希波乐·奥利赫——再将它输入另外一个同样非常普通的女人大脑中，比如说丹妮艾拉·兰德施塔特。"

有那么一段时间，整个房间中没有一丝声响。丹妮艾拉盯着那套设备，她胃里面的东西在不停地翻滚，她感觉自己必须马上吐出来才会舒服一些。她费了好大的力气，才把那恶心的感觉咽了回去。

"简直是胡扯！"格鲁尔厌恶地向旁边吐出一口痰，"那东西要是真有那么神的话，你应该首先用它改写你自己瘫痪的大脑。"

"为什么要把记忆从那些人，比如说希波乐·奥利赫的大脑中提取出来呢？"丹妮艾拉依旧心有戚戚地问。

哈斯面无表情地说："我们的工作还没有彻底完成。还有一些细节需要修正。遗憾的是，那个网状头盔所发出的电流还得增加强度，以便从记忆捐献者神经细胞中提取的记忆能够定型成模板。电流强度的大小，能够决定那些被神经腱所连接的神经细胞最终是否会被烧焦。一旦烧焦，它们就再也没有用处了，就好像人们把一台电脑的硬盘烧了，也就再也不能在上面存储任何东西了。"

希波乐听完后，简直无法用言语来表达自己的心情。这个男人要何等冷酷，才能像他刚才描述的那样，让一个个完好的人变成废物。

"那么，您是怎样做到这一点的？为什么当丹妮艾拉在镜子中看到自己与希波乐完全不同的容貌时，一点也不会惊讶，奇迹医生先生？"罗丝问道。看起来，她是所有听众中受震撼的程度最小的那一个。

"这是我们人类大脑无与伦比的精妙之处。"哈斯解释道，那口气听起来就好像这也属于他个人功绩的范畴。"就像我刚才所解释的那样，与其说我们人类的记忆是一幅完整的图画，不如说它是一幅散开的拼图。在这幅拼图中，常常会有缺口出现，而这些缺口则会被我们的大脑自动填充修正。由经验来看，我们人类总是接受我们愿意接受的东西，并把它们当作事实的真相。

曾经有一个关于这方面的实验：四个同一起车祸的见证者所描述的车祸过程都不尽相同，而且每一个人都强调只有自己所讲述的才是事实的真相。同样的道理，我们人类的大脑完全有可能将我们看到的现实无限向我们所能够理解的范围拉近。哼，这也就是说，当亚娜第一次在镜子中看到她的容貌与记忆中的并不相符时，她的潜意识就立即自动将记忆中的容貌更正为她在镜子中看到的。对于大脑来说，最合理的解释莫过于眼睛看到的。由于这张脸看起来是这个样子的，就像亚娜在镜子中看到的，而她在这之前既没有发生过任何事故也没有做过整容手术，所以说，能够依据这个事实所做的唯一合理的解释就是：记忆出了问题。换句话来说就是：她的记忆将她本人删除了，反而用这个陌生的面孔来替代。在所有类似的情……"

在他们身后传来一声关门的声音。突然罗伯特站在了丹妮艾拉的身边，并不动声色地将自己的手臂放到卢卡斯肩上。"放手。"他蛮横地说，并且尝试将那个男孩子从她身边拉开。可是她将他整个人紧紧地护在自己的双臂下。"别动我的儿子！"她一边说，一边将自己的上身向前倾，用整个身体在卢卡斯的周围造了一面密不透风的保护墙。

罗伯特发现自己无法将卢卡斯从她的怀中拉出来，便放下了放在卢卡斯身上的手，转而将其伸向丹妮艾拉。他抓着她的头发猛地大力向上扯去。"放开你的手！马上！"他向她咆哮道。头皮上传来的疼痛使她失声大叫，不过她紧紧地将身体蜷缩在一起，保护卢卡斯的双臂一点也没有放松。"你这个臭婊子。"罗伯特喘息着破口大骂。她留意着他的动作,并且不用谁说,她也知道接下来会发生什么事情。

他的拳头突然虎虎生风地朝着她的脸挥过来,并重重地落在她的脸颊与眼睛上。她感到有什么东西在她的脑袋里面像烟花一样散开了,所有的东西都旋转起来,她的胳膊和腿都用不上力。意识到自己正倒向地板的时候,她大声地叫着儿子的名字。

第四十三章

罗伯特朝着亚娜走过去的时候,汉斯就猜到肯定会出什么问题。他对这种事总是异常敏感。而且罗伯特的肢体语言也已经明确地表达出了他的意图。

当罗伯特将手搭在那个男孩肩膀上的时候,汉斯看向医生,希望他能命令他愚蠢的儿子住手。但他的演说被打断了,情绪明显不佳,对这样的小插曲视而不见。汉斯愤怒了。他看到亚娜正在拼死保护她的儿子,而罗伯特作为一个男人却不能在她的面前得逞。

但是罗伯特突然用力去扯亚娜的头发,并趁她吃痛抢走了她的孩子,这让汉斯感到自己的身体彻底绷紧了。他再一次将目光投向医生,不过后者依旧没有做出任何反应。接下来,他从眼角的余光里看到罗伯特抬起手臂,向后拉开架势。汉斯的手不禁在空中攥成了拳头。

亚娜!

汉斯清楚地意识到怒火正在他体内急速蹿升，同时还看到一个影子在罗伯特面前掠过，一下子将那个男孩带走了。翻滚的怒火妨碍了汉斯的反应速度，以至于他接下来并未能给她很大的援助。

他所站的位置距离罗伯特只有三大步，但他的反应还是晚了一秒。他束手无策地看着罗伯特的拳头落在那张脆弱易碎的脸上。

罗伯特毕竟是亲吻过她的啊。

汉斯看到亚娜倒向地面。她叫喊，她需要帮助。脆弱易碎。

假如她在男女关系上不是那么死板的话，罗伯特还会做出更亲密的行为。

汉斯向旁边跨了一大步，并且飞快地弯下腰，用一气呵成的动作拉高裤腿，将那把匕首抽出皮套。然后一道寒光闪过，他的匕首瞬间在罗伯特的脖子上划出了一道优美的弧线。罗伯特使劲睁大眼睛，整个眼球都快瞪出了眼眶。他将双手放在脖子上血如泉涌的地方。他的嘴也大大地张着。不过汉斯知道，即便他的嘴张得再大，也不可能喊叫出一丝声音。没有人在受了那一刀之后还能叫喊出声。

就在罗伯特挣扎着，用他铜铃般又大又圆的眼珠不敢置信地盯着汉斯看时，一些非常罕见的事情发生了。

汉斯的后背受到了重重一击，在一声响亮的、什么东西被折断的声音之后，整个世界都安静了下来。几乎是整个世界。因为只有亚娜在动。她抬起头，望着他。罗伯特在她脸上打出的伤痕全都消失了。她身体周围闪着耀眼的光，不，不是她身体周围，而是她的身体在发光。亚娜的身体升腾了起来，而她却完全没有做出任何动作。现在他们两人的脸处于一样的高度，她的双眼和他的仅仅相距几厘米。她是如此娇嫩，如此美丽，简直是一种不能承受之美，以至于汉斯不得不闭紧了眼睛。但即便是透过紧闭的双眼，他还是能够清晰地感受到亚娜散发出的光芒。那些光芒现在就在他的体内，而且越来越亮，亮得几乎透明。终于，他的整个身体都被亚娜的光芒所填满，她是如此毫无保留地将自己交给了他。

在那些光芒黯淡下去，他再也感觉不到亚娜之后，四周开始变得寒冷，汉斯已经将那些他再也感受不到的东西全都塞进自己的身体里，带走了。

他是幸福的。

第四十四章

过了几秒钟,丹妮艾拉才弄清楚自己身处何地,不过她并没有失忆。从她右边脸颊上传来的爆炸般的剧痛简直要把她的脑袋劈成两半。她屈起胳膊,用小臂抵在地上支撑起自己的上半身。又一阵疼痛像海浪一样淹没了她的头盖骨。她尝试着去忽略这疼痛,可是突然在一瞬间发生了那么多事,以至于她得奋力思索才能让自己的思路跟上。

丹妮艾拉看到,在她的左边,罗丝正向前弓着身子,把卢卡斯保护在她的双臂之中。

而在她的正前方则是汉斯,他的脸上呈现了一种她从未见过的表情,同时他的胳膊在空气中划出一道弧线。然后她听到不知从哪里发出来的令人作呕的吧嗒嘴声。

罗伯特的身体不自然地扭曲成一个奇怪的姿势。他的眼睛瞪得奇大,并把双手放在自己的脖子上。

在罗伯特和汉斯的斜后方是威特硕雷克。他从上身的夹克中抽出了什么东西，并将其抛向格鲁尔。高级警探接住那个东西的同时，立即将其对准了汉斯和罗伯特。然而与此同时，汉斯从他裤腿中也抽出了什么东西，似乎是一件武器。紧接着传来的是一声无比响亮的折断声。再接下来发生的事情在她眼里就像是电影里的慢镜头一样。先是汉斯定住的动作，然后他不由自主地前后摇晃了一下身体，倒向地面的同时以身体的一侧为轴转了半个圈。虽然如此，他的头部还是撞在了她身边的地上，然后又微微地弹起了一点，接着再度触地，就好像他的身体是用橡胶材质制成的一样。在这之后，他便紧挨着她，躺在地上一动不动了。

那双死鱼眼睛。

也许现在那双死鱼眼睛真的是死了。死不瞑目地盯着她看。

除了不停地大声尖叫以外，丹妮艾拉什么也做不了。她大叫，大叫，大叫，不间断地大叫，她希望她面前的这个脑袋就此消失，那双令人恐惧的眼睛就此消失，所有的一切都就此消失。随后，房间里的光线也就这么消失了。

当四周陷入黑暗的时候，丹妮艾拉停止了她的叫喊。

第四十五章

最开始的时候,她只能看见模糊的灰白色图像。她使劲眨了几下眼睛,一些轮廓便慢慢地显现出来。在她的斜上方,一个浅色的小区域从背景中凸显出来。这个小区域稍稍地动了动,便有一连串的句子从她的嘴里涌出。

她并没有听明白那些句子的内容,但是,这个声音……

她伸出拇指和中指分别揉了揉左右两只眼睛,然后又眨了眨,在这之后她看到了——威特硕雷克。

他坐在她的斜前方。头脑中的记忆一下子全都涌了回来。她开始大叫,并且为了能够离开眼前的这个家伙,她用双脚轮番使劲敲打着身体下面柔软的东西。而她正平躺在那东西的上面。威特硕雷克把上身探了过来,双手按住她不安分的身体。他说了些什么,他的声音听起来非常平静,而她依旧将注意力集中在那些令她着急的句子上。

"安静,"他说道,"保持安静,丹妮艾拉。一切都好。全都过去了。您的儿子现在也很好。您再也不必害怕了。"

卢卡斯!

"我的孩子在哪里?"她对他喊道,"你们这群人渣,你们到底对他做了什么?"

"您儿子现在正等在外面的走廊上。温格勒女士正在照顾他。"

温格勒女士正在照顾他?

丹妮艾拉听不懂他说的话。她将目光从威特硕雷克的身上移开。医院里的一间病房。整个房间里只有一张床,只有她的床。怎么又是这样?

"我这是在哪里?您在这里干什么,您……"

他微微一笑。他真的笑了。他面带微笑看着她。他的笑容那么简单纯粹,不是幸灾乐祸,不是居心叵测。他的微笑跟她所熟悉的罗伯特的笑容完全不同。

罗伯特。她用力按了按她的脸颊。那里有什么软软的东西。也许是绷带。

"您现在正在慕尼黑大学的附属医院。您已经在这里昏睡了二十多个小时。不过,在经历了这么多的事情以后,这样的休养正是您的身体所需要的。"

"可是,您已经……"

威特硕雷克摇了摇头,并用下巴朝她旁边指了指。她完全不知道他想干什么,极其不情愿地扭过头去。她病床的另一边坐着高级警探格鲁尔,而他也正冲着她微笑。她还从来没见这个男人笑过呢。

"现在的确是什么事也没有了，兰德施塔特女士。"他说道，"我们……我们的确是好人。我们两个都是。"

她盯着他，依旧想不明白。"我的儿子在哪里？"

坐在她身旁的威特硕雷克站起来，走出门去。几秒钟后，卢卡斯一边大叫着"妈咪，妈咪！"一边冲进房间，然后一下子跳到了她的身上。

"嗨，小伙子，慢一点。你现在得学会照顾你妈妈。"格鲁尔笑着说道。

丹妮艾拉把那个小小的身体向上拉高了一点，不停地亲吻着他。她拥抱、抚摸，并感受着她的孩子。没有人能阻止她。

终于，她将他稍稍向后拉开了一点，以便能将他看清，然后她问道："你一切都好吗，我的儿子？"

他笑了笑，说道："我很好，妈咪。罗丝阿姨说了，如果我愿意的话，可以叫她外婆。我可以吗？"

丹妮艾拉被他逗笑了，可是她一咧嘴，便扯到了脸上缝的针。卢卡斯看着她的这副样子笑了。"你现在看起来真滑稽，妈咪。"

"是吗？你看，我不小心把我的脸颊弄痛了。"

"不是，我说的不是这个，"他纠正她道，"我说的是你的蓝眼睛。"

她震惊地看向对面的格鲁尔，后者正对着她含笑点头。

她拍了拍卢卡斯的小屁股，说道："现在出去，帮我把你外婆罗丝叫进来。"

"你想什么呢？外婆早就进来了，孩子。"一道熟悉的声音从门口传来。丹妮艾拉抬高头，忍着疼痛，看着罗丝一步一步朝自己走来。

罗丝先是沉默地用双臂环抱住自己，然后才轻声地说："你可以相信他们，孩子。这完全是一个荒谬至极的故事，但我们的确是被站在这里的两位警官救出来的。"

接下来，罗丝在她的额头上留下响亮的一吻，然后转过身对卢卡斯说："现在跟外婆罗丝出去吧。你妈妈还得跟那两位和善的警察叔叔谈一些事情呢。"

等他们两人出去之后，威特硕雷克与格鲁尔并肩坐在丹妮艾拉的床边。

"呃，您认为您现在能够面对这些事情了吗？"

她点了点头，然后问道："罗伯特和那个汉斯怎么样了？他们死了吗？"

两位警官对望了一眼，然后威特硕雷克深吸了一口气。

"是的，他们两个都死了。汉斯把那个教授的儿子刺死了。而他当时所站的位置离您非常近，格鲁尔高级警官担心他会再做出什么危害您的举动，才开枪把他打死了。"

丹妮艾拉在心里深深地叹了口气，说道："我虽然非常害怕他，不过……奇怪的是，我相信他并没做过什么伤害我的事情。"

"我不能冒这个险。"格鲁尔解释道。

丹妮艾拉的眼前又浮现出那个恐怖的瞬间，那双死鱼眼睛，他的头砸向地面的那一刻。她强迫自己不再回想那个情景。"那么剩下的那些人怎么样了？"

"我们已经将哈斯和他的同伙都逮捕了。仅凭他在那个地下室中向我们讲述的事情，就足以让他在我们的生活中消失很长时间。"

"还有，您已经找到……"她停顿了一下，"我是说，关于丹妮……关于我，您都知道些什么呢？"

他从旁边的桌子上拿起一份报纸放到床上，说道："您看看这个吧。"

报纸上有两张画面模糊的黑白照片，而上面的人显然是卢卡斯和她。文章的标题则是"一位母亲与她的儿子失踪"。

丹妮艾拉将目光从威特硕雷克的身上转向格鲁尔，然后开始阅读那篇报道。

文章里面写道，房东太太一连几天都没有看到丹妮艾拉·兰德施塔特与卢卡斯·兰德施塔特，感到十分奇怪。通常情况下，她每天都能看到他们两人出现在那条路上。于是她选择了报警。之后，警方也从兰德施塔特女士工作的地方——克莱伯迈德公司——的行政管理部了解到，她同样毫无理由地很多天没有在工作岗位上出现了。

丹妮艾拉·兰德施塔特并没有结婚。她与她儿子的父亲早在三年前就分手了。那个男人居住在国外，根本联系不到。

文章中还呼吁民众们都来帮助寻找这对母子。

她把报纸重新叠好，放回了旁边的桌子上。

"我想不起卢卡斯的父亲来了。我只是知道，曾经有那么个人，但是……"她擦了擦眼睛，继续说道，"请您现在还是告诉我，关于我您都知道些什么吧。"

"嗯，好吧。"他说道，"直到现在您还不知道的事情是，事实上我是隶属于州刑侦处的警探，而非雷根斯堡的本地警察。大概一年多以前，我们从上级那里得到可靠消息称，慕尼黑的克莱伯迈德微型系统公司与国外的间谍组织有联系。这件事情非常机密，因为克莱伯迈德已经开发出了一种颠覆性的技术，凭借该技术，他们可以完全改变一个人的性格。上级还交代我们说，至少有两个大国对这项技术十分感兴趣，并已经成为他们的客户，所以我们必须对他们采取行动。本来这不属于我的工作范畴。不过刚巧我在慕尼黑念寄宿学校的时候认识了这家公司所有者的儿子，罗伯特·哈斯。

"我跟他已经很长时间没联系过了，但是有天晚上，我非常凑巧地在城里的一家酒吧遇到了他。为了庆祝我们的重逢，我们喝了好多的酒。后来他自己讲，他现在暂且供职于他父亲的公司，只不过，他有比他老爹更加宏伟的计划。于是，为了取得他的信任，我对他说，虽然我在警局挣的工资并不少，但却都被我拿去赌博输掉了，所以最近手头比较紧张。他想知道我到底在哪里的警察局工作。由于我和雷根斯堡警察局中的几位警官关系非常好，而且我们也都清楚，哈斯与慕尼黑警界的几位高官都保持着非常良好的关系，所以我就对他说我在雷根斯堡警察局工作。

然后在我们快要分别的时候,罗伯特问我有没有兴趣做个兼职,赚点外快,以便尽快还上我欠下的赌债。我假装犹豫了一下,但是并没有完全拒绝。"

然后威特硕雷克歪了歪脑袋问道:"怎么样,感觉还好吗?您累不累,我是不是应该留到下回再讲?"

"我一点也不累,"丹妮艾拉立即说道,"您继续往下讲吧。"

"好的。又过了两天,罗伯特才给我打电话——他想知道我对他的兼职提议是否考虑出结果了。我们为此又见了一面,那个时候,那个汉斯就已经跟着参与了我们的谈话。他惜字如金,只是问了我几个问题。警方已经为我编造了一份滴水不漏的背景资料,而我为了取得他们的信任,则向他们转述了他们可以知道的部分。罗伯特当时表现得非常热心慷慨,当我最后表示我急需五万欧元周转的时候,他说道:'你对我们的贡献一定值这个数字。'几个月以后,他向我介绍了他父亲研发的一项具有革命性的外科手术技术。他看起来对这项技术感到非常骄傲,并且越来越多地向我讲述关于它的信息。"

"但是您为什么不当时就逮捕他们呢?"丹妮艾拉打断他道,"那样的话,您就可以把现在发生的这些可怕事情扼杀在萌芽状态了。"

"因为逮捕他们在当时来说实在是太困难了。如果我们想对付一个像戈尔哈德·哈斯这样有头有脸的人物,没有确凿的证据是根本不可能的,而且还会以自毁前程为代价。反正至少在慕尼黑,我们什么都做不了。因为在警界范围内,谁要是询问有关克莱伯迈德公司的事情,他们就会把你的问题转到最高领导那里。最后你的问题迟早都会被他们弄没。哈斯在警方那里绝对有内应。但是八天以前,罗伯特给我打来电话,声称他的父亲想接见我。这样的'荣幸'我还从来没有获得过,然后我想,这也许正是我们等待已久的机会,可以让我们一探究竟。可是事实却与我所期望的并不相符。哈斯教授并没有明确表示他到底想从我这里得到什么。当时有一些与他一起工作的来自各个城市的医生在场,也有来自雷根斯堡的。"

"欧拉夫·库斯医生?"丹妮艾拉问道。

威特硕雷克惊讶地看着她问道:"您怎么知道?"

"在我……在希波乐·奥利赫的一本行事日历里,写着跟这个医生约定的时间和日期。"

顿时,整个屋子里的人都沉默了。过了好一会儿,丹妮艾拉终于率先开口道:"求求您,请您继续讲下去。"

"哈斯向我解释道,这个行动涉及他所研发的一种治愈人格障碍的方法,旨在对其进行全面测试。但是这个实验还没有得到法律的正式许可,因为参与实验的活体是人类。不过完全不必担心,这项实验当然是根本不会伤害到任何人的。而他则需要我的帮助,以确保参加他实验的活体人类不会被警方所干预。作为酬谢,他将协助我侦破一起绑架案件。他还迂回地向我表示,他手下的人已经'说服'希波乐·奥利赫作为实验活体,因为通过库斯医生的专业检测,她是一个各方面条件都非常符合的标本。他所说的'说服'就是那起绑架案,跟我从奥利弗那里听说的,现在他正着手侦破的那起绑架案正是同一个案件。"

威特硕雷克叹了一口气,继续说道:"当然,要让我说,最好是把那个家伙就地正法,但没有证据,我又能拿他怎么办?除了他隐晦不明的暗示以外,我们既不知道希波乐·奥利赫人在何处,也不知道哈斯到底想把她怎么样。"

他一脸严肃地看着自己的双手。"倘若我们能够早点逮捕他,也许真的能阻止一些恐怖事情的发生,不过——也许反而会发生更不好的事情。我不能确定。"

他再一次看向她。丹妮艾拉能从他的注视中意识到,这个想法是如何地折磨着他。

"直到您突然出现,兰德施塔特女士,我才慢慢想明白,这个哈斯教授到底是在做什么。"

"但是,您为什么没有警告我呢?为什么您没有从一开始就告诉我,我并不是希波乐·奥利赫呢?我……我时刻担心我的儿子,简直快疯掉了!而我也不能确定我是不是真的失去了理智。"

"我们第一次见面的时候,我就告诉过您,您不是希波乐·奥利赫。再多的事情我就不能随便告诉您了,那样会把大家都带入危险的境地。如果您知道得过多,您就不可能获得他们的信任。我们必须为您的安危着想,尽量防止他们对您做出什么不好的事情来。"

丹妮艾拉盯着自己的被子默默不语。她知道,他所说的事很可能都会发生。

"那么雷根斯堡的那家医院又是怎么回事,就是我……在他们的地下室醒来的那家医院？"

威特硕雷克点了点头，说道："幸运的是，哈斯手下的两个工作人员为了从这项罪恶的研究中脱身，向我们递交了一份内容详尽的自白书。这就帮助了我们，虽然无法知道全部事情，但还是了解到了许多非常重要的信息。显然，您以前经常在下午的时候把您儿子带到办公室，因为没有其他人能帮您照顾他。"

他征询意见似的看着她。然而事实上，关于这个的记忆在她的大脑中却模糊不清。

于是她点了点头，说道："我想应该是这样吧。"

"在上个星期初的某一天下午，卢卡斯独自开始了一次探险旅行。那扇通向地下室的门是开着的，因为罗伯特·哈斯在不久前出去的时候没有将它关好。卢卡斯就沿着楼梯走到了地下室。他毫无目的地四处逛了逛，谁也不确定他是否真的看到了什么秘密景象，但监控镜头却拍下了他。当有人看到这段录像的时候，显然您已经下班了。哈斯教授立即命令汉斯追赶您，并要求他尽快将您儿子从回家的路上带到公司。因为他们并不能确定这个孩子是否已经把他在地下室迷宫看到的东西告诉了您，所以就干脆连您也一同绑架了。"

丹妮艾拉的眼前又浮现出那个情景。那条布满蓝色文身图案的手臂，那条把她儿子强行拉进汽车的手臂……

"我一直以为那是一场噩梦。我怎么还能记得这件事呢？"

"这恰好正是整件事情的关键点，哈斯估计没有料到这一点。"威特硕雷克继续说道，"为了使您作为他所谓的记忆接收者，不至于将记忆捐献者大脑中有损伤的部分一同接收，他必须在您的大脑中将那些受到损害的部分重新修好。但是这样也导致了一个结果，那就是，那些被移植到记忆接收者大脑的记忆只能够在一段较短的时间之内存在。如果不再继续进行人为的巩固，那么它们就会逐渐消失。除此以外，人们头脑里那些异常深刻的感情与记忆是无法通过移植其他的记忆而被寄主忘却的。比如一个母亲就无法忘却对她孩子的感情与记忆，而原因就是它们太强大了。"

我的儿子……您没有儿子……我的卢卡斯……您从来就没有过孩子……

"不管怎么说，哈斯已经在好几周之前就把希波乐·奥利赫的记忆存储在他的神经腱研究器械里了。他手头欠缺的只是一个能够接收那些记忆的人选。他认为，反正为了保障实验的安全性，您是必须要除掉的，那么将希波乐的记忆移植到您的大脑里，这简直就是一个一举两得的好办法。

"哈斯在挑选他的记忆捐献者之前就十分注意地域性这个问题。他从许多不同的城市分别挑选不同的捐献者，以便在记忆接收者接收了这些记忆之后，不会因为地域的原因而被相同城市的熟人辨认出来。"

丹妮艾拉一个劲地摇头，说道："我不明白。"

"这不能怪您，兰德施塔特女士。现在我们已经确定，哈斯不仅仅绑架了希波乐·奥利赫，而且还绑架了一位来自斯图加特的女士、一位来自奥格斯堡的女士和一位来自卡尔斯鲁厄的男士。"

"哦,我的天哪,难道他把他们也都……"

威特硕雷克缓缓地点了点头。丹妮艾拉用双手使劲在脸上搓来搓去。

"他们还能被治好吗?那个可怜的女人……"

威特硕雷克的脸上露出一副窘迫的神色,为难地说道:"这我就不知道了。"

"那么您有没有至少将那个做神经腱研究的东西销毁呢?"

"没有。因为那个东西很可能是帮助那些可怜人恢复健康的唯一途径。"

一想到那堆复杂的仪器,丹妮艾拉就不寒而栗。她非常努力地试图将哈斯跟他的那一大堆实验仪器从记忆中清除出去。

"那么选择不同的城市又是怎么回事?"她问道。

"这非常容易理解:因为您来自慕尼黑,而希波乐·奥利赫来自雷根斯堡。所以在雷根斯堡,不会有人认出您是丹妮艾拉·兰德施塔特。"

"但是在那家医院的地下室……"

"他们贿赂了医院的房屋管理员。从他那里借用了几天医院的地下室。而那个房屋管理员则负责确保,当他们在地下室里的时候,没有人会去打扰他们。哈斯无法预料您在经过记忆移植之后醒来的时候,会做出什么样的反应。他们当时做的是两手准备,如果您选择逃跑,那么他们就让您逃跑,但是如果……如果您的记忆与他们的预期不符的话,他们就会再次将您麻醉。当您向那个监视您的家伙询问您儿子的情况时,他们已经打算将您再次麻醉了,不过哈斯却坚持要看一看,您作为希波乐·奥利赫将如何面对这一困境,并且决定让您逃跑。从那一刻起,汉斯就一直在监视着您的行动。而罗伯特和我两个人会及时得到最新的报告,其中包括您正身处何地以及正在做什么。当然,高级警探格鲁尔与我在州刑侦处的同事们也都知道关于您的最新情况。只是哈斯和罗伯特就不知道这些了。"

"这就是说,您的确把我当成诱饵来利用了,警官先生?"

他犹豫了一下,说道:"如果您一定要这么说的话,那么我只能说是。但是,就像我刚才说的那样,关于您的每一个新动向我都了如指掌,而且……您也看到了,那帮疯子对奥利赫女士都做了什么。根本不难推断,哈斯真的会将那个记忆移植仪器向其他国家销售,所以我们必须阻止他的行为。"

她认真地思考一番后,终于肯定地点了点头,说道:"是的,是的,您说得完全正确。"

有那么一段时间,他们对视不语。最后,威特硕雷克开口道:"兰德施塔特女士,您能熬过去的。"

在她对此做出什么回应之前,高级警探格鲁尔站起身来,说道:"我去外面看一眼温格勒女士跟您的儿子。"

格鲁尔将门彻底关上之后,她说道:"我觉得自己正慢慢地回忆起越来越多有关卢卡斯和慕尼黑的事情。还有一次,我一下子想起了许多张面孔,但是却想不起来他们都叫什么名字以及都跟我有什么关系。我非常希望,什么时候……我是说,我一定要知道，现在我脑袋中的记忆哪些是真正属于我的！"

威特硕雷克表情严肃地看着她，说道："参与这项实验研究的医生们都表示，奥利赫女士的记忆将会随着时间的推移在您脑海中越来越淡化，而您自己原有的记忆则会慢慢地再次凸显出来。但是这个过程需要一些时间，您必须对此有耐心。"

二人再次长时间沉默不语地对望。丹妮艾拉能感受到对方目光中的温柔与暖意。

"嗯，显然您还需要在这里待上几天。"威特硕雷克再一次看向他的双手，"但是……等您从这里出去以后，我将非常乐意去拜访您，看看您跟您的儿子过得怎么样——如果您允许的话。"

"您当然可以。"她回答道，并将自己的手放在了他的手上。

马丁·威特硕雷克温柔地按了按她的手，站起身来，说道："我现在去叫卢卡斯进来。"

就在他马上走到门前的时候，她突然开口喊道："威特硕雷克先生？"

他转身望向她，她说："假如您愿意的话，可以多来看望我几次吗？这样，您就可以把我存储在您的永久记忆里了。"

他微笑着点点头。"我会这样做的，非常乐意，兰德施塔特女士。"

几秒钟后，一个小男孩紧紧地拥抱着他的妈妈，就好像他再也不愿意放开手一样。

再也不。

DER TRAKT by Arno Strobel
Copyright © 2010 by Arno Strobel
Simplified Chinese translation copyright © 2014
by Beijing Alpha Books Co., Inc.
ALL RIGHTS RESERVED

版贸核渝字（2013）第014号
图书在版编目（CIP）数据

记忆迷宫 /（德）施特罗贝尔 著；王恺 译 . —重庆：
重庆出版社，2014.9
书名原文：Der Trakt
ISBN 978-7-229-08601-5

Ⅰ.①记… Ⅱ.①施… ②王… Ⅲ.①长篇小说—德国—现代 Ⅳ.①I516.45

中国版本图书馆CIP数据核字（2014）第191119号

记忆迷宫
JIYIMIGONG

［德］阿尔诺·施特罗贝尔　著
王恺　译

出　版　人：	罗小卫
出版监制：	王舜平
策划编辑：	于　然
责任编辑：	刘美慧
责任印制：	杨　宁
营销编辑：	王丽红
装帧设计：	荆棘设计

重庆出版集团
重庆出版社　出版

（重庆长江二路205号）

投稿邮箱：bjhztr@vip.163.com

北京凯达印务有限公司　印刷
重庆出版集团图书发行有限公司　发行
邮购电话：010-85869375/76/77转810

重庆出版社天猫旗舰店
cqcbs.tmall.com

全国新华书店经销

开本：880mm×1230mm　1/32　印张：11.25　字数：232千
2014年12月第1版　2014年12月第1次印刷
定价：36.00元

如有印装质量问题，请致电023-68706683

版权所有，侵权必究